Sonya
ソーニャ文庫

貴公子の贄姫（にえひめ）

栢野すばる

イースト・プレス

contents

プロローグ

「私、王女様用の寝台で眠ってみたいわ」

乳母の娘レアに頼まれ、ブランシュは、目を丸くした。

お互いもう十七歳だというのに、子供じみたお願いだと思ったからだ。

ブランシュは、リヒタール王国の第一王女である。

しかし力関係は『王女』のブランシュよりも、『乳母の娘』であるレアのほうがずっと上だ。

ブランシュが『父に疎まれ、軟禁されている王女』であるがゆえに……。

「いいなぁ。ブランシュ様の寝台は、敷物にも枕にも掛け物にも、白鳥の羽根がぱんぱんに詰まっているのでしょう？　そんな贅沢な寝具、ここでしか見たことがないわ」

レアがふわふわの掛け物を叩きながらぼやく。

確かに、ブランシュが祖父から贈られた寝具類は高価だと聞いている。贅沢好きなレアが興味を示しても不思議はない。

「羨ましいわ。ブランシュ様には大富豪のお祖父様がいて」

そう言って、レアは一瞬ふてくされたような表情をした。

レアはよく『ブランシュ様だけ裕福でずるい』と言う。

確かにブランシュは高価な品物をたくさん持っている。

しかし、ブランシュには自由がない。父王に疎まれ、生まれたときから幽閉同然の暮らしを強いられているのだ。

だからブランシュに言わせれば、奔放に生きているレアのほうがずっと羨ましい。

「とにかく今日はここを借りるから」

レアは気を取り直したように言い、ブランシュの寝台にどさりと腰を下ろす。

乱暴な仕草に、ブランシュはびくりと肩を揺らした。

——今日は寝台を貸したほうがよさそうだわ……。

ブランシュはすぐに、レアの言葉に従うと決めた。もしもブランシュの態度が気にくわなければ、レアは乳母のサイーデに『ブランシュ様が私に逆らった』と報告するからだ。

——サイーデを怒らせたら、何を言われるか分からないわ。

ブランシュは、サイーデに罵られることが恐ろしくてたまらないのだ。

『なんて生意気なの、王家の痣も持たずに生まれたくせに、一人前の王女面をして！　将来貴女がなるのは女王ではありません。娼婦ですよ。せいぜい陛下の選んだ男に脚を開いて、必死に機嫌を取って生きることね』

生々しい罵倒の言葉を思い出し、ブランシュは身を固くした。

――いや……怖い……。

ブランシュは物心ついた頃から癇性(かんしょう)な乳母に怒鳴られ続け、叩かれて育った。

サイーデの暴力の恐ろしさが骨の髄(ずい)まで染みついている。

少しでもサイーデの機嫌を損ねたが最後、何をされるか分からない。だから、レアが乳母に余計な告げ口をしないように振る舞わなければならないのだ。

「お部屋を貸すのはいいけれど、私はどこで眠ればいいの？」

恐る恐る尋ねると、レアは妙にご機嫌な笑顔で言った。

「二階にある侍女の宿直部屋で寝ればいいんじゃない？　空いていたわよ」

ブランシュが幽閉されている『王宮の離れ』にはあまり人がいない。

離れは王宮の最奥の、あらゆる警備を突破しなければ到達できない場所にある。

そのため、警備の兵が少ないのだ。また、侍女も必要最低限の人数しかいない。

ブランシュがレアに寝室を貸しても気付く人間はまずいないだろう。

――でも、サイーデがいないのに、レアだけ王宮で外泊するなんて大丈夫かしら。

サイーデは数日に一度しか顔を見せない。

レアにブランシュの見張り番を任せて、遊び歩いているからだ。

「ねえ、レア、サイーデには王宮に泊まる許可は取ったの？」

念のため尋ねると、レアは頷いた。

「大丈夫よ。お母様は構わないと言っていたわ」

レアの答えに安堵し、ブランシュは頷いた。

「分かったわ。そんなに気になるなら私の寝台で眠ってみて。いいわよね、リリア」

ブランシュは、自分の背後に控えている落ち着いた雰囲気の侍女に尋ねる。

彼女は、三年前に祖父が派遣してくれた護衛兼侍女のリリアだ。

「かしこまりました、ブランシュ様。お二階のお部屋を整えて参りますね」

リリアは深々と頭を下げて部屋を出て行った。

「ありがとう、ブランシュ様」

レアが珍しくご機嫌な笑みを見せてくれる。

——私に向けてこんな風に笑ってくれるのは珍しいわ……。

ブランシュは、レアの笑顔の明るさに、かすかな違和感を覚えた。

だが、この他愛ない『交換劇』が、ブランシュとレアの運命を変えてしまったのだ。

寝台を交換した翌朝、レアはブランシュの寝台で、刺殺体で発見された。


「嘘……」

二階の部屋で眠っていたブランシュは、衛兵にゆり起こされ、惨事(さんじ)の一報を知らされて、レアが眠っているはずの自室に駆けつけた。

――あ、ああ……本当に……レアが……。

真っ赤に染まった寝台にレアが横たわっている。

衝撃的な光景に、ブランシュはへなへなと床に崩れ落ちた。

レアの遺体には抵抗の痕はなかった。

本当に、ただ眠っているかのように横たわっていた。

羽毛の肌掛けの上から刃物で心臓を一突きで貫かれていることだけは分かった。

そのあとの記憶は曖昧だ。レアの骸が横たわる部屋から連れ出され、侍女が呼んだ兵士たちに、寝間着のまま、現在判明していることを説明された。

「一連の犯行にはまったく迷いがなかったようです。犯人は最初から、ここで寝ている人間を狙い、ひと思いに刺したに違いありません」

兵士の言葉に、ブランシュの震えが止まらなくなる。

――嘘、なぜ……どうして……？

部屋を交換したことは、ブランシュとリリアしか知らない。

つまり、本当ならば、殺されていたのはブランシュだったのだ。

しかし不審な点はいくつもある。

まず、ブランシュとレアでは容姿が違いすぎる。

レアは銀灰のまっすぐな髪に灰色の目。すらりと痩せていて、背もかなり高い。

一方ブランシュはふわふわした金色の巻き毛に緑色の目で、小柄で凹凸のはっきりした体つきをしている。似ている点を探すほうが難しい。

——私を殺すつもりなら、レアと私の髪の違いに気付かなかったのはおかしいわ。

レアの遺体の髪は、羽毛の掛け物には隠れておらず、枕から方々に広がっていた。いくら夜目でもはっきりと『まっすぐな髪』だと分かる状態だったのに。

それからもう一つ、腑に落ちないことがあった。

——……私を殺して……得をする人なんて……いない……わ……。

ブランシュは王位継承順位が第一位にもかかわらず、父王から『いらない娘だ』と言い放たれ、無視されている存在なのだ。

血の繋がった兄弟もいないから、跡目を巡る争いだって起きようはずがない。

そんな人間を殺して、誰がどんな得をするのだろう。

父から憎まれている理由は、父と、母方の祖父との確執にある。

ブランシュの母方の祖父は、ゴッダルフ・エールマンという。

世界でも指折りの大富豪だ。

その祖父がリヒタール王家の莫大な借金を肩代わりするのと引き換えに、王妃として迎えられたのが亡き母だった。

『間違いなくエールマン家の令嬢を王妃として遇する』

しかし、国王の誓いは果たされなかった。

母は大変な難産でブランシュを産み落としたあと、手当てを受けられずに亡くなり、ブランシュはこの奥まった離れに幽閉された。

母もブランシュも、父に見捨てられたのだ。

父は本当は『庶民に借金を肩代わりしてもらったこと、庶民を娶(めと)らされたこと』を屈辱に思っていたらしい。

そのため、父がブランシュを娘扱いしてくれたことは一度もない。庶民を妃にさせられたことがひたすら憎いのだろう。

ただ、表向きの理由としては、直系の王族には必ずあるはずの『三つ叉(また)の矛(ほこ)の痣』が、ブランシュにはないことを挙げている。

父はことあるごとに『下賤(げせん)の血を引くせいでブランシュには痣がないのだ』と言う。

祖父からの強硬な苦情も『ブランシュを女王にしたくば、余計な口を出すな』とはね除けてやりたい放題だ。誰も父の横暴な言動を止めない。八つ当たりをされ、爵位や官位を取り上げられてはたまらないからだ。

そのため、父は増長する一方である。

今ではブランシュのことを『ゴッダルフから金を巻き上げるのに必要な人質だから死なせるな』とまで言う始末だ。

リヒタールの王宮において、ブランシュは金づるであり、父から見捨てられた名ばかりの王女でしかない。

唇を嚙(か)んだとき、乱暴に身体が突き飛ばされた。考えに耽(ふけ)っていて、背後に迫る足音に気付かなかったのだ。

ブランシュは身を起こして、自分を突き飛ばした人間を振り返る。

その姿を見て、たちまち身体が竦み、動かなくなった。

「サ、サイーデ……」

「どうしてレアが死んで、お前が生きているの！」

たちまち容赦の無い平手打ちが飛んでくる。ブランシュは歯を食いしばって、理不尽な痛みに耐えた。

――ああ……怖い……誰か……。

サイーデは名門レンハルニア侯爵家の夫人である。若い頃は『王宮一の麗しき華』と称えられていたらしく、今でも昔の華やかな面影が残っている。

サイーデは、レンハルニア侯爵との間に二人の子供を授かり、下の子のレアが生まれたときに、第一王女ブランシュの乳母として採用された。

リヒタールでは、伝統的に、王女の乳母には貴婦人が採用される。

王女を国一番の貴婦人に育てる仕事は、高貴な女性にしかできないとされているからだ。

レンハルニア侯爵夫人であれば最適だと、誰もが納得する人事だった。

しかし……。

ブランシュを責め立てるサイーデの姿は悪魔のようだ。

名家の夫人で、申し分の無い淑女であるはずのサイーデは、ブランシュの前ではいつも暴言と暴力を止めなかった。

サイーデを前にすると、ブランシュは萎縮(いしゅく)して何もできなくなってしまう。今もだ。幼い頃から繰り返されてきた激しい折檻(せっかん)が思い出され、足が竦んで動けない。

「レアの代わりにお前が死になさいよ！」

金切り声と共に、サイーデは再びブランシュの横面を殴打(おうだ)する。抗うことのできないブランシュは蚊(か)の鳴くような声で『ごめんなさい』と呟いた。

サイーデの言うとおりだ。

なぜ、レアに寝台を貸してしまったのだろう……。

貸さなければレアは無事だった。

きっと犯人は『ブランシュの寝台に寝ている人間』を刺しただけなのだから、本当なら死んでいたのはブランシュのはずなのだ。

——そうだわ、私が寝台を貸さなければ……！

麻痺していた頭に、自責の念が浮かんだ。

レアが死んだのは、ブランシュがいつもと違うことをしたからだと。

「どうしてお前が生きているの！　おかしいわ、どうして、どうして！」

サイーデの金切り声が、がんがんと頭にこだまする。

——いや……許して……。

何度も頬や頭を叩かれ、ブランシュはひたすら歯を食いしばる。

衛兵も役人も侍女たちも『第一王女』を殴打するサイーデを咎めない。

ブランシュが軟禁されている『離れ』はそういう世界。

サイーデは父王から『離れでの全権を与える』と明言されている。ここでは『総責任者』のサイーデに誰も逆らえないのだ。

「お前が死ねば良かったと言っているのよ！　返事をしなさい！」

サイーデはブランシュの襟首を摑み、拳を思い切り振り上げた。ここ数年は鳴りを潜めていた激しい暴力に、ブランシュはぎゅっと目を瞑る。そのときだった。

「お待ちくださいませ！」

低く掠れた女の声が響いた。

リリアが駆けつけてくれたのだ。

——ああ、リリア……。

リリアが手を伸ばし、ブランシュを締め上げる乳母の手首を摑んだ。

「暴力はおやめください、サイーデ様」

よく見ればリリアの長い髪は乱れ、手首や首には痣が浮き、無数の擦り傷が付いていた。

縄で縛り付けられていた痕のように見える。

まさか、ずっと誰かに拘束されていたのだろうか。

「お前、どうやって抜け出してきたの！　放しなさいッ！」

髪を振り乱したサイーデが叫ぶ。しかしリリアの女性離れした膂力に妨げられ、振りほどくことはできないようだ。

——え……っ？　どうやって抜け出してきた、って言った……？

ブランシュは違和感を覚えた。

サイーデは今、何か不自然なことを言わなかっただろうか。

「放しなさい、薄汚い平民風情が！　誰！　誰がこの侍女を解放したの！」

サイーデが金切り声を上げたとき、不意に男の声が聞こえた。

「リリア殿を助けたのは俺です、母上」

静かなのに、よく通る低い声だ。

辺りの空気が、しんと静まりかえる。

暴れていたサイーデさえも動きを止めた。

静かな声の主を見上げて、ブランシュは大きく目を見開く。

——アルマン……！　いつこちらに帰ってきたの？

そこに立っていたのは、灰色の髪と目をした圧倒的な美貌の持ち主……レアの兄、アルマンだった。

アルマンは、レンハルニア侯爵家の長男である。

数年前から、王立大学の大学院で歴史学の研究をするために、馬車で半日以上かかる別邸の一つで生活していた。

今日はたまたま王都の本邸に帰ってきていたのだろう。

恐怖に凍り付いていたブランシュの身体に、ほんの少し温もりが戻った。

アルマンは優しい男だ。

昔から、サイーデに虐待されるブランシュに手を差し伸べ続けてくれている。

『人前で恥をかけ』とナイフとフォークの使い方すら教えてもらえなかったブランシュに、内緒で何回も作法を教えてくれたのは彼だ。

――私、とても幼い頃は、手づかみ以外に食事の仕方が分からなかったわ……。

それだけではない。サイーデが一日以上食事をくれなかったとき、レアの癇癪で顔を引っかかれたとき、サイーデに殴られ怪我をしたとき、助けてくれたのはアルマンだけだった。

もちろんサイーデは、アルマンがブランシュを助けることを許さない。

アルマンと話をしたり、二人でいるところが見つかった場合は、あとから厳しい折檻が待っていた。

レアも、アルマンがブランシュを助けないよう見張る係だったのだ。

しかし退屈な離れを好まないレアは、サイーデの言いつけを守らず、こっそり遊びに行ってしまうことが多かった。

アルマンは監視役のレアが不在の隙をついて、ブランシュを助けてくれた。

『もし何かあったら、離れの庭園にある白薔薇の枝に、四つ折りにした白紙を隠してください。レアも母も花など見ませんから』

離れの庭園には白薔薇は一本しかない。

侍女たちから放置されていたブランシュは、毎日運動を兼ねて寂しい庭を歩き回っていた。だから、不審がられずに四つ折りの白紙を隠すことだけはできた。

殴られて頭痛と腫れが引かない顔で、死ぬかもしれないと思って隠した紙。

二日間絶食させられて、どうか食べ物を分けてと隠した紙。

突き飛ばされて足を捻り、異様に腫れ上がった足首を引きずりながら隠した紙。

あの白薔薇は、自分と救い主を繋いでくれる魔法の樹だった。

──今日も……助けに来てくれたの……アルマン……。

幼い頃はまだしも、ここ十年ほどはアルマンとまともに会話もできていない。

『色気づいてきて気味が悪いわね。息子に話しかけるなんて誘惑しているつもりなの？　こんな女に騙されてアルマンも馬鹿な子ね』

ある日、少女らしく成長したブランシュに、サイーデがそう言い出したからだ。

自分が侮辱されるだけならまだしも、アルマンまで罵倒の対象になるのは悲しすぎる。

だからせっかくアルマンに助けてもらっても、会話はほとんどしなかった。

一刻も早くアルマンを帰らせなくてはと、それぱかり考えていた。

──だけど貴方はいつも私の救世主だったわ。

ブランシュは安堵に緩んだ顔を見せまいと、アルマンから顔を背けた。

アルマンに頼っていることをサイーデに気付かれたくない。

もし知られたら、サイーデからどんな暴言を吐かれるか。想像するだけで震えが走る。

「アルマン！　どういうこと、なぜこの女を解放したの！」

サイーデが悲鳴のような声で、息子のアルマンを詰問する。場違いな怒鳴り声に、ブランシュの身体がびくりと揺れた。

——え……っ？　サイーデはどうして私でなくアルマンを怒っているの……？

再び、言葉にできない違和感を覚えた。

先ほど傷だらけのリリアが駆けつけてきたときも、サイーデはおかしなことを口走っていた気がする。

当惑するブランシュをよそに、アルマンは落ち着き払った口調でサイーデに尋ねた。

「縛られている侍女を見つけたら、普通は驚いて助けるものでしょう？　母上は何を仰っているのですか？」

ブランシュもアルマンに同意だ。先ほどからおかしいと思っていたが、これではまるで……サイーデがリリアを縛り上げたかのようではないか。

「そ、それは……」

サイーデは何かを言おうとして、ブランシュの視線に気付いたように、はっと口を噤んだ。

——何かを隠しているのかしら。

不審に思い、ブランシュは眉をひそめる。

サイーデの様子を恐る恐る窺っていると、リリアがサイーデとブランシュの間に割り込み、細い両腕で抱きしめてくれた。

「ブランシュ様、おそばを離れて申し訳ありませんでした」

痩せた胸に抱かれた刹那、安堵のあまりブランシュの目からボロボロと涙が溢れた。

リリアは、サイーデの物理的な暴力から、可能な限りブランシュを守ってくれる。

言葉の暴力のほうはリリアにもどうしようもないけれど……。

「ああ、お顔が……大丈夫でございますか？　あとで冷やしましょう、腫れておりますわ」

「いいのよ、いいの。リリア、貴女こそ大丈夫？」

涙を流しながら首を横に振り、リリアの様子を確かめる。

リリアの白い頬は紫に腫れ、口の端も切れて血が滲んでいた。

綺麗な額にも、血が垂れた跡があった。

おそらくリリアは、誰かに殴られたうえに縛られていたのだ。

「貴女のほうこそ傷だらけだわ。先に貴女の手当てをしましょう」

レアが自分の部屋で殺されて大変な事態なのは分かっている。だが怪我をしているリリアを放ってはおけない。

そのとき、アルマンがブランシュとリリアに歩み寄り、すぐそばに膝をついた。

「ブランシュ様、リリア殿、お二人とも大丈夫ですか」

サイーデの視線が突き刺さる。

『私の息子に頼ろうとしたら立ち直れないくらいに心を傷つけてやる』

憎悪を込めた眼差しは、はっきりとそう語っていた。

「ア……アルマン……あの……」

言葉を途切れさせたとき、ふと恐ろしいことに気付いた。

アルマンはまだ、レアが亡くなったことを知らないのではないか。

もし知らないのだとしたら、昨夜の悲劇について説明をしなくては。

どんな不幸な偶然がレアの命を奪ったのか、自分の口でアルマンに伝えなくては。

ブランシュは震える声でアルマンに尋ねた。

「アルマン、貴方はいつこちらに戻ってきたの？」

「俺はつい先ほど大学から戻ってきたところですが、何か……？」

ブランシュが恐れたとおりの状況のようだ。

――ああ、やはり、レアに何があったか知らないのね……。

胸に氷を押し当てられたように感じ、小さな手を強く握り締める。

「ブランシュ様。お顔が少し腫れておられますね」

すぐそばに灰色の目と髪が見えた。アルマンが自分の顔を覗き込んでいるのだと気付き、震えが止まらなくなる。

優しいアルマンに残酷な真実を告げねばならないなんて……。

「ア……アルマン……あのね……」

ブランシュは勇気を振り絞ってリリアから離れ、レアの死を告げようとした。

だが、どうしても残酷すぎる事実を言葉にできない。

そのとき、ようやく思い出したという口調でアルマンが言った。

「そういえば妹が殺されたそうですね」

あまりにも穏やかな声音に、ブランシュの時が凍り付く。

――今……なんと言ったの……？

ブランシュは信じられない思いでアルマンを見つめた。

「妹のことは先ほど聞きました。ご迷惑をおかけして、本当に申し訳ありません」

そう言って、アルマンは膝をついたまま優雅に頭を垂れた。

まるで動揺していない。妹の悪戯をわびるかのような態度だ。

ぐらぐらと目が回り始める。

――今……アルマンはなんと言ったのかしら……。

ブランシュは、レアの死を知って悲嘆に暮れるアルマンを想像していた。

妹を失った彼が、どんなに衝撃を受けるだろうと思うと、恐ろしくて苦しくて胸が潰れそうだった。それなのに……。

――ご迷惑をおかけして……申し訳ない……？　聞き間違い……かしら？

どうしてもアルマンが発した言葉が理解できない。

『レアが私の代わりに殺されてしまったの』

そう言おうとしても、どうしても声が出せなかった。上手く息が吸えなくて、目眩がますますひどくなっていく。

「ブランシュ様！」

誰かが、倒れた自分を抱き留めてくれたのが分かる。

アルマンとリリアの声が自分を呼ぶのが聞こえた。

だが、激しい目眩で反応さえできない。目の前がぐるぐると回り、視界が砂嵐のようなもので覆い尽くされていく。

レアが死んだ。殺された。ブランシュのふわふわした寝台を真っ赤に染めて、眠るように横たわっていたのをこの目で見た。

これが悪夢ならいいのに。

目が覚めたら全て無かったことになっていればいいのに……。

『ご迷惑をおかけして、本当に申し訳ありません』

アルマンの涼やかな声が脳裏に蘇る。

――聞き間違い……よね……？　貴方はそんな冷たい人じゃない……。

そう思いながらブランシュの意識は闇に呑み込まれていった。

第一章　毒虫と花

妹の葬儀の夜、アルマンは夢を見ていた。

――ああ、またこの夢だ。

アルマンはため息をつき、まずは自分の手を確かめる。

小さい。まだ子供の手だ。

――なぜ頻繁に同じ夢ばかり見るのだろう。

アルマンは夢見が悪い。

まず、夢の種類が数種類しかないのだ。

過去に見たもの、聞いた言葉が、そっくりそのまま再生される。

当然、アルマンも当時の自分になり、そのときの感情をまったく同じ形でなぞらねばならない。

夢を見るたびに過去を鮮明に追体験させられるのだから、当然疲れる。

他の人間もこのような夢を見ているのだろうか。

――今日はすぐ目覚めるといいが。

そう思いつつ、アルマンは閑散とした建物を見回した。まだ改装前の離れだ。つまりは十年以上前の光景になる。

そこまで考えたとき、ああ、そうだ、と声を出しそうになった。

思い出した。これは数種類の夢のうちの一つ、九歳のときの夢だ。

――あの女は今日もこの離れのどこかで男を咥え込んでいる。ブランシュ様のところには夜にならないと顔を出さないだろう。

夢の中のアルマンは、そう考えていた。

離れの主、ブランシュ第一王女はまだ三歳だ。

身体が弱く、大人になれないかもしれないと言われている。

季節の変わり目ごとに高熱を出して危険な状態に陥り、王家の侍医が義務のように治療をして、何とか生き長らえさせている。

ブランシュには、王家の直系が皆持って生まれるという、右肩甲骨下の『三つ叉の矛の形の痣』がなかった。

母親が庶民だからだろう、と噂する者も多い。

しかし王の嫡子はブランシュしかいない。

なぜなら王は去年『性病』とやらをこじらせて、もう子供を作れない身体になってしまったそうだから。

アルマンは九つだが、大人が性的な行為をすることも、その大半が欲に惚けた頭で行われることも知っている。

三年前、六つのときにやってきたアルマンの個人教師は、王立大学を出たばかりの若々しい好青年だった。

人間にあまり興味の無いアルマンも、熱心に丁寧に勉強を教えてくれる青年を『善い人間』だと思った。

それなのに……。

ある日、約束の時間になっても青年教師はアルマンの部屋に来なかった。

先生はどうしたのだろうと思い、廊下に出たアルマンの耳に、母の喘(あえ)ぎ声と『いけません、奥様』という青年教師の声が聞こえてきた。

母が何をしているのかすぐに分かった。

服を脱ぎ、大きくなった男の陽根を股に入れて腰を振り『いい、気持ちいいわ』と絶叫する、おぞましい行為に耽っているのだ。

アルマンはあれをしている母を見るのが大嫌いだった。

――なんで……僕の先生にまで、気持ち悪いことをするの……。

アルマンは一目散に駆け出した。もう母にも青年教師にも会いたくない。

庭に飛び出したアルマンは、お気に入りの薔薇の葉に、気色の悪い毛虫が何匹も這っているのを見つけた。

美しかった葉が筋状に食い荒らされている。おぞましさに総毛立った。

アルマンは犠牲になった葉を引きちぎり、ひと思いに踏み潰した。だが毛虫が這ってい
る葉は他にもある。アルマンはその葉も毟りとり、憎悪を込めて踏み潰す。
――汚い！　母上はこの虫と一緒だ！
強烈な怒りと嫌悪が心に刻まれた。
あの日から、母はアルマンの中で『嫌いな人』から『毒虫』になった。
人間の中には毒虫が混じっているのだ。可憐な花を傷つける毒虫が……。
アルマンがブランシュのもとへ『お見舞い』に行くのは、母への反発心のためだった。
母は、自分を美しいと信じている。自分こそが現在、過去を通して、王宮一美しい女だ
と言って憚らない。
アルマンに言わせれば、男を漁る母の姿は醜悪のひと言だ。
――もうすぐ三十になろうというのに、頭が空っぽで気の毒だな。
母は誠実で学問好きな父を裏切って、外で孕んできた子を二人も産んだ。
父は滅多に屋敷に帰ってこない。
本邸から馬で一時間ほどの別邸の一つに引きこもって暮らしている。
裏切り者の妻と、自らの血を引いていない二人の子。
どちらの顔も見たくないのだろう。
一方母は『レンハルニア侯爵家の奥方様』『ブランシュ王女殿下の乳母様』とチヤホヤ
される自分に満足しているようだ。

だが己に課された仕事を何一つしようとしない。

今日も高熱で苦しむブランシュを放置している。

ブランシュの侍女たちにも『一時間に一度ほど様子を見ておいて。様子がおかしかったら医師を呼んで』と指示をして、離れの別の階にある部屋に男としけ込んでしまった。

——三人目のガキなんて生まれなければいいけど。

そう思いながら、アルマンはそっとブランシュの寝室に入った。

室内は、置いてあるものだけは豪華だ。

これらはブランシュの外祖父（がいそふ）、ゴッダルフ・エールマンが贈った品である。手癖の悪い侍女や衛兵も盗まない。

一般人が、桁外れに高価な品を売りに来たら、誰もが『泥棒してきた』と疑うし、闇市の商人もあとの面倒を恐れて盗品の疑いが強い物など買い取らないからだろう。

だからブランシュの部屋の家具は奪われずに済んでいる。

亡き王妃はゴッダルフの四女、十人いる中の九人目の子だったという。

本来は『エールマン家の娘を王妃に迎え、生まれた子はリヒタールの王位に就ける』という条件で成り立った援助と政略結婚だ。

だが幸せを願ってリヒタール王家に嫁がせた娘は、冷遇された挙げ句、産後すぐ天に召されてしまった。そのうえ、孫娘は幽閉されて……。

かの世界的富豪は、王家の不誠実さに大激怒した。

ゴッダルフがブランシュを強引に連れ去らない理由は、ブランシュが『王位継承権第一位の王女殿下』だからだ。

王族の係累になること、ブランシュを未来の女王にすること、それらは、大商人であるゴッダルフにとって、とても利益があることらしい。

——ブランシュ様の祖父君は、この国の王家と血縁関係になって、たくさんお金を儲けたい。だからブランシュ様をここから助け出さないんだ。難しいんだな、大人の世界は。

僕もはやく社会の枠組みとやらを見てみたい。

アルマンは足音を忍ばせて、ブランシュの寝台の傍らに立つ。

ゴッダルフがブランシュに贈った寝台は、大人が三人眠れるほどの広さだ。

幼い孫に誰かが添い寝してくれるだろうと思って贈ったに違いない。

けれど……。

冷え切った寝台にちょこんと横たわっているのは小さなブランシュだけだ。

その姿は、木から落ちて傷つき飛び上がれない雛鳥のようだった。

——生きてるか？

そう思って覗き込んだとき、不意にブランシュが目を開けた。

「……アルマン？　だっこして……こっちきて……だっこして……」

ぐったりと眠っていたはずのブランシュが、か細い声で懇願してくる。

——だっこ？　僕に頼んでいるのか？

眠っていたはずのブランシュが小さな頭を起こし、じっとアルマンを見つめていた。

「どうしたのですか、急に」

ブランシュは、男の子のアルマンを見ると隠れてしまう気弱な子だった。突然指名されて、さすがのアルマンも驚きを隠せなかった。

「だって、だって……ブランチュ、ひとりでねんね、しゅごい、いやなの。いま、サイーデいないでしょ。だから、ぶたれないから……おねがい……」

ブランシュは起き上がり、寝台のうえにぺたりと座った。

――サイーデがいなくて、ぶたれないから……。

母は、ブランシュを虐待している。ブランシュは三つにして、乳母の折檻がどんなときに起きるのかを理解しているのだ。

美しい金の髪がもつれ、透き通る緑の目は涙で赤く腫れていた。

眠っていたのではなく、声を殺して涙を流し続けていたのだ。たった三歳の子が。

冷淡なアルマンでさえ、哀れに思う姿だった。

ブランシュは、最近まで老いた侍女に養育されていた。さすがによちよち歩きの子を一人にしたら、どんな危険があるか分からないからだ。

だがその侍女も『もういいわ、三つになったら一人にしても大丈夫』と、冷酷な母に解雇されてしまった。

熱があっても額に手を当ててくれる存在すらいなくなったのだ。

改めて、軽薄で残酷で責任感のない母へ憤りが込み上げてくる。

——そうか、もう誰もブランシュ様を抱いたりしないんだ。熱があって不安だろうに。

そう思い、アルマンは腕組みをする。

「ねえ、だっこして……」

ブランシュが泣き腫らした顔で繰り返す。

抱きしめてくれれば、相手は誰でもいいのだろう。

——まあいい。母上は夜まで来ない。侍女の足音が聞こえたらすぐに離れればいいか。

アルマンは『ブランシュ王女には近づかないように』という母の言いつけを破り、大きな寝台に飛びのった。

ブランシュが大きな緑の目を潤ませ、じいっとアルマンを見上げる。

「はい、僕が抱っこして差し上げます」

ゆっくりと手を伸ばすと、意外な俊敏さでブランシュが胸に飛び込んできた。妹よりも小さな身体だ。それに熱が下がっていないのかとても熱い。

「ブランシュ様、いつも聞き分けがよろしいのに、今日は甘えん坊でいらっしゃいますね」

「こわい……こわいゆめ……みるの……」

しっかりとアルマンにしがみついたまま、ブランシュは言った。

「怖い夢……そうですか。それならば、抱っこして差し上げたほうがいいですね」

ブランシュは甘えるように頭をくっつけたまま、小さな声で言った。

「うん……」

ブランシュ付の侍女たちは、ブランシュ王女を軽んじている。

父親である国王がブランシュにまったく愛情を抱いておらず、『死ななければ何をしてもいい』と指示しているからだ。

王のお墨付きがあるから、怠慢でも許される。

『乳母様が一時間に一度、様子を見ればいいと仰ったので』と言い訳して、本当にずっとブランシュを放置したまま平然としているのだ。

アルマンの目には、泣いている病気の三歳児を放置して別の階で楽しげに笑いさざめいている侍女たちのことは、野原に生えている枯れたススキのようにしか見えない。

人の姿をした魂のない草だ。

——よく放っておけるな。こんな小さな病気の子を。倫理的に間違っている。

そう思いながら、アルマンはブランシュの頭を優しく撫でた。

「ねえ、ブランチュね、アルマンがだいしゅきになった」

腕の中でぐったりしていたブランシュが不意に言う。

予想もしていなかった言葉に、アルマンは思わず笑った。

「ありがとうございます、勿体ないお言葉です」

「なあに……もったい……ない……オコトバ……なあに……？」

言い回しが難しかったようだ。ブランシュが瞼(まぶた)を擦り、大きな目を眠たげに瞬かせる。

毛布も掛けずに眠らせては、熱が下がらなくなってしまう。

「ブランシュ様、ちゃんとお昼寝いたしましょう。いらっしゃい」

アルマンはそう言って、寝台に潜り込み、仰臥位(ぎょうがい)で寝そべって毛布をめくり上げた。

ブランシュも真似をしてモゾモゾと寝台に潜り込んでくる。そして、短い腕を伸ばしてアルマンのシャツの胸を摑んだ。

「ごめん……あそばせ……」

幼いのに貴婦人のような言葉遣いだった。

母はブランシュをまともに躾(しつ)けていない。

きっとブランシュは侍女たちが交わす会話や仕草を真似しているのだろう。

ブランシュの意外な聡明さに、アルマンは胸を打たれた。

「そうです。他人に触れるときは『ごめんあそばせ』と申されるのですよ、ブランシュ様」

アルマンは毛布を掛け直し、ブランシュの背中をとんとんと叩く。

ブランシュはあっという間に眠ってしまった。

——侍女が、ブランシュ様は寝付きが悪くて夜中まで泣いているって言ってたっけ。全然そんなことない。安心させてやればすぐに寝付くのに……。そうか、誰も構ってやらないから、寂しがって体調を崩してばかりいるのか……。

何の罪もない寝顔を見ていたら、母に対する強い侮蔑の気持ちが湧いた。

あの女は自分さえよければいいのか。

レアのためには何人もの世話係を雇って甘やかしているのに、ブランシュにはまともな世話係の一人も付けていない。

そのくせ『王女の乳母』としての名声と給金は全て受け取り、毎日男を漁りに出歩いて。

——本当に、毒虫のような女だな。

薔薇を食い荒らしていた毛虫と、教師を犯していた母の記憶が蘇る。母への嫌悪で顔が歪んだ。あんな汚い人間から生まれたのだと思うと、自分の身体まで汚く思えてくるからたまらない。

だが、そのどす黒い怒りも、すうすうと軽やかなブランシュの寝息を聞いているうちに、和らいできた。

ブランシュはこの離れに咲いた小さな愛らしい花のようだ。毒虫がいくら痛めつけても、枯れまいと必死に太陽を仰ぎ続けている、弱々しく可憐な花……。

——やっぱり僕は綺麗なもの、可愛いもののほうが好きだな。

そう思い、アルマンは口元を綻ばせる。

同じ三歳児でも、妹のレアなんて可愛いと思ったことがない。

幼子の唯一の取り柄と言っていい『愛くるしさ』がまるでないからだ。

レアは三歳とは思えないほど口が達者で、我儘（わがまま）放題だ。それに、気に入らない侍女を鋏（はさみ）

の刃の部分で殴り、顔に痕が残る怪我をさせたりと、今からろくでなしの片鱗を見せている。

なにより、レアが何をしでかしても、母が一切叱らないのが最悪だ。

怪我をした侍女の父親から苦情を言われた母は、『三歳の子がしたことで文句を言うなんて』と逆上して、その侍女を解雇してしまったのだ。

――屑の子は屑なんだろう。僕もレアもきっと腐ってる。

でも、自分にくっついてすやすや眠っているブランシュは可愛かった。

自分を頼り切っている弱々しい雛鳥を掌にのせているようで、崇高な気持ちになる。

『命を預かる』とは、このような感覚を言うのだろうか。

――可愛い……。

今までアルマンはブランシュに対し、子犬や子猫を可愛らしく思うのと同じ感情で接してきた。

だが今は、少し変わっていた。

アルマンを慕ってくっついて離れない、か弱く必死な『生命』を愛おしく思っている。

――僕がいなくなったら、また一人で泣くんだろうな……。泣いて泣いて冷え切って、最後には消えてしまうかも。

広い寝台で身じろぎもせずに涙を流していたブランシュの姿が浮かぶ。

ブランシュは、いつの間にあんな泣き方を覚えたのだろう。助けを求めて伸ばした手を、何度振り払われてきたのだろうか。

——じゃあ、僕が陰ながらブランシュ様のおそばにいて差し上げよう。母上は僕がブランシュ様に近寄ったら怒り狂って暴れるだろうから、目を盗んで行動するほうが良さそうだな。

アルマンはか細い寝息を聞きながら、絹のようなブランシュの髪を撫でる。

猫よりも小鳥よりも柔らかい。

頭のてっぺんから足の先まで全てが愛らしい。

——こんなに可愛い生き物がいるんだな……このまま母上やレアに穢(けが)されずに、ふわふわ可愛いままでいてほしい。

髪の手触りまで可愛らしいと思ったとき、地を這うような鐘の音が聞こえてきた。

——朝……か……。

意識が切り替わり、二十三歳のアルマンが目を覚ます。

掌には、まだ生々しくブランシュの髪の手触りが残っていた。ああ、可愛い、本当に可愛くて、そこにあるのが奇跡のような儚(はかな)い命だった。

アルマンの胸いっぱいに、幼いブランシュの無垢(むく)な匂いが広がる。子葉(しよう)を広げたばかりの薔薇の苗のような匂い。

——懐かしい夢だった。ブランシュ様の匂いは今も変わらない。

レアの葬儀が終わって、一日目。

妹を見送ったことは、どうやらアルマンの脳には夢として登録されなかったようだ。

葬儀に来た知人には『気を落とすな』『今は悲しんで良いときだ』と言われたが、普通は妹が死んだら悲しむものなのだろうか。

邪魔な家具をようやく片付けたような、薄く持続的な爽快感があるだけなのに……。

◆

レアの殺害現場となった部屋は封鎖された。

あの日からブランシュとリリアは離れの別の階の部屋に移され、粗末な家具に囲まれて暮らしている。

ブランシュは喪の衣装を纏い、祈り紐を手にしたまま、明るく狭い部屋を見回した。

不思議なことに、空き室となっていたこの部屋のほうが、これまでの部屋よりも日当たりが良く、寂しい庭もよく見える。

――暖かいわ。使われていなかった部屋なのに、かびの匂いもしない。

窓際の長椅子ではリリアがすやすやと眠っている。

昨日も『不審な人間がいないか見張る』と徹夜で番をしてくれたのだ。

――このお部屋は暖かいから、リリアもくつろげてよかったわ……。

だがリリアを見守るブランシュの微笑みは、すぐに消えてしまう。

自分はわざと、一番寒い湿った部屋に住まわされていた……その事実を改めて思い知ったからだ。

サイーデや父の憎しみの強さがどれほどのものなのかを痛烈に感じ、涙が滲む。

――お父様は……三つ叉の矛の痣を持たない私がそんなにも……。

身体が弱かったブランシュは、過去何度も危険な状態に陥った。

それでも父はブランシュの心配などしなかった。見舞いに来たことも一度もない。

医師を呼びつけ、『エールマン家からの支援金が途切れないよう、どんな身体になってもいいから生かせ』としか言わなかったそうだ。

――私は王家の金づるなのだもの。お父様のことよりも、レアの死を悼まなければ。神様に、どうかレアを天国にお導きくださいとお願いしなくては……。

祈り紐に通された珠を無意識に繰りながら、ブランシュは自分に言い聞かせた。

昨日、レアの葬儀が行われた。

外聞を憚り、レアの死因は『急性心不全』とされた。

警護の固い王宮の離れで遺体修復師たちの手で整えられたレアの亡骸は、生きているときと変わらず美しかった。

今にも目を覚まし、『今日はブランシュ様の相手はしたくないから、あっち行って』と我儘を言い出しそうにも見えた。

でも、レアは目を開けてくれなかった。

──ごめんなさい、レア。多分犯人は私を狙っていたのよ。よく確かめないで、私の寝台に寝ているからと、貴女を刺してしまったのだわ……。

アルマンが別の場所で墓掘り人たちと打ち合わせをしている間、ブランシュはまたサイーデに殴られた。

なぜ寝台を入れ替わったのかとまたしても責め立てられたのだ。

──サイーデの言うとおりね……。急に予定にないことをするのはやめましょうって、レアを止めればよかったんだわ。

葬儀にやってきた人々は、殴られるがままのブランシュと、暴れながら喚き散らすサイーデを呆然と見つめていた。

当然だ。リヒタールの貴婦人は上品で慎ましいことが至上とされる。

他人めがけて拳を振り下ろす姿を見せるなど、あり得ないからだ。

周囲の当惑の目にも気付けないほどに、サイーデは怒り、取り乱していたのだろう。

驚いたことに、サイーデを止めに入ってきたのは、夫のレンハルニア侯爵だった。

──侯爵様も、さすがに葬儀には出ていらしたのね。

佇んだままのブランシュに、侯爵は虚ろな口調で告げた。

『失礼いたしました、王女殿下。……妻に鎮静剤を呑ませて参ります』

侯爵は『代わりにあの女を墓穴に埋めろ』と錯乱するサイーデを引きずって、屋敷の中へ入っていった。

レアとアルマンの父は、ブランシュの父とはまた違った意味で我が子に冷淡だ。

十年以上別邸に引きこもり、果樹農園作りと、文学の研究にいそしんでいるという。子供たちの誕生日や、他の祝いの席にも顔を見せたことはないそうだ。もちろん王宮の行事にやってくるのも代理のアルマンだけである。

アルマンもレアもレンハルニア侯爵には似ていない。サイーデに生き写しなのもあるが、侯爵とはまるで他人のようなのだ。

娘の葬儀だというのに、彼は結局ぼんやりと佇んでいるだけだった。

いや、おかしな態度なのは侯爵だけではない。

思えば、レアが死んだ日のアルマンの冷淡さも異様だった。

レンハルニア家で、いったい何が起きているのだろう。

ブランシュは乾いた目で、まだ痛む頬に手を当てる。

サイーデの暴力は、身体以上に心を抉った。

——私、サイーデに、なぜまだ生きているのかと責められているように感じたわ。死んでいるのはお前のはずだったのに……って……。

レアが『ブランシュの寝台に寝てみたい』と言い出した夜に戻り、家に帰れと彼女に告げたい。

そうすればこんな懊悩(おうのう)とは無縁のまま、母のもとへ行けたかもしれないのに。

カサカサした心を風が吹き抜けるような気がした。

　このままバラバラにならないようにと、ブランシュは必死に祈り紐を握り締める。

　――お母様なら私を『よく頑張った』と抱きしめてくださるかしら。それとも、皆のように憎むのかしら……私を産んだせいで死んでしまったって……。

　母は、ブランシュのお産がもとで命を落とした。

　しかし、祖父の遣わした医師団が立ち会うことさえできれば、救命できていた可能性は高かったらしい。

　祖父の医師団が足止めされた理由は、父が王宮への立ち入りを禁じたからだとサイーデに聞いた。

　母は命がけでブランシュを産み落としたあと、リヒタールの医師や産婆に放置され、一切の治療を受けられず、ブランシュを生んで数日後、産褥熱で命を落としたそうだ。

　昔、幼いブランシュを放置してお茶会をしながら、侍女たちが言い交わしていた。

『王妃様、最後まで〝死にたくない、助けて〟って泣いていたそうですわね』

『惨めねえ。美貌自慢、財産自慢で嫁いできたのに、最後は見捨てられて死ぬなんて』

　母の話題は、サイーデがいつも笑いながら締めくくる。

『本当に往生際が悪くて見苦しかったのよ。大金で買った王妃の座に、よほど未練があったのでしょう』

　サイーデの言葉に、侍女たちは追従しながら笑い転げていた。

『王妃様は何を勘違いしていたのかしら。王宮で一番お美しいのはサイーデ様ですわ』

『平民の富豪の娘などサイーデ様の足元にも及びません』

ブランシュはいつも身動きもせず、扉の陰で『母の悪口』を聞いていた。

――どうして、ひどい……お母様が、何をしたというの……。

サイーデや侍女たちの笑いさざめく声を思い出すだけで、母の無念を思い涙が出てくる。

祖父はいまだに、母を死なせ、ブランシュの養育を放棄した父王を許していない。

しかし父は、祖父に対して強気だ。

ブランシュを人質にしているから、いくらでも祖父を脅せるのだ。

祖父は、何がなんでもリヒタールの王位継承者との血縁関係を欲している。

この国で大きな商売をするには、有力な王族、貴族の後ろ盾が不可欠だからだそうだ。

だから祖父は娘をリヒタールの王妃に据え、ただ一人生まれたブランシュを『女王に』と強く望んでいる。孫を女王にしてくれたら、そのあとの様子を見ながら、天文学的な数字の借金を帳消しにしていく、と。

ブランシュがどんなに辛い思いをしていても、祖父はここから助け出してはくれない。

王位継承順第一位の者は、国王が定めた場所に居住しなければ継承権を失うからだ。

もとは、継承者が連れ去られ、人質にされて利用されないようにと定められた法だった。

その法律が、逆にブランシュの立場を苦しいものにしている。

――女王になれない私は、お祖父様にとっては価値がない……。

それに、父にとって、ブランシュにはもう一つの利用価値がある。

父には兄弟がいない。

そのかわり、従弟や親族には、強い権力を持った者たちが揃っている。

ブランシュに何かあったら、次の王位を巡る争いが起きるだろう。

だが、王位を狙う者たちが積極的にブランシュを排除しようとしないのには理由がある。

ブランシュは曲がりなりにも『ゴッダルフ・エールマン』の孫娘だ。

世界経済の巨人と言われる祖父を敵に回し、援助を打ち切られたら、次の王位に就いた人間の財力では借金の返済ができない。

だから皆、ブランシュを殺してまでリヒタールの王位を簒奪しようとは考えないのだ。

この国の玉座はそんな微妙な均衡の上に成り立っている。

――耐えるのよ。今はリリアもいてくれるじゃない。大丈夫よ……。

リリアが祖父のもとから派遣されたのは、ブランシュが殺されかけたからだ。

十四歳の冬、理由もなく激昂したサイーデに棒で頭を殴られ、脳震盪を起こして気を失ったのだ。

いつもは平手打ちだがそのとき初めて棒で殴られた。頭には傷が残り、前後の記憶はない。

サイーデもさすがに『殺してしまったか』と焦り、医師を呼んだらしい。

その事件が、誰かの口から祖父に伝わった。

『もしもブランシュに何かあったら、リヒタール王家に報復する。王朝が変わるほどの経済的打撃を与えてやる』

激怒した祖父の態度に『さすがにまずい』と思ったのか、父はブランシュのそばに一人だけ護衛を置く許可を出した。

その護衛が、リリアだ。

本名はハルベルトといい、本当は男性なのである。祖父の私設軍、密偵部隊に所属する二十五歳で、誰が見ても外見は普通の綺麗な女性だ。

リリアが来た当初は、男の人が侍女としてそばにいるなんて怖いと思った。

でもリリアは、はっきりと誓ってくれたのだ。

『私がゴッダルフ様から賜った命令は、ブランシュ様に幸福な毎日を送っていただくようお守りすること。どうか私のことは血の繋がらぬ姉とお思いください。お肌を見るようなお手伝いはできませんが……何卒ご信頼くださいませ』

それに、リリアはとても強くて、サイーデが暴れ出したら止めてくれる。

お陰で最近のブランシュは、言葉で傷つけられるだけで身体は無事だった。

――私、お祖父様に私の危機を知らせてくれたのはアルマンだと思う。あの人は決して恩きせがましいことは何も言わないけれど……。

遠い昔、熱を出し、怖い夢を見て泣いているブランシュのところに様子を見に来てくれたのは、侍女でもサイーデでもなく、アルマンだった。

アルマンは、抱っこをねだる幼いブランシュを、サイーデや侍女たちに内緒で優しく抱きしめてくれた。

初めて月のものを迎えたのに無視されて、訳も分からず腰に布を巻いて泣いていたときも、白薔薇の樹に隠した紙に気付いたアルマンが助けてくれた。

ずっと一人で泣いていたのですか、と痛ましげな顔をしながら、手当ての方法を教えてくれたのだ。

『申し訳ありません、俺が女なら、貴女に恥ずかしい思いをさせずに済んだのですが』

女性の身体のことを説明してくれて、月のものの手当てに必要な道具を届けてくれたのもアルマンだ。

サイーデも侍女も、ブランシュが血まみれで泣いている理由を尋ねさえしなかった。レアからは『気持ち悪い。そのうち死んじゃうかもね』と脅されて、ブランシュは病で死ぬのだと震えながら、あの四つ折りの紙を白薔薇の樹に隠したのだ。

ブランシュはずっと昔から、婚約者でもないアルマンに頼り切っている。

彼がいなかったら、ブランシュは多分、深く傷ついた過去のどこかで露台から身投げして果てていただろう。

『今は辛く怖くても、アルマンが来たら助けてくれる』

そう信じて様々な苦痛に耐えてきた。

——今だって、本当はアルマンに不安を全部打ち明けてしまいたくなるわ。でも……サイーデは、アルマンのことまで……悪く言うから……。

ブランシュは喪服のスカート部分をぎゅっと握った。

サイーデは昔から、この離れの主同様に振る舞っている。

高慢なレアでさえ、我儘放題に見えてサイーデのご機嫌を伺っていた。ブランシュとアルマンを見張っていたのも、母の命令だからだ。

しかし、アルマンは昔から、サイーデの機嫌など気にせず振る舞っている。

サイーデがアルマンに対して金切り声を上げているのは何度も見かけたが、彼がそれを恐れたり、気に病んだりしている様子を見たことはない。

それはきっと、アルマンが強い人だからだろう。ブランシュと違って。

――アルマンが味方でいてくれることが、私の人生で一番の幸運だわ。彼がいたから、私は生きてこられた。だからこれ以上、アルマンに迷惑を掛けたくない。

ブランシュはそう思いながら、眠りこけているリリアに声を掛けた。

「リリア、夜通し見張りをしてくれて疲れているのでしょう。ちゃんと寝台で休んでちょうだい。長椅子では疲れが取れないわよ」

「ふぁ……あれ……朝ですか……？　あっ！　失礼いたしました、ブランシュ様！」

リリアの声は前半は男、後半は少し掠れた色っぽい女性の声だった。

「嫌だわ、私……ちょっとお休みさせていただくはずが、すっかり寝入ってしまって」

困ったように、女性にしては少々いかつい指を組み合わせるリリアに、ブランシュは微笑みかける。

「身体が痛くなるから、ちゃんと寝台で休んで」

するとリリアは美しい髪を揺らし、ぺこりと頭を下げた。

「ごめんなさい、ブランシュ様。もう大丈夫ですわ、よく寝ました」

そう言って立ち上がったリリアはそれほど背が高くなく骨格も華奢だ。侍女の制服も王宮の支給品を問題なく着こなしている。

本人曰く『私は格闘と女装の玄人ですから』ということらしい。祖父のもとでどんな修行をしてこうなったのだろうか。

聞いても、『私なんて武術も女装もまだまだなので』と照れて教えてくれない。

——誰もリリアを二十五歳の男性だとは思わないわよね……だって、こんなに可愛くて女らしいのだもの。

「ねえリリア……聞いていい？」

小首をかしげるリリアに、ブランシュは尋ねた。

「レアが亡くなった日、どうして怪我をして縛られていたのか思い出せた？」

やはり、あの日のサイーデの態度が気になる。もしかしてリリアはサイーデに縛られたのではないかと思えて仕方がないのだ。

「あ……ごめんなさい……私、頭を殴られた前後の記憶はまだ……」

武人のリリアにとって、不覚を取って昏倒させられたのは屈辱的なことらしい。

悲しそうに俯くリリアにしつこく聞くのをやめ、ブランシュは首を横に振った。

「ううん、いいの。思い出したら教えてね」

そこまで言って、ブランシュは口を噤んだ。

ブランシュと間違えてレアを殺した犯人は誰なのか、いまだに分かっていない。

だがサイーデの態度だけはどうしても気になる。リリアを縛り上げる必要があるとすれば、その理由は、ブランシュのもとに駆けつけさせないためとしか思えなくて……。

「ブランシュ様、どうなさいました？」

リリアの声に、ブランシュははっと我に返る。

サイーデが、リリアが縛られていたことを知っていたとしても、必ず何かを企んでいるとは限らないではないか。

たまたま縛られて倒れていた傷だらけのリリアを見かけ、『大嫌いなブランシュの護衛など痛い思いをすればいい』と放置しただけかもしれない。

──苦しい言い訳のようにも思えるけれど、可能性としてはないではないわ。

「なんでもないの。ごめんなさい。レアの冥福を祈りましょう」

疲れた声で告げると、リリアがキッと眉を吊り上げた。

「まあ！　レア様のことをそんなに悼んで差し上げるなんてお優しすぎますわ。あの我儘女に、いったいいくつの宝石を勝手に持って行かれたとお思いですの？」

リリアは激怒している。

『ブランシュ様は華やかなお席になんか出ないでしょ？』

脳裏にレアの声が蘇った。

リリアが言う『宝石』とは、祖父が罪滅ぼしのように、『今の窮屈な生活を少しでも楽しめるように、せめて華やかなものに囲まれなさい』と贈ってくれた宝飾品などのことだ。レアが持ち逃げしたものは、祖父の思いやりの欠片だった。

――宝石を持って行かれたくらいで、憎んだりしないわ……。

生きてさえいれば、レアも態度を改め、返してくれたかもしれないからだ。

「リリア、亡くなったレアをそんな風に言わないで……私と間違えられて殺されたのかもしれなくて、どう償っていいのか分からない気持ちなのよ……」

そう言って、ブランシュはやるせなさに顔を覆った。なぜ寝台を貸したのかというサイーデの怒りの声が脳裏にこだまする。

「ブランシュ様……ごめんなさい」

リリアは戸惑ったように穏やかな声で言った。

「私の心根が意地悪すぎました。宝石の話は今は関係ありませんでしたね」

「いいえ、リリアは私を案じてくれているだけだって分かっているわ」

表情を翳らせたままのブランシュに、ふと思い出したようにリリアが言った。

「そういえば、アルマン様が今日の夕刻、お見舞いにいらっしゃるそうですわ。心配事がたくさんおありでしょうから、アルマン様にご相談されてはいかが？」

そんな予定は初耳だ。ブランシュは慌てて首を横に振った。

「駄目よ、リリア。アルマンこそ大変なときなのよ。お見舞いも要らないと伝えてちょうだい」

アルマンに打ち明け話などできない。

もしもアルマンと会ったことがサイーデに伝わったら……それこそ地獄だ。

――もう……嫌なのよ……私のせいでアルマンが悪く言われるのが……。

サイーデが、息子のアルマンまで罵倒する姿を想像するだけで、心が萎える。

ブランシュはまた首を横に振り、手にした祈り紐の珠を繰りながら窓に目を向けた。

「そういえば、誰かからお花が届いていたわね」

侍女の誰かが無言で置いていったものだ。忘れていた。

「誰でしたっけ……ああ、リザルディ様ですね。一応、災難に遭われたブランシュ様へ気遣いを見せたのではありませんか？」

リリアが、窓辺の花瓶に生けられた小さな花束に目をやる。

名ばかりの婚約者、リザルディからのお見舞いの花だ。

街の花屋から直接届いたものだという。

花の量は少ないものの、目がちかちかするほど派手だ。

紫や赤、鮮やかな桃色などの花ばかりで、匂いも強い。

華やかで綺麗だけれど、人が亡くなったのを悼む花には見えなかった。

「高級娼館に飾られていそうなお花ですわねえ、お好きですものね」

リリアが派手な花を見ながら独り言つ。

高級娼館がどんな場所なのかはブランシュもうっすら知っている。婚約者がそこが大好きで、家の財産を食い潰す勢いで居続けているという話も聞いた。

「リザルディ様は……まだ、そこに行っておられるの……？」

「はい。それはもう毎日のように足しげく。界隈では有名な『夜の勇者』だそうで」

ブランシュは失望しつつ頷いた。

――リザルディ様は、レアの葬儀にも『お仕事』で来てくださらなかったわ。働いていらっしゃらないのにお仕事だなんて、不思議な方だと思っていたけれど……高級娼館にいらしたのでしょうね……。

リザルディは、婚約者のブランシュを無視して好きなように生きている。

婚約式の日に最低限の挨拶を交わして以降、王宮の行事で顔を合わせる以外は、彼と手紙の一通さえも交わしたことがない。

――私は……申し訳ないけれどリザルディ様を好きになれない。だってリザルディ様は、婚約者なのに、私が続けている慰問活動にも一度も同行してくださらない。それどころか、慈善活動なんて何一つなさっていない。貴族の義務なのに。

失望と悲しみで胸が塞がる。

けれど、ブランシュの運命は変わらない。

リザルディが婚約者であることも変えられない。

ブランシュは、父とサイーデの支配下にある、無力な存在のままだ。

そう思い、ブランシュはやるせないため息をついた。

◆

喪服姿の母が、ヴェールの下からアルマンを見つめている。

灰色の大きな目には怯(おび)えるような光が浮かんでいた。

「ど、どうして、寝台を間違えたの、どうして」

——おかしな女だ。俺を見るたびに怯えて。一応お前の『息子』だろうに。

心の中で嘲笑(ちょうしょう)し、アルマンは静かに答えた。

「何を仰っているのですか？」

アルマンの冷ややかな答えに母の身体がかしぐ。

「な、何を……ですって……？　言ったでしょう、陛下のお心を取り戻すためにも、ブランシュを始末すると、次の王になるのは貴方なのだと……っ……」

母の言葉をアルマンは鼻で笑った。

アルマンの軽蔑の視線に気付いたのか、母の目から涙が溢れる。

「本物の王太子は貴方なのよ。私が陛下のご寵愛を受けて二十三年前に産んだ、三つ叉の矛の痣がある貴方よ……！　貴方だって納得したから私の計画に……っ！」

寝ぼけるのもいい加減にしてほしい。そう思いながらアルマンは口を開く。

「レアはおそらく、連れ込んだ男に殺されたのでしょう。散々男の精力比べを口にして、下手くそ呼ばわりした男たちから非常に恨みを買っていたようでしたからね」

露骨な言葉に、母の顔から血の気が引いていく。

「お、お前は……頭でも……打ったの……？」

「正気です。母上こそしゃんとなさってください。未来の王はブランシュ様以外にあり得ません。今から態度と心を入れ替えて、ブランシュ様に過去の虐待をお許しいただけるよう、毎日慈善活動に励まれてはいかがですか？」

アルマンの言葉に、母が金切り声を上げた。

「ブランシュは未来の王じゃないわ！　王の血なんて引いていない！　陛下は平民出の王妃になどお手も触れなかった。陛下が取り巻きに犯させて、あの女を孕ませたのです。何度説明したら分かってくれるの……？」

「その話は何度も聞きましたが、だからなんだと言うのですか？　ゴッダルフ・エールマンからの借金が返せぬ限り、次の王はブランシュ様なのですよ」

アルマンの右の肩甲骨の下には、確かに三つ叉の矛の痣がある。

これが王家の直系の証とされているらしい。不思議なことに、直系から遠ざかっていくにつれて、痣が現れる確率は小さくなっていくのだと……。

しかし、たかが王家の血、たかが痣だ。こんなものの何が尊いというのか。

二十四年前、父レンハルニア侯爵は、腹にアルマンを宿していた母を妻に迎えた。

父母は昔から婚約者同士だったという。

婚前から母と関係を持っていた父は、当然自分の子が産まれるのだろうと思っていた。

だが産まれた息子には王家の痣があった。

その頃には父の耳に、母が何年も前から乱倫の限りを尽くし、貴族の男たちと『交友』していた事実が届いていた。

母は父という婚約者がありながら、密やかに男たちとの逢瀬を重ねていた。

そしてその関係を隠れ蓑に、さらに国王を本命として、性交を繰り返していたのだ。

産まれた子が国王の子だ、と母から告げられた父は、部屋に閉じこもるようになった。

レアが産まれた頃には、『妻との性格の不一致による別居』と周囲に説明し、本邸からそれほど離れていない別邸の一つで暮らし始めた。

父の失望は深かった。なぜなら父と国王は幼なじみだったからだ。

自分の婚約者と平気で寝た王にも、自分を裏切り続けた妻にも、父は心の底から失望したのだろう。

王と母の不倫は長く続いたため、レアもアルマンと同じく王の血を引いていたらしい。

母は不特定多数の男と関係を持っていたため、それも定かではないのだが。

国王は母と関係を持ちながらも、手当たり次第に国中の美女を呼び寄せて抱いていた。

周囲の忠告も聞かず女を抱き続けて、挙げ句に性病に罹って生殖機能を失った。

国王はおそらく、異常性癖者なのだ。そんなにも女好きなのに、王妃だけは抱かなかったのだから。

母曰く、王は『血筋の卑しい』王妃を『信頼できる友人たち』に輪姦させていたという。王妃が犯される光景を見物し、昂った身体で母や他の女を抱いたらしい。

——汚いにもほどがある。俺はどちらの血も要らない。

アルマンにとっては『毒虫』でしかない実の両親の血。

その血を余すところなく受け継いだ自分も、毒虫なのだろう。

アルマンは昔からブランシュ以外の他人には興味がない。

『真面目で誠実なお人柄』などと知人からはよく世辞を言われるが、周囲の人間の言動を分析し、真似しながら『無難な貴公子』を演じているだけだ。

こんな風に、擬態しなければ人間社会でやっていけないところも毒虫の証拠だと思う。

リヒタールの王にふさわしいのは毒虫ではない。

人間こそが王にふさわしい。

心の美しい王に統治されることこそが民衆の幸せなのだ。

現に、リヒタールの民は王家に少しも満足していない。

現国王のことなど『酒浸りの愚王』『うちの国は王家に恵まれていない』『あんな王では、外交の席で恥をかく』と言って憚らないありさまだ。

二十年と少し前、先代の王がリヒタールを治めていた頃、内乱が起こりかけた。

貴族議院が王家の浪費を咎め、国庫に対する使い込みの返済を求めたのだ。

先代の王はそれを拒み、『王に退位を求める』と抗議隊を組んでやってきた貴族の一人を兵士に殺させてしまった。

それが切っ掛けで国内は荒れ、先代の王は国民や貴族たちに弾劾（だんがい）され、退位を余儀なくされた。

先代の王は、国民を『愚民共』と呪い、『王位とは、私個人に与えられた天与の権利だ』と言い続けながら、やがて幽閉された王宮の離れで酒中毒で死んだ。

跡を継いだのが、現国王であるアルマンの血統上の父親だ。

王は今も昔も無能だ。威張り散らす以外は何もできない。即位式では『他に兄弟がいれば、もう少しまともな王子がいれば』と、散々囁（ささや）かれたそうだ。

傾いたままの王家が救われたのは、ゴッダルフ・エールマンのお陰だ。

ゴッダルフは、国王にこう約束した。

娘を『リヒタール王族の一員』にしてくれるならば、王家の借財を肩代わりする。そして、産まれた子供を王位に就けてくれるならば、支援を続けると。

——願ってもない話だろうに、なぜ『平民の血を受け入れるのは屈辱』などという結論に行き着くのだろう。矜持（きょうじ）の持ち方を間違えるとは愚かな話だ。

この国がなんとかなっているのは、ただ単に長い歴史があり、貴族たちがそれなりに領地を治めているからに他ならない。

アルマンの目には、国王はリヒタール王国の命を啜る毒虫に見える。

母と同じおぞましい毒虫の仲間だ。

——俺にとっては、国王陛下と母上の血を引いていることが苦痛なんだ。

母の素行は、国王同様に目も当てられない。

王の寵愛が薄れたあとも不倫を繰り返し、人の夫を寝取るのは当たり前。ブランシュにも、王宮の離れの侍女たちにも、レンハルニア侯爵家の使用人たちにも高圧的で、機嫌が悪いときに暴力をふるうのは日常茶飯事だった。

年齢と共に癇癪を抑えられなくなり、ブランシュを殺しかけたこともあるほどだ。

母は、誰も逆らうことができない暴君だった。

だが目の前の母は弱々しい。蒼白な顔で全身を震わせている。

彼女の顔にあるのは恐怖だけ。怖い、怖い、怖い、怖い。ひたすらそう書いてある。

——母上の恐怖は分かります。レアの『次』は自分かもしれないですからね。なぜなら貴女はレア以上に散々人の恨みを買っているでしょうから。

ブランシュや周囲の人間たちに対し、残酷な振る舞いを重ねておきながら、いざ自分の身に恐怖が迫ると壊れる。

なんという弱さだろう。失笑を禁じ得ない。

アルマンは微笑みながら母に言った。

「母上、いくら灰色の髪とはいえ、白髪が目立ちますね。染めてはどうですか」

「な、なにを……私はまだ若……っ……」

震えていた母が我に返ったように叫んだ。まだまだ、若さへの執着心は溶岩流のごとくに母の心に滾っているらしい。

顔を引きつらせた母が、化粧室へと駆け込んでいく。

アルマンは冷ややかな目で、昔より遙かに肉の付いた母の背中を見送った。

母は老いた。荒淫な女は老いが早いと聞いたことがあるが、そのとおりだ。

唯一の取り柄だった容姿も、肥満と加齢で醜く崩れ始めている。

母が王妃になれなかった理由は、実家に王家を援助できるだけの財産がなかったかららしい。だから母はいくら美しくて家柄が良くとも『妃』には選ばれず、親同士の取り決め通り、レンハルニア家に嫁ぐことになったのだ。

のちに王妃に選ばれたゴッダルフの娘を、母は激しく憎んだ。

母は王妃になれなかった屈辱を忘れていない。

その上、いまだに『自分はこの国一番の美女だ』という意識が抜けず、本当に美しく若い女に対して容赦がない。

王妃に生き写しだという、美しいブランシュなど一番の標的だ。

妹のレアも、幼い頃は溺愛されていたが、成長するにつれて母の愛は薄れていった。

母の『美貌』とやらを受け継いだレアが、王宮中の男を漁り始めたからだ。

どんな男も意のままにできると思っていた母は、狙っていた男を自分の娘に寝取られて逆上し、殴打（おうだ）した。

　お陰でレアは、陰でこっそりと母が狙う男を食い散らかすようになった。

『お母様より私のほうが若くて、あそこの具合もいいんですって』

　おぞましい言葉を聞いた瞬間の吐き気を、生々しく思い出す。

　得意げな妹を見て、本当に不気味だと思った。

　あれも毒虫だ。辟易（へきえき）する。この記憶は脳に良くない。レアはもう死んだので、早く忘れることにしよう。

　妹が順調に毒虫に育つ一方、母は加齢と共に狂っていった。ブランシュへの暴力がより悪化したのも、身体が肥大し、たるみ始めた頃からだ。

　男から性交相手に選ばれないだけであれほど荒れるとは、アルマンも思わなかった。

　——そんなことより、そろそろ時間だ。

　アルマンは懐中時計を確かめ、レンハルニア侯爵邸の居間を出た。

　洗面所からは母を宥（なだ）める侍女たちの声が聞こえる。

　精神の均衡を欠きつつある母が、怪しげな若返り薬でも呑んでいるのだろうか。無駄なことに金を使っているのだなと思った。

「ブランシュ様のお見舞いに行って参ります」

　そう声を掛けたが、侍女からしか返事がない。

「あん、あんな女ァ……！」

母は意味をなさない奇声を上げただけだった。おそらくあれは人の精神の断末魔の叫びなのだろう。

そう思いながらアルマンは王宮へと向かう。

アルマンの美しい花は今日も無事に咲いているだろうか。

遠い過去、『だっこして』と、腕の中に飛び込んできた小さなブランシュを思い出す。あのときからブランシュは変わらない。

母とレアのそばにいても、ずっと穢れのないままだ。

――毒虫に穢されず、清らかな花として咲き続けてほしい。

ブランシュはどのような状況下に置かれても、気高く優しい。

アルマンが畳まれた紙片に気付いて駆けつけるたびに、小さな声で『ありがとう』と言い、目を潤ませるブランシュ。

『本当は頼っては駄目なのにごめんなさい。私は、サイーデが貴方まで悪く言うのが、本当に辛いの』と涙を流したブランシュ。

アルマンは昔から、彼女のためだけに生きている。

リヒタールの女王になるべきは、心の清らかな彼女だ。

――ブランシュ様を毒虫からお守りせねば……毒虫の子である俺が、貴女のお役に立てるならば、それだけで嬉しいのです。

アルマンの薄い唇に、ほのかな笑みが浮かんだ。

◆

夕刻。リリアの言ったとおりブランシュのもとにアルマンが訪れてきた。

離れの応接間に通された彼は、いつもどおりに落ち着き払って見える。

レアを失い、悲しんでいるようには見えない。

——仲のいい兄妹ではなかったのは知っているけれど……。

彼の表情を窺いつつ、ブランシュは戸惑った。

ブランシュはまだ喪服を身に纏い、手には祈り紐を握り締めたままだが、アルマンは喪服より一段明るい灰色の貴族服だ。

服装一つをとっても、彼の気持ちはレアの追悼（ついとう）には向いていないように思える。

「私の心配はいいのよ、家で休んでいて……」

遠慮がちに切り出すが、アルマンは微笑んで首を横に振った。

「母に叩かれておいででしたから、お怪我が心配で」

アルマンの優しい言葉に、ブランシュは何も言えなくなる。

自分の家が大変なときなのに、ブランシュを案じてやってきてくれたのだ。

そう思うと胸がいっぱいになった。

アルマンには小さな頃から迷惑を掛け続け、ずっと守ってもらってきた。今回は悲しい思いをした彼をブランシュが支える番なのに。

「いいえ、貴方のほうが大変なのよ、アルマン……こんなときに、私の心配はしなくていいの。貴方とサイーデには、ゆっくりとレアの冥福を祈ってほしいわ」

「必要ありません」

いつもと同じ優しい声音で言われ、ブランシュは凍り付いた。

レアが殺された日に聞いた『ご迷惑をお掛けして申し訳ありません』という他人行儀な言葉。そして今の『必要ありません』という答え。

訳が分からずブランシュは尋ねた。

「ど、どうして？」

アルマンの反応は、ブランシュが想像もしていなかったものだった。

「どうして……とは？　ブランシュ様こそどうなさいました？」

不思議そうに首をかしげ、アルマンが問い返してくる。

「あ、あの、どうして、というのは……なぜ貴方がそんなにも……」

冷たいのか分からない、と言いかけて、ブランシュは一つの可能性に気付く。

もしかして、弱々しく頼りないブランシュの前だからこそ、アルマンは弱音を吐けないのではないか。

無知で脆弱な、羽を毟られた鳥のような王女を前に、家族を亡くして辛いなどと言えないだけかもしれない。

ブランシュは申し訳ない気持ちでアルマンに静かに言った。

「私の前では思い切り悲しめないわよね、ごめんなさい、アルマン……貴方に余計な気を遣わせてしまって」

ブランシュの答えに、アルマンはますます首をかしげた。

「いえ、悲しくないので大丈夫です」

聞こえた言葉の意味が分からず、ブランシュは大きく目を瞠（みは）る。

アルマンは今、なんと言ったのか。

「ど、どういう……意味……？」

「気立ての良くない妹でしたから、死んでもそんなに悲しくありませんでした」

淡々とした口調に、ブランシュの脚が震え始めた。

あり得ない。

仲がそれほど良くなかったのは知っていたけれど、冷たすぎはしまいか。

「なぜそんな言い方をするの？　レアは亡くなったのよ」

「レアの死を悲しんでいないことが、ブランシュ様には不愉快なのでしょうか？　もしそうであれば、すぐに改めますが」

問われて、ブランシュは言葉を失う。

「悲しむように俺に命じておられますか？」

ブランシュは激しく首を横に振った。

「そういうことではないでしょう？　レアが亡くなったのにどうして平然としているの」

「ブランシュ様も、それほど悲しまれていないように思えますが？」

アルマンの言葉に、ブランシュの心臓は驚きで止まりそうになる。

「な、なにを言っているの……？」

悲しくないはずはない。

寝台を貸さなければ、きっとレアは死ななかった。レアの死には自分に責任の一端がある。

目を逸らしたブランシュは、震え声で言った。

「き、きっとレアは、私を狙う人間に間違って襲われたのよ、私は……心から申し訳ないと思っているわ。サイーデに恨まれるのも仕方がないことだと思っている。寝台を貸すなんて、子供っぽいことをした私がいけないの……」

「ブランシュ様」

俯いていたブランシュはすぐそばで聞こえたアルマンの声にはっと顔を上げた。

「あんな妹のことなどでお嘆きにならないでください」

冷ややかな、それでいて自信に満ちた口調だった。

「レアは長年ブランシュ様に失礼を働いていたのです。だから罰を受けた、そうではありませんか？」

「ば……罰なんて……レアが罰を受けなければならないことなんてないわ……」

ブランシュの声が掠れた。

「だってまだ、十七の女の子だったのよ……悪いことをしたとしても、無知だからよ。神様も許してくださるに決まっているわ」

ブランシュは、無意識のうちに、痛いほどの力で祈り紐を握り締めていた。

「亡くなった人を悪く言うのはやめてほしいの。レアはもう何も言い返せないのに、私とアルマンで責めるなんて、残酷すぎると思わない？」

それしか言えなかった。

アルマンの視線が鋭くて、上手く言葉が出てこない。

「分かりました」

アルマンの大きな手が、ブランシュの手を取った。

——あ……。

身を屈めたアルマンに、指先に口づけられ、ブランシュの頬が赤く染まる。

小さな頃、内緒で額に口づけされたことはあるけれど、指にされるのは初めてだ。

貴婦人への敬意を示す、指先への接吻（せっぷん）。知識としてはあったが、まさか自分がされるとは、という思いでいっぱいで動けない。

「ブランシュ様の仰るとおり、俺の言ったことは不公平でした」

赤い顔のブランシュを見つめるアルマンの視線は、先ほどよりも和らいでいる。

「貴女が正しい。反論のすべを持たない人間を悪く言うのはやめます」

「アルマン……」

「王宮警備隊の懇意の者に、ブランシュ様の身辺には特別気を配っていただけるよう、お願いいたしました。リリア殿、貴女も気を張りすぎずゆっくりお休みください」

背後に立っていたリリアが品良く頷く。

アルマンはもう一度身を屈め、ブランシュの指先に接吻した。

ブランシュは今度こそ首まで真っ赤になる。

「い、嫌……何をするの、恥ずかしいわ……」

「お嫌でしたか？」

片眉を上げるアルマンに、ブランシュは首を横に振って答えた。

「は、恥ずかしいの。お姫様みたいに扱わないでちょうだい」

背後のリリアがぷっと噴き出した。

「ブランシュ様は本物のお姫様でしてよ？」

「そうです。ブランシュ様は、常に気高くあろうとする王女殿下です」

アルマンの優しい言葉に思わず泣きそうになる。

――気高くあろうとする……そうね、私、気持ちだけはそうありたいと願っているわ。分不相応に背伸びをしているだけだけれど。王女にふさわしい人間でありたいって。

未熟な自分を見守り続けてくれる人がいるのは、大いなる幸福だ。それが昔から密やかに支え続けてくれたアルマンなのが、本当に嬉しい。

ブランシュ一人では、この王宮で『人間』になることはできなかった。

アルマンがいなかったら何も分からないままだった。

大人の女になる知識すらないまま、惨めな犬の子のように這い回ることしかできなかったはずだから……。

無意識に祈りの形に手を組み合わせながら、ブランシュは言った。

「ありがとう、アルマン。貴方がそばにいてくれると安心できるわ」

もうレアはこの世にいない。

アルマンとの会話を盗み聞きされ、サイーデに告げ口されることもなくなったのだ。

そう思ったら、自然に言葉が出てきた。

「貴方は私の恩人で、一番大切な存在よ。ずっと見守ってくれて本当にありがとう」

アルマンに自分の気持ちを打ち明けるのは初めてだ。いつもはお礼と、早く帰ってと頼むことしかできなかったから……。

「えっ？」

アルマンが驚いた声を上げる。意外なことを言われたとばかりの表情に、ブランシュは少しだけ笑ってしまった。

「どうしたの、いつもそうじゃない……私は幼い頃から貴方に頼り切りでしょう？」

「そうなの……ですか……？」

灰色の美しい目に浮かんでいるのは純粋な驚きだった。ブランシュのほうこそ、アルマンの反応に驚いてしまう。

「俺がいると安心なのですか？」

「もちろんよ。今更何を言っているの？」

信じられない言葉を聞いた、とばかりにアルマンがぎくしゃくと頷く。

――あれだけ私をそっと助けてくれたのだもの……わざわざ口にせずとも、私がどれほど感謝しているかは伝わっていたはず……よね？

優雅な彼らしくない驚きように、ブランシュはまた笑った。

「そう……ですか、ではまた、安心していただきに参ります」

目を泳がせながらアルマンが言う。何をこんなに動揺しているのだろう。

「無理はしないで、家のこともあるのだし。リリアもいるし、大丈夫……」

言いかけたブランシュは、アルマンが自分を凝視していることに気付いて首をかしげた。

「どうしたの、さっきから。何を驚いているの？」

「俺がおそばにいると安心するなど、そんなお言葉をいただけるとは思っておりませんでしたので……」

「嫌だった？」

ようやく、サイーデの監視の目をくぐって素直に告げることができた言葉だ。でも、迷惑だったかもしれない。

不安な表情になったブランシュの前で、アルマンが大きく首を横に振った。

「い、いいえ、光栄です、驚きました……俺をそんな風に認識されていたとは」

大袈裟すぎる答えにブランシュは微笑む。

「なあに？　ずっと昔からあんなに優しくしてくれたのに……おかしな人」

そう言って、ブランシュはアルマンの手を取った。

勇気を出して、両手で包み込む。

何度も助けてもらったけれど、自分から彼に触れるのは、物心ついてからは初めてだ。

「この手で熱を出した私を手当てして、くじいた私の足に包帯を巻き、棘を抜いて血止めをしてくれたのではなくて？　他にもうんと貴方には助けられたわ。きちんと言葉にしていなかったかもしれないけれど、貴方は私にとってかけがえのない人なのよ」

「……俺はただ、綺麗な花が……綺麗なままであればいいと……」

ブランシュは、アルマンの手を遠慮がちに撫でながら言った。

「アルマンったら、頭が良すぎるから変わったことを言うのかしら。今は大変なときなのだから、私を気にせずゆっくり家で休んでちょうだい」

「ありがとうございます」

アルマンが一度瞬きをする。彼の表情が、普段どおりの凪を取り戻す。

「母の様子がおかしいので、しばらく様子を見守ります。あのとおりの気性ですから、侍女に怪我をさせては申し訳なくて」

殴打された頬を無意識にさすりながら、ブランシュは頷いた。

「あんなことがあったのですもの、ちゃんとサイーデを心のお医師様にお診せしてね」

「分かりました」

また、そっと指先に口づけられる。今度の口づけはなかなか離れなかった。

――あ……アルマンの唇って……とても柔らかいわ……。

意識すればするほど、指先にだけ感覚が集まってしまう。

ブランシュが身じろぎすると、アルマンは顔を上げ、よく通る低い声で告げた。

「落ち着きましたら、またご機嫌伺いに参ります、ブランシュ様」

「ええ、ありがとう」

リリアは何も言わず、じっとアルマンとブランシュに視線を注いでいた。

第二章　花開く恋

レアの葬儀から五日目の夜、アルマンの自宅、レンハルニア侯爵邸で事件が起きた。

母が灯油をかぶり、己に火を付けて死んだのだ。

屋敷の者は、精神を荒廃させた果ての発作的な自死だろうと噂し合っている。

『後追い自殺をなさるほど、レアお嬢様を可愛がっていたかしら』

『奥様は元からおかしかったから……男の漁りぶりも普通ではなかったし、本命の貴公子に振られたのではなくて？』

使用人たちは、誰も母の死の理由を深追いしなかった。

皆『奥様がいなくなって良かった』と思っているのだ。

母は、歳を重ねるにつれて情緒不安定になっていった。機嫌が悪ければ誰にでも暴力をふるい、すぐに解雇を口にする。誰がそんな女の下で働きたいだろう。

『私こそが王宮一の美女だった』と言い続けている荒んだ夫人の相手など、誰もしたがらなかった。当然その中には、彼女が腹を痛めて産んだレアとアルマンも含まれる。

父は母の死の知らせを聞いて、別邸から駆けつけてきた。

「アルマン、庭で火が出たと聞いたが、家の者に怪我はなかったか」

母のことなど頭の片隅にもないらしい。父らしい第一声に、アルマンは微笑んだ。

「庭の花見用の長椅子が焼けた程度なので、大丈夫でした」

そう答えると、父はほっとしたように頷いた。

「良かった。誰かが怪我をしたのではないかと気が気ではなかった。我が家の者たちはよく働いてくれる。別邸の私のこともまめに気に掛けてくれて」

父はそう言って、安堵したように額の汗を拭った。

「サイーデは今どこに?」

「王都保安部隊が運んでいきました。死亡時の状況を調査するそうで」

「お前は……大丈夫なのか?」

父の問いに、アルマンは一瞬だけ動きを止めた。

——どういう意味で聞いているんだろうな。

そう思いながら、アルマンは先ほどと寸分違わぬ笑顔で答える。

「大丈夫です。つつがなく検死は済むと思います」

「ならばいいのだが」

「俺のことよりも、動揺している屋敷の皆に声を掛けてやってください。寝る前に母の相手をした侍女が、自分が気付けなかったせいで、と落ち込んでおります」

父は「それは気の毒に……」と言いながら立ち上がった。

「侍女に話をしてこよう、気に病む必要はないと。お前は家の中を取り仕切ってくれ」

父は、侯爵としての仕事は、領地に関わる最低限のことしか行ってこなかった。

アルマンが成人してからは、貴族同士の付き合いや慈善事業など『レンハルニア侯爵』としての社交面はほぼアルマンに任せきりだ。

「立て続けに不幸があって気をもむが……お前も体調を崩さぬように」

一つ大きく息をつくと、父はアルマンに言った。

——王に押しつけられた俺に対しても、情のある言葉を掛けられるのか。

父は、妻という毒虫から逃げたお陰で、心の平衡(へいこう)を保っていられるのだ。だから赤の他人である『息子』にも、淡々と接することができるのだろう。

そう思ったとき、ふとブランシュの声が蘇った。

『貴方がそばにいてくれると安心できるわ』

ブランシュは、アルマンの父のように毒虫から逃げることさえできなかった。

けれど今も優しい心を保ち、清らかに咲き続けている。

『貴方は私にとってかけがえのない人なのよ』

身震いするほど嬉しかった言葉を思い出す。清純なブランシュの心に、毒虫の自分が
『重要な人間』として登録されていたとは。

——俺が、かけがえのない人間としてブランシュ様の記憶に常に存在している……こんなことがあっていいのか？

『喜び』に慣れていないため思考が上手く纏まらない。

花が毒虫を受け入れてくれるなんて考えたことがなかった。毒虫である本性を知られないよう、ひたすら陰ながらに守れればいいと思っていたのに。

――俺のような毒虫の子が、ブランシュ様に……案じていただけるとは……。

胸の異様な疼きが消えない。もう一度、ブランシュが自分に向けてくれる言葉を聞けるだろうか。貴方は大切な人だと、また言葉にしてもらえるだろうか。

こんな気持ちは生まれて初めてだ。

アルマンは昔から人の気持ちを想像することがとても苦手だった。

だから、声に出して語ってもらえて、理解できて、とても嬉しい。

ブランシュの思考の中に自分が存在する。

そう思うだけで得体の知れない熱が身体の奥から湧き上がってくる。

脳裏にブランシュの絹のような肌が浮かぶ。薔薇の花のような赤い唇も。

『触れたい』

そう思った刹那、アルマンははっとなり、己の手を見つめた。小刻みに震えている。

――俺が……ブランシュ様に……触りたい……？

強烈な喜びに喚起され、今まで存在しなかった欲望が生まれたのだと分かった。

これまでは、ただブランシュを守るだけだった。

けれどブランシュから優しい感情が返って来るなら、次は触れたい。

指先に口づけたとき、ブランシュはなすがままに手を委ね、頬を赤らめていた。もっと触れても、おそらくは拒まれないだろう。毒虫二匹はいなくなった。邪魔する人間はいない。彼女さえ許してくれるのであれば、触りたい。今すぐにでも……。

――いや、その前にすることがある。

アルマンは身体に生じた熱を無視し、使用人たちの無事を喜ぶ父に告げた。

「父上、母上の葬儀の支度を始めなければなりませんね」

◆

――サイーデが、火事で亡くなった……？

冷たい顔の侍女から一報を聞き、ブランシュはへなへなと木の床に座り込んだ。

「あ、あの、火事って、他の人は大丈夫なの？」

「さぁ？」

侍女は肩を竦める。

最初によぎったのはアルマンの安否だった。

「大きな火事だったの？　アルマンやお屋敷の人たちは大丈夫？」

繰り返し尋ねると、侍女は露骨に面倒そうな顔をして、大きなため息をついた。

お前の質問になど答えていられない、と言わんばかりの態度だ。

「分かりません。特に連絡はありませんでしたから。サイーデ様の葬儀は、王都保安部隊の調査が終わったあとに行われるそうです。お気の毒に、そんなにレア様のことを悲しんでいたなんて意外ですわね」

侍女は階下の温室へと戻って行った。

サイーデが来るたびに、笑顔で追従を口にしていた侍女の態度とは思えない。

彼女がサイーデの死を嘆いている様子はみじんもなかった。

つい最近まで『サイーデ様、サイーデ様』と彼女の機嫌を伺い続けていたというのに。

「サイーデは……レアが亡くなったことがそんなにも悲しかったのかしら……命を絶つほどに……そうよね、母親……だものね……」

彼女は確かにレアを溺愛していた。

ここ数年は猫可愛がりする様子は見かけなかったけれど、昔は間違いなく『うちの姫』と呼んで憚らなかった。

半ば腰を抜かしたブランシュの身体を支え、リリアが気丈な口調で言った。

「姫様、しっかりなさってくださいませ。乳母殿はお気の毒ですけれど、私はあんな暴力女が死んでも何も思いません。姫様もお気に病まれることはございません」

「で、でも……サイーデまで亡くなるなんて……」

口にしたら不意に恐ろしさが襲ってきた。

六日前はこの離宮でレアが、そして葬儀が終わって間もない今日、サイーデの死の知らせが届くなんて思いもしなかった。

あまりに不吉なことが続き、気が遠くなりそうだ。

ブランシュは、サイーデに対して温かな感情を抱いたことはない。母と自分にどれほどの恨みがあるのかと叫びたくなるくらいに冷遇されてきた。

それでも、自分をいたぶり尽くした相手が、自らの身体に火を放って命を絶つなんて。言葉もない。ただ、その死に様は恐ろしすぎる。

リリアは床にへたり込んで震えているブランシュを立ち上がらせ、長椅子に座らせてくれた。

「お茶を淹れて参りますね、それを飲んで落ち着いてくださいませ」

だが、怯えきったブランシュの耳にはリリアの優しい声も届かなかった。

――恐い……。

サイーデは死に際に何を思ったのだろう。

ブランシュのせいでレアが死んだ。絶対に許さない。そう思っていたのだろうか。

――いや……恐い……助けて、誰か……。

母の死を『ざまあみろ』と何度も何度も笑い話にしていたサイーデ。

サイーデの気持ちを想像すると、地獄の底を覗き込んだような気持ちになる。

『ずっとお前が憎かった。お前の母親も憎かった。私と同じように焼け焦げて炭になれ』

そう囁いてくるサイーデの声が聞こえた気がした。

震えが止まらなくなり、ブランシュは長椅子にくたりと横たわる。

――もう嫌……恐い……何が起きているのかしら……。

息の吸い方が分からない。サイーデの怒りと恨みが身体にまとわりついている気がする。

――どうして自死なんて選んだの……。

無意識に祈り紐を握り締めたとき、お茶を淹れるために離れていたリリアが駆けつけてきた。

「いかがなさいました、ブランシュ様！」

指が白くなるほど祈り紐を摑んだまま、ブランシュは引きつった声で告げた。

「もう、嫌なの……こわ……くて……」

「必ずお守りしますから！」

リリアがはっきりと言い、ガタガタ震え続けるブランシュの背を撫でてくれた。

それでも恐怖は薄れない。

自分を踏みにじっていた人間たちが次々に消えていって恐い。

リリアは長椅子で煩悶するブランシュの背をさすりながら優しい声で言った。

「吸うよりも吐くほうに集中してくださいませ」

「リ、リリア……怖い……どうしてレアもサイーデも……どうして……」

「大丈夫ですから、息を吐いて」

言われるままに必死に呼吸を繰り返していると、やがて落ち着いてきた。

ブランシュは両手をついて重い身体を引き起こす。

「ありがとう……取り乱してしまったわ……ねえ、火事があったというけれど、アルマンは無事かしら……」

「何も知らせがありませんから、きっとご無事ですわ」

冷静なリリアに言われて、ブランシュは頷く。

「そうよね、何かあったら教えてくれるわよね」

多分無事なのだろうけれど、顔を見るまでは安心できない。火傷をして苦しんでいたらどうしよう。そう思うと心配で胸が潰れそうだった。

「あの方がしくじるとも思えませんし」

「どういう意味……？」

肩で息をしながら尋ねると、リリアは余裕溢れる笑顔で答えてくれた。

「いいえ、なんでも。アルマン様はしっかりしたお方だから、怪我なんてなさらないだろうって思っただけですわ。姫様こそ、そんなに思い詰めないでくださいませ。姫様が気に病まれることなど何もないのですからね」

ブランシュは曖昧に頷き、祈り紐に通された珠をまさぐる。

祈り紐には、祈りの聖句を何度唱えたか数えるために、珠が連ねられているのだ。

ブランシュは、その珠を一つ一つ指で弾いた。

アルマンの無事を願うたびに一つ。サイーデの死を悲しめない自分を許してほしいと願うたびに、また一つ……。

身も心も泥水を吸ったように重い。

ぐったりしているブランシュの前に屈み、リリアが言った。

「王都保安部隊の人間が、サイーデ様がお使いになっていた離れの部屋を捜索しているようですわ。この隙に、あの女が姫様から取り上げた宝石を取り返してきますね。元はと言えば大旦那様に贈られた品なんですもの」

「リリア、サイーデが私から取り上げた宝石ってなんのこと？」

ブランシュの問いに、リリアが呆れたように腕組みをした。

「まあ、お気付きじゃありませんでしたの？　レア様にくすねさせた宝石、サイーデ様が取り上げて、ご自分で使っていらしたみたいですよ。ご自宅ではなく、王宮の離れに置いておけば盗んだことにはならない、という理屈みたいですけれど」

ブランシュは驚きに目を丸くした。

「レアが持ち出していた宝石は、サイーデが隠していたの？　普通に頼んでくれれば貸したのに……どうして……」

リリアは答えずため息をつくと、明るい笑顔で言った。

「とにかく、どさくさに紛れて誰かがくすねる前に、全部私が取り返して参りますね！」

ブランシュは呆然とリリアを見送った。

宝石をこの離れに置いておけば、盗んだことにはならないとは。

まるで、返すつもりはなかったと言わんばかりではないか。

――レアを使って持ち出していたなんて……そんな泥棒みたいな……。

祈り紐を握る手が震え出す。

――いけないわ、亡くなった人を悪く思うなんて許されることじゃない……。

だが、込み上げてきた悔しさは消せなかった。

難産の母が見捨てられて力尽きたことを笑い話にし、ブランシュからは祖父の贈り物を奪い取り……。

サイーデの悪意はどこまで底知れないのだろう。

――だめよ、神様は死者の冥福を祈れと仰っていたわ。教えを守るのよ……。

ブランシュはふらつきながら立ち上がり、棚に置いた古い聖書を手に取る。

母が持っていた品で、大して価値がないからと倉庫に放り込まれていたものだ。

――私も滅多に読んでいないわ……だめね、信仰心が薄くて……。

ブランシュは古い聖書を手に取った。

文字は問題なく読める。幼少時は行儀作法すら躾けられずに放置されていたが、六つになったある日から『人前に出したときに王家の恥になっては困る』と、厳しく『勉強』させられたからだ。

読み書きと計算は一通り身につけているし、外交の場で使う共通語も話せる。国際関係もリヒタールの法律もみっちり叩き込まれた。

しかし、厳しい教師の個人授業は苦痛しかなかった。

計算を間違えたり単語の綴り(つづ)りを間違えたときは、教師に手を叩かれ、共通語の発音を間違えたときはこれ見よがしにため息をつかれた。

個人授業のたびに、気の弱いブランシュは恐ろしくて涙ぐんでいたものだ。

——私を大切にしてくれるのはアルマンとリリアだけ……。

やるせない気持ちでブランシュは聖書の表紙を撫でた。

とある頁に栞(しおり)が挟んである。ブランシュが忘れられない頁に挟んだのだ。そこにはこう書かれていた。

『あなたは、全てを欲する者に与えねばならない。あなたは生まれながらにして、神から全てを与えられている』

この頁を読むたびに腑に落ちないものを感じる。

母は命を、ブランシュは自由を奪われた。

それでも、求められたら全てを与えなければならないのだろうか。神様が与えてくれた『全て』とはなんなのだろうか。

——分からないわ。何度読んでも分からない。幸せな人なら笑顔でなんでも分け与えられるかもしれないけれど……私は……何を奪われても『もっとどうぞ』と笑顔で言えないかもしれないわ……。

ブランシュはかび臭い聖書を閉じた。そのときだった。

「失礼いたします」

部屋の外からアルマンの声が聞こえてきた。

──無事だったのね！

憂鬱が晴れ、胸が安堵で満たされる。ブランシュは聖書を卓上に置いて扉に向かった。

「アルマン……火事だったと聞いて心配したわ」

今日のアルマンは、喪服ではなく普段着姿だった。ブランシュは慌てて彼の様子を確かめる。火傷の痕は見当たらない。身体の動きも普通だ。

「大丈夫なの？」

「ええ。火事になったのは庭のごく一部でしたので、怪我人はおりません」

どうやら、怪我一つなく無事らしいと悟り、ほっと胸を撫で下ろす。

「よかった……」

心から安堵し涙ぐんだブランシュの反応を、アルマンがじっと見つめていることに気付く。射すくめるような瞳に、ブランシュは身体を固くした。

まるで今の自分は捕食者に狙われている子ねずみのようだ。今まで彼からこんな目で見つめられたことがあっただろうか。

──嫌だわ、噛みつかれそうだと思うなんて……。私ったら何を考えているの？

見ればアルマンはもう、いつもと同じ淡々とした表情に戻っていた。

ブランシュの見間違いだったのだろう。

——私も気が張っているのね。次から次へと恐ろしいことが起きているから。

「たびたびご迷惑をお掛けし、申し訳ございません。既にお聞き及びかと思いますが」

ブランシュは細い声でアルマンの言葉を引き取った。

「サイーデのことね」

アルマンは無表情のまま、静かに頷く。

「大変なことが続いて……なんと言っていいか……」

「ブランシュ様がお気になさることは何もありません。ただ、貴女の周囲が騒がしくなるかと思い、申し訳なく思いまして……」

「そんな、私のことはいいの……大変なのはアルマンと侯爵様だもの。気にせず家に帰って、できるだけ身体を休めてちょうだい」

ブランシュの言葉に、アルマンが薄い笑みを浮かべた。

冬の池に張った薄氷に、突然亀裂が入ったような笑みだった。

笑うような話などしていないはずなのに。

ぼんやりと整った顔を見上げていると、アルマンが静かな声で言う。

「確かに為すべきことが多くて大変ではありますが、こうも続くと葬儀にも慣れてしまいますね」

恐ろしい台詞にブランシュは立ち竦む。

「えっ……？」

アルマンの言葉がひどく罰当たりのように聞こえた。

義理で出席する他人の葬儀の話をしているようではないか。

「俺はおかしなことを言いましたか？」

気付けばブランシュは縋るように祈り紐を握り締めていた。

「……いいえ……とにかく貴方が無事でよかったわ」

ブランシュは、アルマンの視線から逃れるように大きく顔を背けた。

リリアはまだ帰ってこない。

ブランシュは無言でアルマンを室内に招き入れ、椅子を勧めた。

「ごめんなさい、リリアがちょっと荷物を取りに行っていて……」

ブランシュは、アルマンに勧めた椅子の対面にある長椅子に腰を下ろす。

そのとき、腰掛けた長椅子が右方向に沈んだ。アルマンが傍らに座ったためだ。

「どうして、隣に座るの……？　男女が並んで座ったらいけないわ……」

通常の礼法を守るのであれば、男女云々をとがめる以前に、王女の隣に腰掛けるなど決して許されない。

アルマンもそのくらい知っているだろうに、わざと座ったのだ。

触れあいそうなくらい近くにアルマンの温もりを感じ、ブランシュの頬は赤らんだ。

「俺が無傷であることを喜んでくださったのですね」

座面の上に置いた手に、温かな手が重なる。鼓動が速まり、ますます胸が苦しくなった。

アルマンは何を考えているのだろう。

「手が冷え切っておいでですね、ブランシュ様」

きっと温めてくれているのだ。そう思い、ブランシュは頬を染めて顔でお礼を言った。

「ありがとう……」

言葉が終わると同時に、手がぎゅっと握られる。

ブランシュは驚いてアルマンを見上げる。

アルマンはすぐ隣で笑っていた。晴れた冬の朝のような濁(にご)りのない笑顔だ。

吸い寄せられるように灰色の目を見つめていると、不意にアルマンの顔が近づいてきた。

きょとんとしているブランシュの唇に、アルマンの唇が重なる。

身体中に、アルマンの匂いがゆっくりと広がっていく。

――接吻……？

石化したように動けなかった。

まさか兄代わりのアルマンに接吻されるとは思わなかったからだ。

――どうして、私に接吻を……？

考えた刹那、胸がどくんと大きな音を立てた。心臓が存在を主張するかのように激しく脈打ち始める。

冷え切っていたはずのブランシュの身体は、数秒の口づけの間に火照(ほて)り始めていた。

「俺に口づけされるのはどうですか、お嫌でしたか？」

唇が離れると同時に、優しいアルマンの声がすぐそばで聞こえる。

ブランシュは反射的に首を横に振った。

「い、嫌ではないけれど、驚いたわ……貴方にこんな……」

顔も耳も火照って痛いほどだ。首筋まで赤くなったのが分かる。アルマンは灰色の目でブランシュの反応を確かめ、薄く笑った。

「それは良かった。ありがとうございます、ブランシュ様」

先ほどまで泥水を吸ったように重かった身体がかっと火照った。

「でも、アルマン、女の人に気軽に口づけなんてしてはいけないのよ」

「気軽ではありません、俺が無事で良かったなどと仰るからです。そう言ってくださるブランシュ様があまりに愛おしくて」

――愛おしい？　私のことが……？

ブランシュの顔にますます血が集まる。きっと林檎（りんご）のような顔になっているだろう。

真っ赤になって顔を背けたブランシュにアルマンは言った。

「俺は姫様に案じていただけて本当に嬉しかった。ほら、そのせいで手が震えています」

確かに、重なったアルマンの指先はかすかに震えていた。

驚いたブランシュは、弾かれたようにアルマンを見上げる。目の前にある灰色の瞳が、澄み切った硝子（ガラス）のように見える。

くっきりとした切れ長の目、まっすぐ通った鼻筋、額に降りかかる絹のような灰色の髪。何もかもが作り物めいた美しさだ。生きている人間が、こんなにも輝かしいなんて……。

ブランシュは放心したようにアルマンを見つめた。

「多分俺は、貴女が俺の身を案じてくださったことを喜び、興奮しているのでしょう」

興奮している、という言葉をアルマンの口から初めて聞いた。

胸にさざ波が立った。同時に、身体の奥に感じたことのない火が灯る。

自分の心と身体の変化を不思議に思いながら、ブランシュは口を開く。

「どうして……当たり前のことよ……貴方が怪我をしていないかが、一番心配だったわ」

本来ならば、今は亡き人を悼んでいる時間のはずなのに……心の中はアルマンのことでいっぱいだ。

――不道徳だわ……今は二人の冥福を祈るべきなのに……。

他人事のように思いながら、ブランシュは言葉を続けた。

「貴方が大事だから、もし怪我なんてされたらとても辛いのよ」

「……可愛いことを仰いますね」

えっ、と思う間もなく、もう一度唇が塞がれる。

――どうしよう、リリアが帰ってきたら……。

そう思いながらも、ブランシュは抗うこともできずに二度目の接吻を受け止めた。

なんて柔らかく滑らかな唇だろう。

ほのかな温もりと唇を重ね合う心地よさに、ブランシュはうっとりと目を閉じる。

顔だけではなく身体中が熱い。

——可愛いって言われた……アルマンに……。

年頃になれば、異性を必要以上に褒めるのは礼に反するとされる。

大概は、身分の高い少年少女には『婚約者』ができるからだ。その相手を差し置いて美辞麗句を連ねるのは、度を越した行いと見なされる。

だからアルマンから『可愛い』なんて言われるのは初めてだ。今日の彼は、なんだか違う。

「そんなに愛らしいことを言われると、俺の悦びも大きくなります」

「私、貴方が喜んでくれるようなことを言ったかしら？」

「ええ、仰いました」

アルマンの腕が伸び、ブランシュの身体をぎゅっと抱き寄せた。

逞しい身体に抱きすくめられ、ブランシュは動けなくなる。

『ねえアルマン、だっこして』

幼い頃の自分の声が脳裏に蘇った。アルマンは幼い頃、こうやってブランシュを抱きしめてくれて、ブランシュは安心してすぐに眠ってしまったものだ。

けれど、今は違う。二人とももう子供ではないのに。

「ア、アルマン……婚約者のいる女を抱擁しては駄目なのよ」

ブランシュは、恐る恐る切り出した。

「そうなのですか？　存じ上げませんでした」

「嘘よ……貴方が知らないはずないわ……」

困惑して身じろぎしたが、アルマンの腕は離れなかった。もっと強く振り払えばいいと分かっていても、優しい温かな腕から離れられない。

ブランシュの視界にリザルディの花が映る。彼はブランシュが十二歳のときに婚約者に定められて以降、人生に貼り付いた泥のような存在だ。

——私は……アルマンのほうがずっとずっと……。

ブランシュの心に、禁じられた言葉が浮かびそうになる。

リザルディから贈られてきた派手な花束の匂いが、ふと増した気がした。

ブランシュはちらりと花束に目をやる。

あの花の香りがアルマンの匂いを邪魔しているように感じられて、鬱陶しいのだ。

ブランシュは目を閉じ、花の匂いを振り払うように大きく息を吸う。

アルマンの匂いは昔から変わらない。いい匂いだ。生き物ではなく、硝子や宝石を思わせる無機質で爽やかな香りがする。

身体の奥に感じるじっとりとした熱を誤魔化すように、ブランシュは何度も繰り返した。

『子供の頃みたいで懐かしい』

『アルマンは私のお兄様代わり』

言い訳ならいくらでも思いつくことができた。

――そうよ、小さな頃に慰めてくれたのと同じ抱擁よ……深い意味はない……だってアルマンは、私のことを赤ちゃんの頃から知っているのだもの。

お互いにじっと黙ったまま抱き合い、どのくらい時間が経っただろう。

ふとアルマンが口を開いた。

「ブランシュ様」

アルマンの胸に顔を埋めていたブランシュは、我に返ってアルマンの顔を見つめた。

「俺は貴女を愛しているので、貴女に案じていただけるのが何より嬉しいのです」

「ア……アルマン……？」

『愛している』という言葉に、喜びと恐怖が同時に込み上げてくる。火照った肌に冷や汗が滲んだ。

「わ、私も、愛し……ているわ。貴方は私を昔から大事にしてくれたもの」

「感情を言葉にするのは不得手なのですが、おそらく、俺はブランシュ様とは違う種類の気持ちで愛しております」

柔らかな声で囁かれた言葉に、ブランシュの身体から力が抜けた。

――ああ……アルマン……なんて恐ろしいことを言うの……。

手から祈り紐が滑り落ち、床でカシャンと音を立てた。

力の抜けたブランシュの身体を、アルマンの腕が力強く抱き寄せる。

「ところでブランシュ様、あの花は誰が？」

吐息を感じるほどすぐ近くでアルマンの声が聞こえた。

「リザルディ様が、お花屋さんに頼んでくださったのですって」

花を振り返りもせずに答えると、アルマンは無言で立ち上がる。

ブランシュも何も言わずにアルマンの広い背中を目で追った。

「……気に入りません」

花瓶から花を抜いたアルマンが、無表情にそれを屑籠に投げ捨てた。

――まだ元気なお花……。

そう思いながらも、ブランシュは止めなかった。

普段のブランシュなら『お花が可哀相』と強く止めたはずなのに。

屑籠に放り込まれた花を拾い、もう一度花瓶に戻そうという気持ちにはなれない。

理由が分かった瞬間、怖くなった。アルマンが、婚約者が贈ってきた花を躊躇いもなく捨ててくれて、嬉しかったからだ。

歪んだ幸福感がブランシュの中に満ちていく。いけないと思いながらも、甘い気持ちが広がるのを止められない。

「俺が、新しい花を差し上げます」

ブランシュは首を横に振る。

婚約者がいるにもかかわらず、他の男から花を受け取るなんて、淑女として決してあってはならないことだからだ。

「ごめんなさい。リザルディ様のお花は、喪の時期には華やかすぎたかもしれないわね」

話を逸らそうとしたが、窓辺に立つアルマンはきっぱりと首を横に振った。

「いいえ、そんな話はしておりません。俺は贈り主が気にくわないのです」

彼の表情が、窓からの強い逆光でよく見えない。

アルマンが歩み寄ってきて、頬を赤らめるブランシュの隣にもう一度腰を下ろす。

「俺は貴女を愛しています。だから、リザルディ殿が貴女に贈った花束など目障りだ。このように申し上げれば正しく伝わるでしょうか」

言葉と同時に、再びブランシュの背に腕が回る。ぴったりと寄り添うように抱きしめられて、ブランシュはうっとりと目を瞑った。

アルマンを諫める言葉が何も出てこない。

ブランシュはアルマンから身を離し、足元に落としてしまった祈り紐を拾い上げた。

「わ、私……派手なお花より、白いお花が好きなの……」

指に絡めた祈り紐を見つめながら、ブランシュは小さな声で告げる。

何を曖昧なことを言っているのだろう。こんな言葉ではまったくアルマンの思いに応えたことにはならないのに。

「覚えました。ブランシュ様は、白いお花がお好きだと」

優しい声に、ちらりと目を上げる。

アルマンの笑顔はいつもと変わらず透き通っていて、なんの濁りも感じない。今の口づけは、ブランシュ一人が見た夢のようにさえ思える。

「ブランシュ様ぁ、宝石を取り返してきました。手が塞がっているので開けてくださいませ」

扉の外から張り切ったリリアの声が聞こえる。陶然とアルマンと見つめ合っていたブランシュは、はっとして立ち上がる。

「ありがとう」

扉を開けると、リリアが満面の笑みでたくさんの小箱を抱えていた。少しでも均衡を失えば、箱がバラバラと落ちてしまいそうだ。

ブランシュは慌てて、リリアが抱えている小箱たちをいくつか手に取る。

「あら……アルマン様がおいでをしたの、失礼いたしました」

リリアがアルマンににっこりと微笑みかける。アルマンは無言でリリアの抱えた小箱の大半を引き受け、ほとんど物が置かれていない棚に、綺麗に並べてくれた。

「それでは、家のほうで作業があるので、今日は失礼いたします」

小箱を並べ終えたアルマンが、そう言って深々と頭を下げ、きびすを返す。ブランシュは微笑んで彼を扉まで見送った。

「アルマン、今日は来てくれてありがとう」

リリアの目が気になってそれ以上の言葉を思いつけない。

灰色の目を細め、アルマンは言った。

「後日、ブランシュ様がお好きなお花を届けに参ります」

一瞬ひやりとしながらも、ブランシュは頷く。

アルマンを見送り、ブランシュは小箱の中身を宝石箱に移し替えているリリアを振り返った。

「あの……リリア……」

「はぁい、なんでしょう？　ゴッダルフ様が贈ってくださった宝石は、とりあえず全部無事みたいですよ。あの女が触ったと思うとなんか嫌なので、よく拭いておきますね」

繊細な宝飾品を一つ一つ点検し、手入れをしながらリリアが答える。

その様子を眺めながら、ブランシュは思った。

侍女の目を盗んで婚約者ではない男性と接吻するなんて、とんでもない不道徳な真似をしてしまった、と。

「ありがとう、あの……おかしなことを頼んでいい……？」

「おかしなこととは？」

リリアが大きな紅玉の指輪を手にしたままブランシュを顧みた。

「わ、私……さっき……アルマンと長い時間二人きりになってしまったの。そういうときは、すぐに戻ってきてくれる……？」

縋るような気持ちだった。またあんな風に口づけをされてしまったら困る。

「アルマン様なら別によろしいじゃありませんの」

再び宝石の点検に戻ろうとするリリアに、ブランシュは必死に言った。

「いけないのよ。だって私には……一応婚約者がいるのだし……」

「そうですか？」

腑に落ちない様子でリリアは頷き、ふと首をかしげた。

「あら？　お花はどうしました、あのド派手で匂いの強い下品なお花」

リリアの問いに、ブランシュははっとなる。アルマンが捨てたのだ。でもそれをどう説明すればいいのか分からない。

「は、花……は……あの……」

「あら、まだ元気なのに処分なさるんですか？」

宝石を一旦置いて屑籠に歩み寄ったリリアが、ブランシュを振り返る。

何も答えられなかった。頬が火照るのを止められない。リリアはしばらく首をかしげたあと、静かな声で言った。

「このお花、捨ててしまわれたのはアルマン様ですね？」

——どうして……分かるの……。

戸惑いに、ブランシュは唇を噛んだ。

「ブランシュ様が元気なお花を処分されるなんてあり得ませんもの……これ、リザルディ様からのお花だとアルマン様に教えたんですか？」

「え、ええ……派手なお花で、私にしては珍しい花選びだって言うから……」

良心の呵責を感じながら、ブランシュは小さな嘘を吐いた。

「そうですか。了解です。もし『俺』がアルマン様なら、同じことをしたと思いますし」

「リ、リリア……？」

今、少しだけ声が男の人のようだった。リリアは他の侍女に秘密が知られることを避けている。寝ぼけていない限り、普段は絶対にこの声は出さないのに。

驚くブランシュに、リリアがいつもの笑顔で言った。

「分かりました。私はブランシュ様のお幸せを守るようにとゴッダルフ様から命じられております。必ずブランシュ様にとって良いように行動いたしますから」

リリアの瞳の中に真摯な光を見つけて、ブランシュはほっと胸を撫で下ろした。

——良かった……さっきの私はどうかしていたもの。私が愚かな行動をしないよう、リリアに見張ってもらえばいいんだわ……。

安堵と共に、後悔が蜘蛛の糸のように心に絡みついてくる。

なぜ口づけを許したのか、なぜ花を捨てるのを許したのか……。

愛していると言われて、なぜ、喜びに身体を火照らせてしまったのか。

「お願いね」

ブランシュは念を押して、祈り紐をぎゅっと握る。

「アルマンが、喪にふさわしい白いお花を届けてくれるから……そのお花を代わりに飾れるわ」

また一つ嘘を吐いたと思いながら、ブランシュはリリアに告げた。

白い花は、ブランシュが好きだと教えた花だ。

きっとアルマンはそれを間違いなく届けてくれるだろう。屑籠になんて入らないくらいたっぷりと……。

そう思った刹那、アルマンと抱擁していたときと同じ、あやしい熱が身体に蘇る。

「かしこまりました。じゃ、このお花は廊下に飾っておきますね。こんな新鮮なお花を捨てたら、ゴミ集めに来る下女が不審がりそうですから」

確かに、花は高価な品だと聞く。おいそれと捨てるものではないだろう。

リリアの言葉に、ブランシュは赤い顔で頷く。

ブランシュは花を手に廊下に出て行ったリリアを見送り、そっと唇に指を這わせた。

婚約者がいる女が、別の男と口づけなんてしてはいけない。

しかも今は、乳母と乳姉妹が命を落としたばかりの時期なのだ。

しかし、その不幸のお陰で、サイーデを恐れずにアルマンと話ができた。

二人の死によって得た口づけの時間を、途方もなく幸福に感じたのだ。

父の定めた婚約者がいる身でありながら。

——私はどうかしているわ。毎日礼拝堂でお祈りするようにしましょう……きっとお祈りが足りていないのよ。

言い訳のように自分に言い聞かせながら、ブランシュは身体を震わせた。

――私の中にこんな気持ちがあったなんて……。

押し隠された心の奥で、アルマンへの想いはどんどん育っていたのだ。

サイーデに妨げられて、覗くことが叶わなかった心の奥庭。

そこに咲いていたのは、枝を広げ、しっかりと根付いたアルマンへの想いだ。

長い時間を掛けて、その思いは驚くほど大きく育っていた。

――しっかりして。アルマンはお兄様代わりの人でしょう?

先ほどの口づけを生々しく思い出しながら、ブランシュは自分に言い聞かせる。

心の一番奥に咲いた恋は、純白の薔薇の姿をしているように思えた。

ブランシュが一番好きな花。恋する気持ちは美しい花に似ているのだ。

――いいえ、こんなに綺麗なお花は、私の心に咲いていてはいけないのよ。私の人生は、もうお父様に決められているのだから。

ブランシュは懸命に、己の心の奥庭に咲く白い薔薇から目を逸らした。

――本当に、ちゃんと毎日お祈りをして、心を鎮めなければ……。

第三章　祈り紐をなくした日

母の葬儀が終わった日の夜、アルマンは夢を見た。

新しい夢。現実にはなかったことを夢に見るなんて初めてだった。

夢の中で、アルマンは強烈な怒りに駆られていた。

目の前に、毒々しいほど鮮やかな花が生けられている。

アルマンはひたすらその派手な花を毟り、苛立ったように投げ捨てた。

だが毟っても毟っても、赤や紫や鮮桃色の花は減らない。

鬱陶しさに髪をかき毟りたくなる。

むせ返るような甘い匂いが脳髄（のうずい）に絡みつき、アルマンの怒りを増幅させた。

──俺以外の男がブランシュ様に花を……。

こんなに苛立ったのは久しぶりだ。この花が憎くてたまらない。ブランシュが触れたかもしれない花。あの愛らしい顔を寄せ、この花の匂いを嗅（か）いだのかもしれない。

そう思うと毟らずにはいられないのに、目の前の花はなくならないのだ。

手が、花の汁でまだらな色に染まる。

鬱陶しくて手巾で拭うが、インクが染み込んだかのように消えない。

――こんな花が、俺以外の男が贈った花が、ブランシュ様のお目に触れるなんて……。

息を荒らげながらアルマンは再び柔らかな花を引きちぎった。そのときだった。

「だっこして」

幼いブランシュが、ふわふわした巻き毛を揺らして駆け寄ってきた。

ブランシュは白いドレスを着ていた。汚れた手で抱いていいものかと躊躇ったとき、ブランシュがぎゅっと脚にしがみついてきた。

「ねえ、アルマン、だっこして」

アルマンは改めて手巾で手を拭い、ブランシュを抱き上げた。ブランシュの真っ白なドレスに、赤や紫の指紋がいくつも染みついていく。

「申し訳ありません。ドレスが汚れてしまいました」

「いいのよ」

気付けば、ちょこんと腕に収まっていた小さなブランシュが、現在の美しい女性の姿になっていた。

真っ白なドレスには鮮やかな汚れが点々と広がっている。

だがブランシュは気にする様子もなく、アルマンの首筋に両腕を巻き付けて囁きかけてきた。

「アルマンったら、リザルディ様のお花をちぎってしまったのね」

ブランシュの言葉に後ろを向き、確かめる。毟っても毟っても消えなかった花々が、無残な茎を晒(さら)している。花弁は一枚も残っていなかった。

腕に抱いたブランシュが、柔らかな身体を押しつけてくる。

ブランシュの身体からは甘く優しい、心を掻き立てられる匂いがした。

アルマンは、音を立てて唾を飲み込む。

下品な仕草と分かっていても止められなかった。

恥ずべきことに、己の分身が屹立しているのが分かる。

ブランシュに身を寄せられて、興奮しているのだ。

「はい」

掠れた声で答えると、ブランシュが頬に優しく口づけてくれた。

「じゃあ、代わりのお花をちょうだい……真っ白なお花がいいわ、たくさんちょうだい、汚れても、枯れてもいいように、いつもたくさんお花をちょうだい」

かすかに息を乱しながらアルマンは頷く。

「いくらでも。貴女のためなら……」

言い終えると同時に、腕に抱いていたブランシュが、白薔薇の大きな花束に変わる。

——ブランシュ様……。

アルマンは棘が刺さるのも構わず、その花束を抱きしめた。

「愛しております」

花束は答えない。けれどアルマンはもう一度繰り返した。

「愛しております、俺の清らかな花」

言い終えたアルマンの胸に、苛立ちと劣情が一気に湧き上がる。

――あんな汚い花でブランシュ様が汚れたらどうするのだ。

いつかブランシュを抱く男への怒りと、純白の花のような彼女には毒々しい色の花は似つかわしくない、という想いが胸に溢れた。

強い嫌悪感に、アルマンは顔を歪める。

――ブランシュ様にお伝えしなければ……汚い花を、受け取らないでくださいと……。

薔薇の鋭い棘が、服を貫き身体を刺す。だが構わずに、アルマンは花束を抱きしめ続けた。

夢の中なのにずいぶんと痛い。

アルマンは他人事のように『これが嫉妬の痛みなのか』と考える。

ブランシュはアルマンを大切な人と言ってくれた。

アルマンが『誰にも穢されないでほしい、自分をもっと受け入れてほしい』という一心で告げた『愛している』という言葉を拒絶しなかった。

ブランシュが幼い双葉の頃から花咲くまで守り続けたのはアルマンだ。

美しく育ったからと切り落とし、花瓶に生けて、枯れたら捨てる。そんな扱いは許さない。

──俺が守ります。咲かせ続けます。他の人間には譲らない、貴女は俺が……。

アルマンは棘の痛みを嚙みしめながら、ブランシュだった白薔薇に口づけた。

──愛しております、ブランシュ様。誰にも渡したくない。

◆

今日は、サイーデの葬儀だった。

葬儀の雰囲気は悲嘆とはほど遠い、乾いたものだった。

レンハルニア侯爵は、レアの葬儀のときと変わらない虚ろな表情で、そしてアルマンは、堂々と胸を張り、母の死を嘆く様子もなかった。

気になったのは使用人たちの様子だ。とても明るく、皆どこかほっとした様子だった。

もしかして、ブランシュと同じようにサイーデにいじめられていたのだろうか……そんなよくない想像をしてしまった。

多忙そうなアルマンの邪魔をしないよう、ブランシュとリリアは早めに辞してきた。弔問客が途切れるまで、アルマンはずっと忙しかっただろう。

──今度、アルマンにお悔やみの手紙を書こう……。あまり離れまで来てもらっても悪いもの。大学院もあるだろうし、忙しいだろうから。

本当は毎日でも顔を見たい、という気持ちを抑え、ブランシュは自分にそう言い聞かせる。

ブランシュは先ほどからずっと、窓辺に飾られた白い花束を眺め続けていた。いくら眺めても飽くことがない。

この白い花束は、アルマンが昨日届けてくれたものだ。

葬儀の準備のために出向いた花屋で選んできたと言っていた。

多忙な彼は花束を置いてすぐに帰ってしまったが、ブランシュは飽きずにそれを眺め続けている。

大輪の白薔薇に、名も知らぬ白い小さな花が何種類も添えられた清らかな花束。

背伸びして何度も香りを楽しんでは、リリアに『そんなにお気に入りですか』と苦笑されたほどだ。

――私の胸にも、きっとこんなお花が咲いているんだわ……。

また、アルマンに口づけされたい。

許されない想いがブランシュの身体を震わせる。

口づけの感触を思い出すたびに、心の奥に咲いた白い薔薇が甘い匂いを振りまく。『アルマン、早く私のところに来て』と希う(こいねが)ように……。

白い花束を見つめ続けているブランシュの様子に、リリアが言った。

「姫様、もうお休みの支度をしましょう。葬儀に出席されてお疲れでしょう？」

――今日の分のお祈り、まだ終わっていないわ。

ブランシュは花束から離れ、棚に置いた祈り紐を手に取った。

「私、眠る前にお祈りをしてくる。一階の礼拝堂に行くわ」

「ええっ……こんな夜にですか……」

リリアは珍しく抗議の声を上げた。

不満げというより、妙に不安そうな声音だ。

いつも気丈なリリアらしくないなと思いつつ、ブランシュは頷く。

「ええ、今日はサイーデのお葬式に行ってバタバタしてしまったでしょう？　お祈りをまだ済ませていないのよ」

「明日の朝でもいいのでは……？」

「ううん、毎日お祈りして、自分の良くないところを反省するって決めたから」

ブランシュの言葉に、リリアは己の身体を抱き、怯えたように言う。

「私、男ですけど、本気でお化けが怖いんです。夜の礼拝堂なんて不気味すぎますよ。寒気がしますし……やめましょう」

普段冷静なのに、今日のリリアはどうしたのだろう。目つきもとろんとしてなんだか様子がおかしい。

「私、十七年ここにいるけれど、お化けなんて見たことがないわ」

「そうですか……私は寒くて寒くてゾクゾクします……昔戦場で見た花嫁衣装の女もきっと幽霊だったんだろうなぁ……うう……寒い……」

ブランシュは妙なことに気付いて、リリアの額に手を当てた。

まだ傷が残る額はとても熱い。

「貴女、熱があるじゃないの……様子がおかしいと思ったら……！」

「えっ？　あれ……本当ですか」

「ごめんなさい、気付けなくて。そういえば夜の見張りもしてくれて、全然身体を休められていないわよね。怪我もしているのに」

「いやだ……私、気が緩んだのかしら……」

ブランシュは首を横に振った。

リリアは一人でブランシュを庇（かば）おうと頑張りすぎたのだ。それに、ブランシュの護衛になるまではスカートを穿（は）いたことがなく、三年経っても脚が寒くていまだに慣れないとも言っていた。そんな状態では体調を崩しても無理はない。

「礼拝堂のお化けが危ないから、お祈りは明日にしません？」

リリアらしくもなく肩で息をしている。

「危ないのはリリアのほうよ、もう休んで……！」

ブランシュは足取りが怪しいリリアの手を取り、隣に用意された『侍女の間』にリリアを連れて行く。私物がほとんどない寂しい部屋だ。

移動してくる前の部屋も同じだった。リリアは一幅の小さな絵以外、何も持っていない。

本人は、『お花とかドレスとか興味ないですし、怪しまれない程度にお人形とか置くべきでしょうか？』と言っていたほどだ。

「ごめんなさい……姫様……横になってみたら、目が回ることに気付きました」

疲れ切った顔でリリアが言う。ここ数日常に気を抜けなかったから、自分の体調不良にも気付きにくかったのだろう。

「頭、冷やす？」

「いいえ、私、多分寝れば治ります……過労で熱を出すたちなので……」

そう言ってリリアが目を瞑る。もう起きていられないのだろう。

ブランシュは頷きながら言った。

「分かったわ。明日また様子を見に来るから」

痩せた身体に毛布を掛け、ブランシュは棚に置かれた小さな絵を振り返る。

——これは……リリアが育った孤児院のみんなね……。

彼女がここに来たばかりの頃に教えてくれた。

リリアは孤児院で育ったそうだ。経営が厳しい孤児院への支援金を得るために、祖父の私設軍に入ったのだと聞いた。

——毎日『故郷』の小さな子たちのために頑張っているのね。ごめんなさい、私は本来、主として貴女を守らねばいけない立場なのに、頼り切っていたわ。

あっと言う間に意識を失ったリリアの額を撫で、ブランシュはそっと部屋を出た。

——……お祈りで、私の愚かな想いが帳消しになるわけではないけれど。

足早に礼拝堂に向かう。

小さい頃は暗い場所が怖かったが、闇はブランシュに害をなさないのだと知ってからは何も感じなくなった。

滑るように階段を下り、一階の突き当たりにある回廊を通り抜ける。

昔作られた礼拝堂がそこにある。

離れには昔、王太后や病気で嫁がなかった王女など、身分の高い女性たちが暮らしていたのだと聞いた。

今は寂れていても、昔はとてもお金をかけ、華やかにしていた場所だという。

もちろん付属の礼拝堂も、とても立派だ。

誰も祈りに来ないが、王宮の掃除を担う下女は、この場所も毎日綺麗にしてくれている。

――お祈りはお部屋で済ませていたけれど、ちゃんと礼拝堂まで来るべきだったわ。

ブランシュはかすかに軋む扉を開け、暗い礼拝堂に踏み込んだ。

明かりは灯されていないが、窓からの月の光で充分だ。

ブランシュはゆっくりと通路を歩き、赤い敷物の上で両膝をついた。

――神様、レアとサイーデの魂を天国にお導きくださいませ。

聖句の最後に同じ言葉を付け加えながら、ひたすら祈りを連ねる。

だが、上滑りな祈りはいつしか別の祈りに変わっていった。

――アルマンとの口づけをお許しくださいませ……。

誰にも知られたくない罪を犯してしまった。

その罪は、今ではブランシュにとって一番大切な宝でもあるのだ。

神に委ねなければどうしていいのか分からない。

リザルディには何の興味もないし、口づけも抱擁もしたくない。

けれど父王が定めた以上、ブランシュの婚約者は彼なのだ。

あの一度きりを夢として、これからはアルマンと恥ずべき行為をしてはならない。

でも……。

――私がもうアルマンの誘惑に負けないようにお導きくださいませ。

それから、どのくらい時間が経っただろう。

手元の祈り紐の四分の一ほどを繰り終えたとき、不意に、背後で扉が開く音が聞こえた。

――リリア……？

ブランシュは祈りを止め、振り返った。淡い月明かりに照らされた長身は、リリアのものではない。

灰色の目と目が合った瞬間、ブランシュの心臓が跳ねた。

「アル……マン……？」

「お探ししました。お部屋にもリリア殿のところにもいらっしゃらないから」

「驚いたわ、こんな夜に訪れてくるとは思わなくて。リリアは大丈夫だった？」

「熱があるようでしたので、礼拝堂に案内すると言うのを断り、寝かせておきました」

頷くと、アルマンが手を差し伸べてくる。

「何をなさっておいでなのですか」

「お祈りよ。私、最近の自分の態度を反省していて、許していただけるよう神様にお祈りしていたの。それから、も……もちろん、レアとサイーデの冥福も」

ブランシュは再び祈りの姿勢を取りながらアルマンに尋ねた。

「貴方もお祈りする？」

アルマンは答えない。

ブランシュは祈り紐を絡めた手を、祈りの形にぎゅっと握り合わせた。

「私はもう少しお祈りするから」

ブランシュはそう言って、アルマンに背を向けた。

わずかに会話を交わしただけで、身体が熱い。

一昨日の口づけを思い出したからだ。

アルマンにもらった白い花を眺めるたび、うっとりと思い返した。

あれが恋人同士の口づけならどんなにいいだろう、なんのしがらみもなくアルマンの腕に身を委ねられたらどんなに幸せだろう、と。

――もうあんな気持ちを抱かないようにと、神様に祈っていたのよ。

いつしか身体中にうっすらと汗が滲んでいた。祈りへの集中力が削がれ、すぐそばに立っているアルマンへ意識が向いてしまう。

彼は何を思って夜に訪ねてきたのか。あと数時間で王宮の門も閉まるのに。『母のことでブランシュに話がある』と断りを入れれば、アルマンを止める衛兵などいないだろうけれど。

「その祈りはいつ終わるのですか」

よく響く声が、すぐそばで聞こえた。

気もそぞろな祈りを続けていたブランシュは、傍らに立つアルマンを見上げる。

「まだ時間が掛かるわ。急ぎの用でなければまた今度来てちょうだい」

「なんのためにお祈りをなさるのですか。俺にはそれをする意味がよく分からないのですが」

アルマンの言葉に、ブランシュは目を丸くした。

「貴方は、お祈りをしないの？」

リヒタールは一神教の国である。貴族に至っては宗派も皆同じだ。

子供の頃からお祈りをするように躾けられて育つ。

個人教師は、ブランシュに『信心深い王女』という箔(はく)を付けるため、毎日祈れという指示と共にこの祈り紐をくれた。

麻紐に木の珠を通した粗末な品だが、幼い頃からこれを握って、言われたとおりに祈りの作法を守ってきたのだ。

「表向きはしていることになっていますが、していませんよ」

アルマンが形の良い片眉を上げてそう答えた。

皮肉ともとれる返事にブランシュは眉をひそめる。

「そんなの初めて聞いたわ。私、貴方は毎日真面目にお祈りしていると思っていた」

「祈りません。ブランシュ様はなぜ祈るのですか」

「悪い心を持たないように、間違った行いをした罪を、神様に許していただけるように」

「間違った行い……とは？」

静かな問いにブランシュの顔が火照った。

「それは……」

──貴方と口づけをしてしまったことよ……。

心の中で答えて、ブランシュは目を逸らす。あんなにも従順に、悦びを伴った口づけを許した自分が恐ろしい。

胸にアルマンしか住まわせていない自分が恐ろしい。このままではまた口づけを交わしてしまうかもしれない。ここで神に縋らなければ、ますます堕落してしまう。

「ブランシュ様は、何を許されたいのですか？」

アルマンが不思議そうに問いかけてくる。

──答えられないわ……。

ますます頬を火照らせるブランシュに、アルマンは重ねて尋ねてきた。

「ブランシュ様は罪など犯してはおられないのでは？」

「……っ……そ、それは……」

「俺には、ブランシュ様の罪がなんなのか、まるで心当たりがございません」

「他の人からは分からなくても……自分の中には罪があるのよ。だからそれを神様に許してもらいたいの……」

消え入りそうな小さな声でブランシュは答えた。

静まりかえった夜の礼拝堂に、ブランシュの頼りない声が吸われていく。

――貴方がそばにいるだけで、私は嬉しいから。

ブランシュの目にかすかに涙が滲む。

ここに立っているのが、顔もよく覚えていないリザルディだったら、ブランシュは全身全霊で警戒し、宿直の侍女たちがいるところまで逃げただろう。侍女たちに迷惑がられても、そうしたに違いない。

でもアルマンを目の前にした今は、二人の時間が続けばいいのにとひたすらに願っている。ここは神様の場所なのに、心に湧き上がってくるのは罪深い想いばかりだ。

「祈ればその罪が消えるのですか?」

「分からないわ」

「神を信頼しているのですか? 貴女の呼び声に応えるわけでもない神を」

それも分からない。

ブランシュには俯くことしかできなかった。

この離れで暮らしてきた十七年間、虐待を受けたり、体調を崩しても無視されたり、月のもののことすら教えてもらえず『服を汚して不潔だわ』と笑われて放置されたり……。いじめ抜かれるたびに、ブランシュは『私を助けてください』と神に祈っていた。けれど、一度も助けられたことはない。助けてくれたのは、アルマンとリリアだけだ。

——あんな祈りでは、神様に届かないのかもしれないわ。自分のための祈りでは。

ますます目に涙が滲む。

「私は、痛いことや恥ずかしいことから自分を救ってほしいと思っていたの……。自分勝手よね、人のための祈りではないのだから」

「そうですか、それは……やはり貴女は正直なお方だ」

アルマンは一歩足を踏み出し、座ったままのブランシュの傍らに膝をつくと、唇を寄せてきた。ブランシュは、避けずにその唇を受け止める。

——ああ……。

背徳感と愛おしさが胸に溢れた。

ここには誰もいない。侍女が様子を見に来るはずはないし、リリアも寝込んでいる。

二人きりで口づけを交わせるのだと思うと、この薄闇すらも愛おしく思える。ブランシュの罪深く赤らんだ頬を隠してくれるからだ。

——私はずっとアルマンだけが好きだったんだわ……お兄様として、男の人として、ありとあらゆる意味での異性として、貴方だけが好きだった……。

認めると同時に、身体がほんのりと熱くなってくる。

アルマンの大きな手が頭の後ろに回った。

口づけを振りほどけなくなっても、ブランシュはされるがままに身を委ねた。

もう片方の腕が、次にブランシュの背中に回る。

荒っぽく引き寄せられ、体勢を崩した刹那、手から祈り紐が滑り落ちた。

よろけた拍子に、膝下でぱきりと音がした。床に落ちた祈り紐を踏み潰したのだ。きっと木の珠が割れてしまったに違いない。けれど、拾い上げる気にはならなかった。

アルマンの胸に抱かれ、仰け反るような姿勢で口づけを交わし合う。ブランシュより遙かに大きく逞しい身体から、狂おしいほどの熱が伝わってきた。

「それで、今は何を祈っていたのです？　罪とはなんなのですか」

ブランシュは無言で首を横に振る。言えない、絶対に。

「俺には秘密なのですね」

――貴方に触れられても、心が動きませんようにと祈っていたのよ……。

けれどブランシュの身体は、アルマンに抱かれると温かくなる。

他の男に触れられるなんて考えられない。

心と身体がどれほどしっかりと結びついているものなのか、生まれて初めて思い知らされた気がする。

アルマンは立ち上がり、冷たい床に跪(ひざまず)いたままのブランシュに手を差し伸べた。

「祈るのはやめて、こちらにおいでください」

無言で首を横に振ると、腕を取られ、強引に立たされた。

「お祈りの時間は終わりです」

ブランシュの強ばった身体が、再び力強い腕に抱きしめられる。

厚い胸に包み込まれ、ブランシュは言葉を失った。

服の生地越しに、アルマンの絡みつくような熱を感じる。

突き放せない。さっきまでは『もう過ちを犯しませんように』と祈り続けていたくせに、今はもっともっと、壊れるほどに抱きしめてほしいと願っている。

――もう繰り返さないと決めたのに……。

最後の抵抗で、ブランシュはそっとアルマンの胸を押しのけようとした。だが、アルマンの身体は微動だにしない。

これ以上、彼に淫らな真似を許してはいけない。

抱擁していたことが知られて責められるのはブランシュだけではない。アルマンもまた、婚約者のいる女と何をしていたのかと責められる。

どんなに幸せで嬉しくても、彼に抱擁され続けてはならない。

ブランシュは震える声でアルマンを拒んだ。

「駄目……アルマ……」

身をもぎ離そうとしたが叶わなかった。

大きな手が先ほどのようにブランシュの頭の後ろを押さえつけたからだ。唇同士が重なり、身体中にアルマンの匂いがじわじわと広がっていく。

唇を交わし合っている間に、どんどん抵抗の意思が消えていく。

――私、自分で決めたことが何も守れない。もうアルマンと口づけしないと決めたのに、守れない。

アルマンの舌先がブランシュの固く閉じた唇を舐めた。

生まれて初めての行為にぶるりと身体が震える。だが嫌悪感はなかった。

再びなぞるように唇を舐められ、ブランシュの下腹部に得体の知れない熱が生じる。

――ああ……アルマン……。

ブランシュはただひたすら、アルマンの淫靡な口づけを受け止めた。

アルマンの手が喪の色のドレスの下に入ってくる。黒いたっぷりとした絹をまくり上げられ、真っ白な脚を礼拝堂の薄闇に晒された。

――あ、脚に、触っ……！

触れられた場所がかすかに粟立つ。

これは、決して許してはいけない行為だと理性が叫んだ。

それでもブランシュは、人形のように大人しく口づけを受け止め続けた。

「ん……う……」

アルマンの手が絹の長靴下の上を這う。

己の手でアルマンの悪戯な手を払おうと思ったが、彼の力には敵わなかった。

――いけないわ、そんなところに手を……！

恐ろしさと恥ずかしさで震えが止まらない。

しなやかな指先が、黒い長靴下の終わりに到達した。

未踏の場所に触れられて、ブランシュは身体を強ばらせる。脚の付け根の剝き出しの肌を、アルマンの指が繰り返し行き来した。

まるで、肌の味を確かめているかのようだ。

――駄目……！

脚に力が入らなくなり、ブランシュは思わずアルマンの広い背中にしがみついていた。

「お祈りのことなど忘れられたでしょう？」

「そんな……そんなこと……」

「今は俺のことで頭がいっぱいのはずです」

折れそうなくらいに強く抱きしめられて、ブランシュは頷いてしまった。

「……ええ……そうよ……」

「これからも、俺のことだけでいっぱいにしてください」

「だ……だめ……アルマン……私には……リザルディ様が……」

震え声をかき消すように、アルマンが言った。

「そのような名前はお忘れください。いや、今から忘れていただく。鍵の掛かる場所で二人きりになりましょう」

——いけない……。

震えるブランシュを軽々と抱き上げ、アルマンは歩き出す。ブランシュは抵抗しなかった。

息が熱く乱れる。リザルディなどどうでもいい。愛してくれるアルマンに力強く抱きしめられることが、何より嬉しい。

ブランシュを抱いたまま、アルマンは教具室に入って錠を下ろした。理性は駄目だと叫ぶのに、制止の声すら出せなかった。

教具室は、礼拝用の道具を片付けてある部屋だ。普段は施錠されていない。

宗教的には大事だが、値段的には二束三文のものばかりだからだ。置かれているのは、余った椅子や木彫りの像、ひな壇、それに聖書などだ。

「こ……こんな場所で……二人きりになっては……」

ブランシュを壁際の用具箱の上に立たせ、アルマンが壁に押しつけるようにして唇を奪ってくる。

舌がブランシュの口腔を嬲(なぶ)った。

——ど……どうして舌なんて……？

誰にも許したことのない行為に、ブランシュは戸惑った。しかし、初めは怖いと思ったアルマンの舌先が、愛おしく思えてくる。

ブランシュは勇気を出してその舌先を舐め返した。

心の奥に咲く白い薔薇が、歓喜の芳香を放つ。

今、ブランシュは、愛しいアルマンと獣じみた触れあいをしているのだ。普通であれば到底行わないような触れあい方を……。

――いけないことを……しているんだわ……。

そう思った刹那、罪悪感に涙が溢れた。

でも止められない。アルマンにだけ触れられたい。

唇を貪（むさぼ）られているうちに、背徳感も制止の声も遠くに押しやられていく。心にあるのは、この男が愛しい、触れられたいという思いばかりだ。

――いけないのに……！

ブランシュの目からますます涙が零れ落ちる。アルマンが驚いたように唇を離した。

「なぜ泣いておられるのです？　お嫌ですか？」

ブランシュは泣きながら首を横に振る。

「嫌ではないわ。でも、婚約者がいる女はこんな真似をしてはいけないのよ……」

身を切るような思いで答え終えたブランシュは、怯えるようにアルマンの表情を探る。

『ではやめる』と言われたら、身体に溢れた愛情の行き場がなくなってしまうからだ。

灰色の目がブランシュと同じ高さにある。

台の上に立たされているから、いつもとは視界が違うのだ。不思議な気分でアルマンを見つめ返すと、彼は静かに言った。

「ブランシュ様は俺のことを頭から消せますか？　俺を消して、定められたとおりにあの男に嫁ぎ、国王陛下の言いなりに生きていけるのですか」

アルマンの声がいつになく暗い。いつも優しい彼なのに、今の彼はなんだか怖い。

ブランシュは唇を震わせ、正直な思いを口にした。

「貴方のことは……何があっても消せ……ない……わ……」

「そうですか」

暗かったアルマンの声が、いつもの落ち着きを取り戻した。

「消さないでいただきたいので、良かったです」

耳から、アルマンの声が身体の中に染み込んでくる。声を吸い込んだブランシュの身体がじくじくと熱くなる。

「俺はブランシュ様が愛おしくて、他のものが目障りでどうにかなりそうなのです」

「目障り……って……」

「あの毒々しい色の花も、母も妹も目障りでした」

亡くなった二人にそんな言い方をしてはいけない。そう言いかけたブランシュは息を呑む。大きな手が、ドレスの背中のホックを外し始めたからだ。

けれど、アルマンが相手ならば嫌ではない。

ブランシュは身じろぎもせずに、アルマンの胸に顔を埋める。背中のホックが、腰の辺りまで外された。ドレスの上半身が緩み、襟元がゆっくりと開いていく。

背徳感が麻痺してきた。

アルマンがブランシュの両肩を摑み、首の付け根に口づける。唇はもっと下に下りてきて、乳房の稜線の始まりに触れた。

「あ……」

ブランシュは漏れそうになった声を呑み込む。今は夜だ。大声を出したら響いてしまう。

──本来なら、助けを呼ぶべき場面なのに。

アルマンの唇は、更に危険な場所へと下がっていった。

胸の膨らみを優しく吸われるたびに、ブランシュの身体がびくりと跳ねる。

息は熱くなり、アルマンの腕に縋り付く指に上手く力が入らない。反対に、ブランシュの肩を捕らえたアルマンの手には、ますます力がこもっていった。

暗い教具室の中に、肌を吸う軽い音が響く。乳房に唇を感じるたびに、ブランシュの下腹部の奥が疼く。

「も、もうだめよ……そんな場所にまで口づけしては……」

だがアルマンはやめなかった。ドレスが更にずり下がり、胸の谷間が露わになる。アルマンは谷間に顔を押し込むようにして、大きく丸い乳房に舌を這わせた。

「や……あ……っ……」

異様な熱が脚の間に走り、ブランシュは思わず膝を擦り合わせた。吐き出す息が熱い。

ふと我に返れば、アルマンの手はもう、ブランシュの肩を捕らえていなかった。

アルマンは、ブランシュの両脇の壁に手をつき、己の体重を支えている。

ブランシュの両手が、乳房を弄(もてあそ)ぶアルマンの頭を摑んでいるのだ。

いつの間にこんな姿勢になっていたのだろう。無我夢中で分からなかった。

「あ……だめ……だめよ……」

乳房を繰り返し舐められ、ブランシュは鼻に掛かった声でアルマンを制した。その声は張りがなく、むしろアルマンの行為を歓迎するように響いた。

「貴女のお身体を、もっとよく見たい」

アルマンが手を伸ばした。カチリ、ぼうっ、という音が続き、辺りがゆらゆらした茜色(あかね)の光に満たされる。

ブランシュの側に、古い形のランプが置いてあった。

普段から誰かが使っているらしく、油はまだ充分に残っている様子だ。火の勢いでそのことが分かる。

「我慢できない」

アルマンの言葉と同時に、胸の頂にかろうじて引っかかっていたドレスがずるりと滑り落ちた。

胸の全てが露わになる。だがブランシュの手は、アルマンの頭に触れたままだ。

――だ、駄目、胸を隠さなくては……。

分かっているのに、見つめ合った姿勢のまま動けない。

「もっとブランシュ様が欲しい、よろしいですね」

「あ……駄目……っ……」

ドレスの裾をまくり上げられて、ブランシュは思わず小さな悲鳴を上げた。

全身の感覚が、アルマンの手が触れる場所に集まっていく。

「アル……マン……」

掌が肌を滑る搔痒感にブランシュは身を捻る。体勢を崩しかけ、腰の辺りを支えられた。

「しっかり立って、もっと触らせてください」

ブランシュはアルマンの頭から手を離し、肩に手を掛けた。

「……っ……あ……アルマン……嫌……」

「俺は嫌ではありません」

アルマンの優しい声がかすかに歪んで聞こえた。

胸を剝き出しにされ、喪服の裾をまくられたあられもない姿で、ブランシュは泣いた。

「駄目よ……駄目……こんなことしたら私……っ……」

「やめられなくなりますか？」

「分かりました。それならば良かった」

ブランシュは歯を食いしばり、アルマンの問いに頷いた。

「な、なにが……良かったの……」

「俺たちが恋し合っていることが分かって、良かったという意味ですよ」

アルマンの指先が、下着の中に滑り込んできた。

誰にも触らせたことのないぬかるんだ裂け目に触れ、そこを何度も行き来する。

「い……いや……何を……」

ブランシュは動けなかった。

無垢な陰唇が指の刺激に応えるようにひくひくと動くのが分かる。

「もっと二人だけの記憶を作りましょう」

ブランシュの脚がガタガタと震え出す。いくら無知な小娘だって、何をされるのかくらい分かるからだ。

「失礼」

アルマンが上着の隠しに手を入れ、何かを取り出す。

ドレスの下に潜り込んだ手が、下着の両腰部分の紐をぶつりと切り落とした。

ずいぶん刃物を使い慣れている、と頭の片隅で思ったが、それどころではない。

「な……にを……あ……」

腰回りの布地がはらりと落ちる。アルマンはブランシュの脚の間に挟まった下着を引き抜き、ブランシュの片脚を強引に持ち上げた。

秘部を晒したままの姿勢を取らされ、ブランシュの目に熱い涙が溢れる。

「そこは……駄目……アルマン……」

「貴女の駄目は、いいと言っているようにしか聞こえません」

アルマンは笑い、剝き出しの秘裂を指先で強くなぞった。

「いいなんて、言ってな……っ……」

何度も何度も、これからもっと悪いことをする、とばかりに、指先が陰唇を撫でる。

しなやかな指は、小さな孔に沈み込みそうになりながら裂け目を滑り、和毛(にこげ)に隠された小さな芽に触れて、また戻る。

「さ、触っては……だめよ……そんな場所……う……あ」

ブランシュの息が乱れる。

指で擦られるたびに、じくじくと熱い何かが身体の奥からにじみ出てきた。

「気持ちいいのですね？」

「違う……違……あぁ……ッ……」

身体を支える片脚が戦慄(わなな)き、まともに立っていられない。

「ここで俺を咥え込んでください、ブランシュ様」

「な、なにを……駄目……アルマ……」

いつしかブランシュは、指の色が変わるくらい強く、アルマンの肩を握り締めていた。

顔が熱い。きっと真っ赤なのだろう。

ブランシュの身体に悪戯しているアルマンの頬には、赤みの一つも差していないのに。

「貴女も欲しがっておられるのに？」

　悪い指が、小さな孔に沈んだ。ちゅぷ、と艶めかしい音が耳に届く。生まれて初めて感じる刺激に、ブランシュは思わず身をくねらせた。

「ほら、嫌がってはおられない。まだ第一関節ですよ、ブランシュ様」

「い、いけないのよ……本当に……ひぅ……」

　逆らったお仕置きとばかりに、長い指がずぶずぶと秘裂に沈む。長い指を受け入れた襞の道が、アルマンを歓迎するようにぎゅうっと収縮した。

「いや……ぁ……」

　悲鳴を上げかけ、ブランシュは思わず唇を噛んだ。声が漏れたら、誰かに邪魔されたら。そう、ブランシュは助けてほしいなんて思っていない……邪魔されたくないとしか思っていないのだ。

「俺が欲しいと言ってください」

「駄目よ……駄目……あぁ……」

　壁とアルマンの身体に挟まれ、ブランシュは思わず広い背中に縋り付く。

「俺はブランシュ様と繋がり合いたいのです」

　指を咥え込んだままの秘裂がひくりと収縮し、熱い蜜を垂らした。『私も繋がりたいの』という、身体の答えだったような気がする。

　その反応を確かめるやいなや、アルマンの指が、ずるりと音を立てて抜けた。

「あ……あぁ……」

息を弾ませるブランシュの下腹に、アルマンの腰が擦りつけられる。

——え……っ……？

晒された和毛に、硬くて熱い棒状のものが押し当てられている。アルマンが身体を揺すると、和毛に埋もれた花芽が、その熱杭に擦られてきゅんと疼いた。

「あ……何を……」

ブランシュの息が熱く曇る。

何をされるのか、痛いほど分かった。

そして、ブランシュは拒まない。拒めない。

愚か者めと己を罵る言葉が、頭の中で空虚に輪舞(りんぶ)する。自責の言葉がまるで心に入ってこない。

ブランシュが今望んでいるのは、アルマンの果てのない情欲を受け止めること。

蕩(とろ)けて口を開けた雌の場所に彼を咥え込むこと。

取り返しのつかない肉の交わりがしたいという思いだけだ。

「これをブランシュ様の中に入れたいのです」

アルマンが、あてがった熱杭をぐりぐりと前後させる。ブランシュは壁に背を押しつけ、必死にアルマンの肩に縋り付いた。

礼拝堂でアルマンと番い合おうと股を開いている自分の罪深さに目眩がする。

「よろしいですね」

　ブランシュは答えず、アルマンの肩に顔を埋めた。

　アルマンは、抱える片脚を持ち上げ直し、より腰を密着させてくる。

「ア、アル……マン……」

　震え声で名を呼ぶと、先ほどブランシュの身体を弄んでいた杭の先端が、ブランシュの蜜口に押し当てられた。

「貴女は俺のものです、誰にも渡さない……ブランシュ様」

　言葉と同時に、粘着質な音が響く。逞しい竿の先端で、濡れそぼったブランシュの媚肉がこじ開けられた。

　これまで固く閉じ合わさっていたそこを、太い熱杭が押し開いていく。アルマンに触れられ、弄ばれた身体はしとどに蜜を溢れさせていた。

　濡れそぼった道に、逞しい杭がずぶずぶと沈んでいく。

　もう取り返しが付かない。

　こんな風に押し入られてしまったら、もう……。

　ブランシュは声を上げまいとぎゅっと口を噤んだ。

　アルマンの分身は大きくて、硬くて、ブランシュの身体には余るものだった。

　かすかに血の匂いがする。無理やり挿れられた異物に、身体の中が傷つけられたのだろう。

　けれど、痛みより悦びが勝った。

自分の中にアルマンがいる。

その事実がブランシュの身体をどうしようもなく昂らせていく。

裂かれるような痛みさえ嬉しくて、ブランシュの息がますます乱れた。

他の誰ともしないことを、アルマンにだけ許した。

まったく愛せない男に『妻』として処女を捧げるより、罪人呼ばわりされてもアルマンに処女を捧げ、抱かれるほうが嬉しいからだ。

アルマンが貪るように口づけてきた。

秘部を熱い塊(かたまり)で貫かれながら、ブランシュは口づけに応える。汗の味がした。

無我夢中で口づけを交わしているうちに、肉杭は処女肉の奥深くへ分け入っていく。

——ああ、駄目……深い……。

内臓が押し上げられるほどの奥まで、アルマンの先端が入ってきた。

「んぅ……っ……」

耐えがたい苦しさに、ブランシュは口づけ合ったまま声を漏らす。

腿(もも)の内側を濡らすのは血の混じった何かなのだろうか。見えない。でも構わない。このままアルマンに穿(うが)たれて、滅茶苦茶にされてしまいたい。

「う……」

最奥を突き上げられて身じろぎしたとき、唇越しにアルマンの乱れた息づかいを感じた。

——貴方も興奮しているの……?

ブランシュは片脚を震わせながらも、うっとりと考える。

――私もよ……私も……貴方と繋がることができて嬉しいの……。

未開の場所を暴かれる違和感と痛みが、繋がり合う歓喜に塗り替えられていく。

片脚を担がれたまま身体を揺すられ、媚肉が容赦なく擦られる。

繋がり合った場所からぐちゅぐちゅと音が聞こえ、甘い目眩に襲われた。

ブランシュは唇をもぎ離して恋しい人の名を呼ぶ。

「アルマン……あ……大き……」

受け入れたものは大きくて、内臓が無理やり押し上げられているような違和感は消えない。けれど彼の分身を呑み込んだ隘路(あいろ)は、間違いなく喜んでいた。

「素晴らしい気分です……ブランシュ様……」

耳元で聞こえるアルマンの吐息がますます荒くなる。接合部がぐりぐりと押しつけられて、ブランシュの秘裂から熱い滴(しずく)がしたたり落ちた。

いつの間にか乳嘴が硬くなっている。それをアルマンの上着に擦られ、身体中に甘い痺(しび)れが走った。

「あぁぁぁ……っ！」

アルマンの服が皺(しわ)になることも忘れ、ブランシュは爪を立ててしがみつく。蜜窟の中に肉杭が怖いくらいに深くまで沈み込んでいった。

「あぅ……やだ……もうだめ、こんな奥まで……っ」

「大丈夫です、俺のものなど容易に呑み込んでおいでですよ」

アルマンはそう言って、ブランシュの身体を下から突き上げる。身体に力が入らない。されるがままに揺さぶられながら、ブランシュは必死にアルマンの身体にしがみついた。

「無理、無理よ……壊れる……あぁ……っ……」

気付けば顔は汗と涙でぐちゃぐちゃだった。

ブランシュの器は、アルマンの動きに合わせて容易に形を変え、咥え込んだものを搾り取るように蠢く。ぐちゅり、ぐちゅりと淫らな音が繰り返され、そのたびに熱い蜜が内股を伝って流れ落ちていった。

「あ、あ……何これ……あ……」

ブランシュの下腹がずくずくと波打つ。アルマンを受け入れた場所が別の生き物のように収縮し、震え出した。

「や、やだ、あぁ……」

「ブランシュ様、可愛いお声を出さないでください……俺まで達してしまう」

荒い吐息混じりに言うやいなや、アルマンはブランシュの一番深い場所をぐいと押し上げた。淫窟そのものが窄まり、身体の奥を悦楽が駆け抜けた。

「アル……マン……」

蜜口をひくつかせながら、ブランシュはぎゅっと目を閉じる。

いつまでも快感が収まらない。お腹に火がついてしまいそうだ。そのとき、息を弾ませ

るブランシュの尻がぐいと摑まれた。

「ブランシュ様の中で果ててよろしいですか」

意味も分からないまま、ブランシュは頷いた。

何でもいい、アルマンの好きなようにされたい。

汗ばんだ身体を広い胸に預けた刹那、ブランシュの腹の奥におびただしい熱液が迸った。

アルマンの心臓がどくどくと早鐘を打っているのが分かる。

ブランシュは薄れゆく視界で、ただその音をぼんやり聞いていた。放たれた熱が、じわじわと身体の奥に伝っていく。

「貴方は俺のものだ。渡しません、誰にも」

白濁と薄い血の混じった蜜を垂らしながら、ブランシュは目を瞑る。

——私、何一つ後悔していないわ……どうして、こんなに罪深い女なの……。

どんなに心を探っても、真っ白でかぐわしいアルマンへの恋心しか見当たらない。

サイーデとレアを悼む気持ちも、婚約者を裏切った後悔も、聖なる場所を肉欲で穢した後悔も一片もないのだ。

その事実に呆然としながら、ブランシュはアルマンの口づけに応えた。

第四章　求め合う心

アルマンがブランシュを抱いてから三日が経った。

——今日は……この夢か……。

馬車に揺られながら、アルマンは夢を見ていた。

夢の中のアルマンは今より少し若い。

これは十八の頃の記憶だろう。

場所は大学の公開書架だ。学生だけでなく一般人にも公開されている。本を探して読むのが好きで、アルマンはよく通っていた。

当時の気持ちがはっきりと蘇る。

この国の王はろくでなしだが、王立大学は悪くない。そう思いながら毎日書架の周りを歩き回っていたものだ。

アルマンが歴史学を学んでいるのは、経済学にも政治学にもつながる学問だからだ。学んで知恵を付け、女王になったブランシュの相談に乗れればと夢見ていた。

その夢が叶うか否かは分からないが、何もせずに生きるよりはいい。

歴史学はアルマンに向いていた。

無数の人々の生きた軌跡が見えるようで好きだった。

『こんにちは。君は本が好きなのかね』

書架で興味を抱けそうな本を探していたアルマンに、不意に声を掛けてきた男がいた。

年齢は六十代だろうか。服装はすこぶる良い。つまり学生ではない。外部の利用者であることは一目瞭然だ。

見た目は優雅かつ知的で、温厚そうな初老の男だ。六十五歳だという年齢の割に若々しく、姿勢も良かった。

その男は、ゴッダルフ・エールマンと名乗った。

――ブランシュ様の祖父君ではないか……。

名前を聞いて身構えたアルマンに、ゴッダルフは『君さえ良ければ、外のカフェで話をしないか』と誘いを掛けてきた。

その笑顔がどこかブランシュに似ていて、警戒を解いたのは確かだ。

アルマンは公開書架を出て、ゴッダルフやその護衛たちと共にカフェへ向かった。

テラス席に座りゴッダルフと向かい合う。

ゴッダルフは、訥々と語り始めた。普段は外国で暮らしていること、余暇のたびにこの国を訪れ、孫娘との面会を申し込んでは断られていること。今日はリヒタールの海沿いにできた超巨大工場の視察に来たということだった。

『リヒタールの商圏にはまだ他の大手商会も本気で手を出していない。私が一番乗りできるならば、ここを私の持つ鉱石陸運会社の中継拠点として、鉄鋼の精錬施設と輸出港を作りたいと思っていた』

　その工場はアルマンも見たことがある。リヒタールの海沿いの寒村の人々が残らず職を得ることができた巨大工場だと聞いた。

　工場主のエールマン商会は、『稼がせてくれる神様』とやや品のない名前で尊敬されていることも知っている。

　──金持ち具合が桁外れだな。下手をすれば、一国の王をも凌駕するのでは？

　工場の規模を思い返し、アルマンは悟られないようそっと唾を飲み込んだ。

『大規模な開発には、海岸線の所有者である王家の許可がいる。そのために私は娘を嫁がせ、無事に製鉄工場と輸出港の建設を終えた。だがまだだ。我が商会は、リヒタールを更なる商業国家として発展させたい。王家の協力を得るためにも、ブランシュには女王になってもらいたいと思っている』

　一通り身の上を話したあと、ゴッダルフはアルマンの目を見つめ、『ブランシュを守ってくれそうな人間は、当座、君しか見当たらなかった』と切り出した。

　王宮内に密偵を忍ばせて、日々ブランシュの様子を調べさせているらしい。

　どの人物がゴッダルフの密偵だろうかと、とっさに思いを巡らせたが、誰なのかまるで分からなかった。

『見た目では分からないよ、彼らは玄人だからね』

アルマンの胸中を見抜くように、ゴッダルフは言った。

『雑草を毟る男、排水溝や雨樋（あまどい）を専門で掃除する者、洗濯係の下女。王宮中を歩き回っているのに、特に気にも留めないだろう？』

『ゴッダルフ卿、なぜ俺に手の内を明かされるのでしょうか？』

『繰り返すが、君がブランシュを守ってくれていることを知っているからだ』

彼の言うとおり、アルマンは毒虫から可憐な花を守り続けている。

だが、誰かの歓心を買いたくてブランシュを守っているのではない。毒虫が嫌いで花が好きだから。ただそれだけだ。

『ブランシュを守ってくれる君に力を貸したい』

そう言って、ゴッダルフは大陸共通金貨の詰まった財布を取り出した。

アルマンは首を横に振る。破綻（はたん）しかけた王家と違い、アルマンの生家には金がある。買収されるほど落ちぶれてはいない。

――一代で成り上がった大富豪の『愛』は、何がなんでも孫娘をリヒタールの女王にすることなのか。なるほど……王家に貸した金は天文学的な数字になるというし、投資した金は回収せねばならないからな。

アルマンは金銭を受け取る意思がないことを示すため、卓の上で拳を握り、口を開いた。

『お金は要りません。そのかわり、ブランシュ様にたかる毒虫を排除するときに、お力を貸していただけませんか』

　アルマンの言葉に、ゴッダルフは明るい緑の目を瞠った。

『毒虫とは何だね？』

『あの王宮ではブランシュ様はいたぶられ放題です。毒虫がたかっているのと同じだ。それを排除するのに、力を貸してほしい』

　しばしの沈黙のあと、ゴッダルフは不意に笑顔になった。

『面白い子だ。特に表現が個性的だね』

　その笑みは一見親しみのあるものだった。だが緑の目は爛々と輝き、アルマンを呑み込まんばかりに見据えてくる。

『私の力を借りたいと言うならば、まずは君に、私の〝力〟を使いこなせるかどうかを見せてもらおう』

　言い終えると同時に、ゴッダルフは片手を上げた。足音もなくやってきたのは、アルマンとそう変わらない年齢の少年だった。小柄で中性的な容貌である。

『ハルベルトという。まだ若いが優秀な私の〝力〟だよ』

　――なるほど、普通の少年に見えるが、玄人なのか。

　納得したアルマンに、ハルベルトが言った。

『ゴッダルフ卿の私設軍、リヒタール分隊で密偵を務めるハルベルトだ。大旦那様の命令で、お前とリヒタール分隊の繋ぎを務める』

ハルベルトは、ゴッダルフを『大旦那様』と呼ぶらしい。

綺麗な顔立ちだが、ハルベルトの顔には見覚えがある。

——どこで見た顔だろう、思い出せないな……。

考えているアルマンに、ハルベルトは言った。

『これから色々と俺の仕事を手伝ってもらう。その結果が良ければ、あんたにも力を貸してやっていい』

ハルベルトの表情を見るに、平和的な仕事でないことは確かだ。

自分の手を汚す度胸を見せろと言われているのだろう。

『分かりました。俺にできるかぎりのことをします』


「若様、お屋敷に着きました」

アルマンは、御者の声で目を覚ました。

かなり深く寝入っていたようだ。身体が疲れていたらしい。

ブランシュと初めて関係を持ったあと、アルマンは大学にとんぼ返りした。

しばらく大学を不在にできるよう、研究仲間と今後の体制を打ち合わせ、滞りのないよう手配を終えて、今、二日ぶりにレンハルニア侯爵邸に戻ってきたところだ。

目覚めたばかりのアルマンに、レンハルニア家の御者が労るような声を掛けてくる。

「若様はお忙しくていらっしゃいますね。お身体にはお気をつけくださいね」

「ありがとう」

「このようなときですから、大学はお休みになってもよろしいのに」

「いや、ちょうど研究に必要な資料が届いていたんだ。研究室の皆は俺宛の荷物を勝手に開けられないから、早く渡したいと思ってね」

アルマンは大学院で、世界の政策の歴史を研究している。

研究室には十人近い研究員がいるが、パトロンは大学ではなくアルマンだ。

大学に保管されている資料では研究材料が足りない場合、大枚を叩いてアルマンが買い入れている。

王立大学はどの学部も金回りが良くない。

ゆえに金満家の子弟が、自分の研究したいことに自腹を切っている。

研究室の皆は、アルマンが買い入れた資料を夢中で貪り読んでいた。

真摯に一つのことに打ち込む姿は清らかで、自分もその輪に加わり続けたいと思う。真面目な人間に擬態することもできて一石二鳥だ。

「さようでございますか。研究熱心でいらっしゃって、頭が下がります」

御者がそう言ってねぎらってくれた。

父が屋敷の皆を大事にする理由が分かる。

彼らは先祖代々レンハルニア侯爵家に仕えてくれた者たちだ。

掌を指すように的確な仕事をしてくれるし、レンハルニア侯爵邸での仕事に愛着を持って働いてくれている。

――父上にとって母上は、この屋敷を食い荒らす毒虫だったのかもしれないな。

だから父は屋敷を出たのだ。

別居の状態を作ったのは、屋敷の皆に『サイーデをレンハルニア家の夫人とは認めていない』と示すためだろう。

主が認めていないという事実は、この屋敷の使用人たちにとってとても重い。

母がどんなに金切り声を上げても、使用人たちは『奥様』を軽んじた。

『侯爵閣下』が母を『妻』として扱っていないため、彼らも癇癪持ちの『サイーデ様』には最低限の忠誠心しか見せなかったのだ。

しかし、屋敷の空気もここ数日で大きく変わった。

――母上が死んでから、父上はずいぶん明るい表情になられた。

別邸を引き払い、屋敷の中でのびのびとくつろぐ笑顔の父はこれまでとは別人のようだ。

使用人たちも明るい顔をしている。当主夫人の葬儀の直後とは到底思えない。

毒虫がいなくなり、昔の侯爵家に戻って嬉しい。皆がそう言っているように見える。

「今帰った」

玄関で声を掛けると、父付きの侍従長が軽やかな足取りで迎えに来てくれた。当主夫人の喪に服し、黒い衣装を身に纏っているのにやはり表情は明るい。

「お帰りなさいませ、アルマン様」

「これからまた、着替えて出かけるよ」

ブランシュに会いに行くつもりだ。訪問の約束はしていないが、きっと会ってもらえるだろう。

「お疲れでございましょうに。お出かけはほどほどになさいませ」

「そうだな、ありがとう」

愛しい人と二日も離れていたのだと思うと、心拍数が上がる。人間の身体は面白い。そして、とても正直だ。アルマンは薄く笑って己の胸を押さえた。

◆

アルマンと姦淫(かんいん)の罪を犯したことを後ろめたく思ったまま、三日が経った。身体を暴かれた生々しい痛みも、もう残っていない。

――あの夜のことは、もう考えては駄目……一ヶ月ぶりに皆に会えるのだから、今日は明るく振る舞いましょう。

ブランシュは自分にそう言い聞かせ、口の端をきゅっと吊り上げた。

今日は月に一度の児童病院への慰問の日である。

慰問の日は、唯一ブランシュが王宮からの外出を許されている日だ。

児童病院の子供たちは、先天性の重い病の子が中心で家では暮らせない。一生帰れない子もいる。辛い中、親兄弟と引き離されて治療を続けているのだ。

寂しさを堪えて治療を頑張っている子供たちに玩具を届けるのが外出の目的だ。

祖父が送ってくれるお金は、大半が父に徴収されてしまう。残ったお金で支援は行っているが、それだけでなく、面会可能な子と少しでも遊んであげたい。

「リリア、もう動けるの？　大丈夫？」

箱の中のお土産を確認しているリリアに、ブランシュは尋ねた。

リリアは三日前の夜に熱を出して倒れたばかりだ。

昨日もまだあまり元気がなかったが、大丈夫なのだろうか。

ブランシュはリリアを案じながら額の傷に目をやった。

大きな傷ではない。今はほとんど痣になっている。切り傷は短く横一線にいくつかのかさぶたが残ったままだ。

犯人に何度も殴られたのだろうか。

――私も暴力が一番ひどかった頃、サイーデに意識を失うほど殴られたことがあったわ。頭を殴られるとずっと調子が悪いのよね。リリアもそうかもしれないわ。

ブランシュは無意識に頭の後ろに手をやった。

リリアの額の傷は無事に治りそうだが、ブランシュの頭の傷は髪を剃ったらまだ目につくだろう。縦一線にかなり大きな裂傷ができたからだ。

心配になって、ブランシュはリリアに切り出した。

「頭の怪我だから心配なの。何度も額を殴られたのでしょう？　体調を崩したのも頭の怪我のせいかもしれないわ」

リリアは笑って首を横に振った。

「もう回復しました。軍人ですからこのくらいの傷なら普通に行動できますし！」

「貴女は侍女よ……？」

「あっ、今はそうでした。ごめんなさい、気合いを入れようとしすぎて、私ったら」

リリアが頬を染めて口元を押さえる。元気そうだ。

――確かに、軍人さんなら、自分の怪我がどの程度か把握できるのかも。しばらく様子を見ていても大丈夫よね。

ブランシュはもう一度、三年前にサイーデに殴られた傷に触れた。

――私の傷とは向きが違う。横向きの傷……リリアはどうやって殴られたのかしら？

脳裏にサイーデの金切り声が蘇る。

なぜその女の縄を解いたのかと、アルマンに向けて怒り狂っていたサイーデ。

あのとき、なぜサイーデは怒っていたのだろう。

不思議に思ったとき、リリアがブランシュの前で大きな箱を開けた。

「ご覧くださいませ！　昨日の夜、玩具屋から無事届きました！」

中に入っていたのは、優しい色調の、色とりどりのぬいぐるみだった。春の花のような色合いに、ブランシュは思わず微笑む。

「色違いのお人形なのね、可愛いわ。人数分揃ったかしら？」

ブランシュは、猫の形の人形を指先でつつく。淡い水色がとても好ましい。

「数は余分に用意しました。お人形なら寝台にも持ち込めますし、好きな色を選べるようにもしました。きっと皆気に入ってくれますわ」

ブランシュは、リリアの傷への違和感も忘れ、うきうきした気持ちで頷いた。

「喜んでくれると嬉しいわ。お人形が欲しいって言っている子、多かったものね」

新しく大きなバスケットを用意し、リリアが畳んだ汗拭き用の布を入れていく。どれにも虹色の刺繍が施されていてとても可愛い。リリアが選ぶものは可愛いものばかりだ。

「小さい子って明るい色が好きなんですよ」

笑顔で言いながら、リリアはてきぱきとお土産を梱包していく。

「リリア、私は忘れ物がないか見直してくるわ」

そう言い置いて、ブランシュは衣装室の荷物置き場を確かめた。

大丈夫だ。事前に用意したお土産用の箱は全部リリアのそばに移動してある。

念のためにと、鏡を覗き込む。

開いた胸元を見ていたら、不意に、膨らみを這った熱い舌の感触が蘇ってきた。

生々しい性交のひとときを思い出し、ブランシュは無意識に肉の薄い下腹に手をやった。

身動きしても、アルマンに注がれた欲液は溢れてこなくなった。

次にアルマンに会えるのはいつだろう。

また彼が来たら、誘われたら、自分は突き放せるだろうか。

そう思った刹那、薔薇の香りが流れてきた。

窓辺に飾っている、アルマンがくれた真っ白な薔薇の匂い。

『お前はこの恋を手放せない』と暗示されているかのようだ。

ブランシュは胸に手を当てる。

心の奥にびっしりと茂った薔薇の樹は、枯れる気配がない。許されない恋を滋養にしてみずみずしい花を咲かせている。

どんなにアルマンを見つめても、もうサイーデに罵られることはないという事実が、ブランシュの心に翼を生やしたのかもしれない。

アルマンは、教具室での出来事のあと、一度大学に戻った。

葬儀で不在にしてしまい、研究室の皆を待たせてしまっているのだという。

ふらふらのブランシュを自室まで送ってくれたあとの別れ際、『大学での用件を終えたら、またすぐに戻ってきます』と約束してくれた。

アルマンはきっとまた会いに来てくれる。

そう思うと、胸の中がうっとりするような甘い匂いで満たされた。

心の奥で美しく咲いた白い薔薇が、愛おしくてたまらない。他人にどれほどなじられようが、きっとブランシュは心にこの薔薇を咲かせ続ける。

アルマンの唇や身体を思い出したら、身体が火照ってきた。ブランシュは慌てて淫らな記憶を振り払い、鏡に向き直る。

淡い灰色のドレス姿の自分を確かめた。

——真っ黒な衣装なんて着て行ったら、慰問先の子供たちが驚いてしまうものね。

『母親代わりの乳母』の喪に服すべき期間だからといって、病気で療養中の子供たちを不安にさせるような格好はできない。だから、このドレスを選んだ。

「ブランシュ様、お荷物詰め終えました」

リリアの声に、ブランシュは慌てて返事をした。

「こちらにも忘れ物はなかったわ」

「久しぶりのお出かけですね、皆元気にしているとよいのですけれど」

リリアが明るい笑顔で言う。

そうだ、お見舞いに行くのだから笑わなければ。リリアの表情に力づけられ、ブランシュも明るい笑みを浮かべた。

父王から『せいぜい王家の評判を上げてこい』と言われたことを思い出す。

——私は、困っている人たちのために働いているの。お父様のためではないのよ。

ブランシュが支援している児童病院は、一人の医師が善意で立ち上げ、賛同する医療従事者と共に運営している施設だ。運営は苦しく、寄付は欠かせない。

生まれつき病気を持った子の親たちは、国中からこの病院に子供を託しにやってくる。

そして地元に帰って、必死に働き、お金を送ってくるのだ。本当は子供のそばにいてあげたいはずなのに……。

——せめて、国の拠点都市にそれぞれ病院があれば。

この国に病児向けの施設が少なすぎること、そして、維持費がまったく足りていないことを、もっともっと貴族や富裕層に知ってほしい。

それに、宗教の影響が強いリヒタールでは、生まれつき病気を抱えた人を『神様の罰が当たった』と頭ごなしに嫌う人もまだまだ多い。

赤ちゃんの頃の病気で眼球を摘出し、大きくなったら義眼を入れねばならない子。生まれつき身体に欠損があり、大きな手術をして補わねばならない子。心臓が悪いが、何度も治療を繰り返せば生きられるかもしれない子。

——守ってあげなければいけない子がたくさんいるのよ。幼い頃の私よりもずっと辛い思いをして病気と闘っているのに大好きな両親にも会えない子たちが……。だから手伝うの。お父様のためじゃない、王家の名誉のためでもないわ……。

誰かが自分の活動を知って、共感して手を差し伸べてくれればいい。

いつ消されるともしれない、幽閉された王女であっても、どこかに自分の爪痕を残せればいいと思う。その爪痕を辿って、誰かが病気の子供たちを守ってくれれば……。

「ブランシュ様、馬車の準備ができる時間ですよ」

「そうね、一緒に荷物を運びましょう」

「大丈夫です！　私が手押し車で……」

リリアの言葉に割り込むように、扉が叩かれた。

「ブランシュ様、リザルディ様がお越しになりました」

扉の外から聞こえた侍女の声に、ブランシュとリリアは顔を見合わせる。

告げられた名前に思わず耳を疑ってしまう。

「は？　リザルディ様が何をしに来たんでしょうね？」

リリアの声は冷たかった。

ブランシュのいる離れを一度も訪れたことがなく、レアの事件に巻き込まれたブランシュを見舞うことすらしてくれなかった婚約者だ。

彼に関していい噂はまったく聞かない。

ブランシュとの婚約後、リザルディは未婚の令嬢を幾人もかどわかして姦淫し、一切責任を取ろうとせずに社交界で大問題になったと聞いた。彼の行状を問題視した貴族たちから『王女との婚約は破棄すべきだ』という声も上がったが、父王は一向に応じようとしない。

リヒタールでも指折りの名家の出なので、彼の両親が莫大な慰謝料を払い、何とか解決してきたらしいが、素行が改まる兆しはないようだ。

それに、リザルディは高級娼館とやらで蕩尽（とうじん）しているという。この国で一番お金が掛かる美女に入れあげ、身代を傾けていると聞いた。

そんな男が、こんな平日の昼間に、いったい何をしに来たのだろう。

ブランシュの顔が、周囲からは分からないほどにかすかに歪む。

――いらっしゃらなくていいのに……。

一度も好意を覚えたことのない婚約者のリザルディを思い、ブランシュは心の中でため息をついた。

「帰ってもらいましょうか？　忙しいから」

リリアが冷たい声で言った。本当は男性である分、リリアは『駄目な殿方』に対して容赦が無い。

女にだらしのない父王のことを『もう、性病のくせに女遊びがやめられないなんて。汚い、切り落とされてしまえばいいのに』と言っていたことさえある。

何を切り落とすのかは怖くて聞けなかったが、とても怒っていることは伝わってきた。

「初めてここに来ていただいたのだし、お話だけでも聞きましょうか。ほんの数分だけ」

ブランシュは乾いた口調で言った。

本当は無視して出かけてしまいたいのだが、リザルディがハーロン侯爵家の次男であることを思うと、ぞんざいに扱うわけにもいかない。

一応は名家の出の婚約者なのだ。時々名前さえ忘れそうになるけれど……。

「もう！　姫様ったらお優しいんだから……」

リリアが腕組みをして目を尖らせた。

「優しくは……ないわ……問題を起こしたくないだけよ」

口にするだけで気分が沈む。

——リザルディ様が、お祖父様の財産目当てなのは分かっているわ。私との結婚を『金持ちになれる貧乏くじ』なんて仰っていることも……。

時間の無駄だ。分かっているのに、父が定めた婚約者である、ただそれだけのことで無下にできないのが悔しかった。

「ブランシュ様のお気持ちは分かりますけれど」

リリアが不機嫌な表情でブランシュを見つめる。彼女の目に浮かんでいるのは、ブランシュの婚約者、リザルディへの強い軽蔑だった。

「今だけ同じ『男』として言わせてもらいますけれど、リザルディ卿は駄目です。ブランシュ様の傍らに立つ資格もないような男ですわ。大旦那様だって、そんな汚らしい男は絶対に却下だと仰るに違いありません。もちろん私も、大、反、対です!」

「リリア……それでも、リザルディ様を軽んじるわけにはいかないの……」

細い声で告げると、リリアがふてくされた顔で頷いた。

「……分かりました。お連れして参ります」

ブランシュは、肩を怒らせたリリアの、痩せた背中を見送った。

しばらくして、リリアは華やかな服装の若い男を連れて戻ってきた。

「リザルディ・ハーロン様をお連れいたしました」

口上は申し分なく丁寧だが、いつもと違ってひどく棒読みだ。リリアの不機嫌さに内心ため息を吐きつつ、ブランシュはドレスの裾をからげて、右足を後ろに引く。

「ようこそ、リザルディ様」

曖昧に微笑むブランシュに、リザルディがなんのてらいも無い笑みを向けた。

「お久しぶりです、ブランシュ殿下」

茶色い髪に緑の目をした好青年である。衣装の着こなしも、いかにもリヒタール貴族らしい華やかな男前だ。

だがリザルディの顔を見ても、なんの感慨も湧かない。

会いたくもなかった。穢らわしく思えるし、時間が勿体ないとすら思う。

リザルディを拒みたくなる自分を諌めながら、ブランシュは愛想笑いを浮かべた。

「お久しぶりですわ」

どの行事で『婚約者』として最後に傍らに立ったのか思い出せない。自分はこんなに記憶力が悪かっただろうか。多分興味が無くて頭からぽいと捨ててしまったのだ。

「今日は……エデナ児童病院へ慰問に参りますの。よろしければご一緒にいかがでしょうか、リザルディ様」

心の中で早く帰ってほしいと願いつつ、ブランシュは言った。

「慰問ですか。それより、ちょっと聞きたいことがあるのですが」

ブランシュの言葉などどうでもいい、自分の話だけ聞いてほしいと言わんばかりの口調だった。ハーロン侯爵家ほどの名家に生まれて、慈善活動に興味すら示さないなんて。そう呆れ果てるブランシュの代わりに、リリアが苛立ちも露わに会話に割り込んできた。

「長話になります？　慈善活動先の人たちにも予定があって、時間を合わせてブランシュ様をお待ちくださってるんですけれど」

割り込まれたリザルディが、みるみる不機嫌な顔になる。

「平民風情が邪魔をするな！」

大人しい侍女だったら震え上がりそうな一喝だが、リリアは眉一つ動かさない。

「事前のお約束もなくいらっしゃったので、こちらも驚いておりまして」

苛立った表情のリザルディが、挑発するように笑うリリアの襟首に手を伸ばそうとする。

ブランシュは慌てて、二人の間に割り込んだ。

「おやめください、私の侍女に何をなさるの」

リザルディがはっとした顔になった。体面を傷つけられてかっとなり、ブランシュの存在など頭から飛んでしまっていたようだ。

決まり悪そうに頭をかいたリザルディが、ブランシュに向き直る。

「失礼いたしました。本当に急いで確認したかったもので」

「久しぶりですのに、急な御用だなんて不思議だこと」

「リリア、やめて」

ブランシュに窘められ、リリアが不承不承の表情で一歩後ろに下がった。だが返事によっては容赦しないぞ、と言わんばかりの表情だ。

「突然ですが、友人の子供が病になりまして、金を用立ててくれと頼まれたのですが、少々訳あって実家の父には借りることができなくて」

「お子様がご病気……？」

不穏な言葉にブランシュは眉をひそめる。

本当なのか嘘なのか、他人と喋り慣れていないブランシュには見抜けそうもない。

だが、普段は会いにこようとしないブランシュのところにわざわざ来たくらいだから、本当なのかもしれない。

児童病院の、病に勝てずに天に召された子たちのことを思い出した。

他の子供たちに知られないよう、静かにお花をあげに来てほしいと職員に何度頼まれたことだろう。そのたびに特例で外出許可を得て駆けつけた。組み合わされた小さな手を思い出すだけで涙が出る。

心の弱い部分を刺されたように感じ、ブランシュは震え声で尋ねた。

「お子様のご病気とは……どんな……」

「なんとか命は取り留めたのですが、治療に長く掛かりそうで金が必要なのです」

もしその話が本当で、お金でなんとかなるならば子供を助けてあげたい。

毎月の児童病院への寄付金でブランシュの『小遣い』はほとんど残っていないが、祖父のくれた宝石を売れば幾ばくかにはなるに違いない。

ブランシュはちらりとリリアを振り返る。彼女は胡乱なものを見る表情でリザルディを睨み付けていた。

——嘘、ということはあるのかしら……でも病気の子にお金が要るなら……。

返事をしかけたとき、沈黙に耐えられないとばかりにリザルディが言った。

「結婚後は、ゴッダルフ卿から月々どのくらいの支援がいただけるのですかね？　それだけでも確認できれば嬉しいのですが」

妙に焦っているような口調だった。

急ぎの話ではなかったのか。眉をひそめつつ、ブランシュは言い返す。

「病気のお子様の話を先に聞かせていただけませんこと？」

そのとき、軽やかに扉が叩かれた。

「失礼いたします、ブランシュ様」

声の主はアルマンだった。

目を丸くしたブランシュの傍らで、リリアが扉をサッと開く。

切れ長な灰色の瞳を見た瞬間、薄暗く埃っぽい教具室での交わりが身体中に蘇った。

硬い胸板に押しつけた乳房。

繰り返し秘部を穿たれ、まともに身体を支えられなくなっていく右足。

耳元で聞こえたアルマンの荒々しい息づかいと、汗の匂い。

吐精の最後の一滴を絞り出すまで、鋼のような腕で戒められていたブランシュの身体。

痛みと快楽に悶え、泣きながらアルマンを貪った時間の全てが思い出される。

甘美な疼きが下腹に生じた。

ブランシュの全身にどっと汗が噴き出す。

――いけないわ、忘れるのでしょう……！

淫らな時間を記憶から切り落とすように、あえておっとりとブランシュは言った。

「ごきげんよう、アルマン。今ちょうどリザルディ様がいらっしゃっているのよ」

ここにいるのは昔から『お兄様』代わりに大事にしてくれたアルマンだ。

獣のように交わり合った愛しい雄ではない。

嘘を自分に言い聞かせねば、冷静ではいられない。

「今日は慈善活動の日ではないのですか？　馬車が下でブランシュ様を待っておりましたので、お呼びに参りました」

ブランシュはリザルディから視線を逸らし、壁掛け時計に目をやる。

「そうね、もう出かけなければ。リザルディ様、病気のお子様の話を、下に行くまでの間にお聞かせいただけませんか？」

ブランシュの言葉に、リザルディが肩を竦める。

「……そんなつまらない活動に、貴女は結婚後もうつつを抜かすのですか？　ゴッダルフ卿からの支援金を使って？」

不意にリザルディが声を荒らげた。

先ほどのリリアへの態度といい、今といい、爽やかそうな外見は取り繕ったものなのだ。苛立ちに満ちた彼の顔には品がなく、ブランシュを見る目には怒りと苛立ちが入り交じっている。

――ああ、ひどい。病気の子供の話はきっと嘘なのだわ……。

ブランシュの膝が悔しさに震えた。言い返さずにはいられず、思わず口を開く。

「何を仰るのですか、慈善活動は大切なことです。祖父も若い頃から熱心に取り組んできたと聞きました。私に児童病院のことを手紙で教えてくれたのも祖父です、送ってくださるお金を困っている人々のために使えば、祖父も喜んでくれますのよ」

「俺は反対です、結婚後も湯水のように他人に金を使われたのでは……」

そのとき、静かな声が割り込んだ。

「リザルディ殿」

苛立つ婚約者を諫めたのはアルマンだった。

「何か、急ぎの用立てが必要ですか？　お困りであれば俺が多少お貸ししましょうか」

「え、あ、いや……結構です」

リザルディは、アルマンの提案に慌てたように首を横に振った。

その態度を見て、ブランシュはますます確信する。

――やっぱり、病気の子供はいない……のね……？

ブランシュならいくらでも騙せる。だがアルマンを言いくるめることはできない。そう思ったから断ったのだ。

アルマンの実家レンハルニア侯爵家と、リザルディの実家ハーロン侯爵家は、地位、財力共に拮抗した家柄だ。

だが二人の個人の資質の差は比べものにならない。

金の力で貴族専用の大学を卒業したリザルディの頭では、厳しい入学試験を突破し、王立大学の首席卒業者となり、今も大学院で研究を続けているアルマンには敵わないのだ。

「そうですか、お急ぎの用立てでないのであれば良かった。今日はブランシュ様の奉仕活動の日です。迎えを待たせているのでもう出かけましょう」

堂々としたアルマンの前で、リザルディは「お気をつけて」と小声で答えた。

「おや？　ブランシュ様が熱心に取り組んでおられる慈善活動ですが、リザルディ殿はご一緒に向かわれないのですか？」

不思議そうに首をかしげたアルマンに、リザルディは小声で言った。

「今日は知人と話し合いが……いや、待ち合わせがあるので、失礼」

早口でそう言うと、リザルディは足早に立ち去ってしまった。

「帰っちゃいましたねえ」

リリアが冷たく言う。ブランシュは残念な気持ちで頷いた。

アルマンは室内を見回し、お土産を詰め込んだ箱に歩み寄る。リリアが慌ててアルマンに駆け寄った。

「私が運ぶから大丈夫ですわ。アルマン様。何か御用でしたか？」

「ブランシュ様のお顔を拝見しに伺っただけです、大学から戻ったばかりで、手ぶらで申し訳ありません」

「あら、まあ……私、台車を取って参ります。五分後に戻りますので！　五分後に！」

妙に戻る時間を強調しながら、リリアが小走りで去って行く。

扉が閉まると同時に、アルマンがブランシュを抱き寄せた。

「お会いしたかった」

ブランシュは腕の中でこくりと頷く。

「貴女も、俺に会いたいと思ってくださいましたか」

「ええ……」

罪の深さに戦慄きながら、ブランシュははっきりと肯定した。触れあっているだけで身体中が心臓になったかのように脈打つ。

「あんな男をお部屋に招き入れるとは……」

ブランシュを強く抱きしめたまま、アルマンは言った。

「突然いらしたの。一度も訪ねてこられたことはないのに」

「嫌です。あの男に会わないでほしい」

「私も嫌だったけれど、リリアがいたから大丈夫よ」

言葉にしたら、ますます罪深い気持ちがのし掛かってきた。

だが、本当のことだ。嫌だった。アルマンに抱きしめられている今が幸せな分、先ほどの不快感が影を増すように思える。

「軽々しく仰らないでください。俺は貴女にどうしても穢れてほしくないのです」

「大丈夫よ、何もされていな……」

言い終える前に唇を唇で塞がれた。

――ああ……。

言葉にならない歓喜がブランシュの中を満たす。

アルマンが好きだ。

熱を出して泣いているとき『だっこ』をしてくれたのはアルマンだけだった。

あの頃からブランシュはアルマンしか望んでいない。

その気持ちは今も変わらない。

リザルディは論外だが、どんな立派な貴公子が現れても、昔から守り支えてくれた彼以上に信頼でき、恋しく思える人間はいない。

肉の交わりを経て、ますますその思いは強まった。

狂おしいほどに愛しいのはアルマンだけ。こうやって身体を寄せ合い、唇を重ねたい相手は彼だけだ。

「……大学院が忙しいの？」

唇が離れると同時に、ブランシュは尋ねた。

「ええ、俺が買った資料がたくさん届いていたのです。それを研究仲間に渡して、一緒に読み解いて、論文を書く担当を決めるのに時間が掛かってしまいました」

「アルマンが資料を買ってくれたら、皆たくさんのことを学べて助かるわね」

ブランシュの言葉にアルマンが微笑む。

「そうだと嬉しいですね。見当違いの資料を買い込んでいなければ良いのですが」

「アルマンが選んだものならきっと大丈夫よ」

思わず身を乗り出して言うと、今度は額に接吻された。アルマンとの触れあいが嬉しくて嬉しくて、身体中がはじけ飛びそうだ。

婚約者を裏切っている背徳感など、悦びの前には簡単に消え去る。

──私は、そういう女なんだ……。

自嘲ぎみに思ったとき、アルマンが言った。

「俺もブランシュ様の慈善活動に同行してよろしいですか？」

ブランシュは目を丸くし、大きく頷く。

「もちろんよ。でも……あの……生まれつきの病気のために、見た目が少し他の子と違う子もいるけれど、嫌ったりしないでね。病気なだけで私たちと一緒なの。どうか神様が罰したからだなんて思わないでね」

アルマンは、ブランシュの言葉は当然だと言うように頷いてくれた。

「分かっております。大学の付属病院も、最近子供を診るようになりましたから、生まれつき身体が悪い子供も見かけますよ」

「大学も……？　そうなの。児童病院の数が足りていないものね、助かるわ」

初めて聞く話だった。ブランシュはほとんどの情報から遮断されて生きている。もし大学が先天異常の研究を始めてくれるなら、こんなに心強いことはない。

「この世界には己が利益のみを貪る人間もいますが、一方で様々な問題に心を痛める人間もいるのです。善き人間に目を向ければ、世界には希望が多くあると分かります」

アルマンの力強い言葉に、ブランシュの目に涙が浮かんだ。

「そうなのね。私は外のことを知らないから、いつも色々教えてくれてありがとう」

自分で言ってはっとする。

ブランシュのいる世界は狭い箱なのだと、改めて気付かされたからだ。

この離れに閉じ込められ、いつか名ばかりの女王となり、世継ぎを産むだけの存在。

生まれたときから死ぬまで箱から出られない『王女様』。

──本当に外に出られないのかしら？　一生このまま……。

この閉塞した人生に突破口はないのだろうか。

愛しいアルマンの手を堂々と取れる道は存在しないのだろうか。

──私はこの檻から出て、アルマンと過ごしたい。

そう思った刹那、何もできない歯がゆさが涙となって頬を伝った。

重い病気の子供たちも満足に助けられず、恋する男とは引き離され、傀儡となって父と祖父の思惑どおりに生き続ける人生なんて嫌だ。

アルマンが手巾を差し出し、慌てたように涙を拭ってくれる。

「どうなさいました？」

「……ううん。色々な人がいるのだと知って、嬉しかっただけ」

ブランシュの答えに、アルマンが優しく微笑んだ。

「お待たせいたしました！」

明るい声が入り口に響く。台車を手にしたリリアが戻ってきたのだ。

「さ、病院の方たちもお待ちですし、荷物を運んで急いで伺いましょう」

ブランシュは頷き、リリアに笑顔で告げた。

「今日はアルマンも子供たちをお見舞いしてくれるのですって」

◆

自宅に戻ったあとも、児童病院での記憶の再生が止まらなかった。アルマンの脳裏を様々な子供たちの顔がよぎっては消えていく。色あせた病室の壁紙も雑草だらけの庭もはっきりと思い出せる。

――児童病院は資金不足だとブランシュ様が仰っていたが、本当に設備も人的資源も最低限しかないのだな。

アルマンはこれまで、幼い子供に自ら進んで接したことはなかった。

自分が幼かった頃は例外として、大人と呼ばれる年齢になってからは、興味を持って近づくことはなかった。

だが、ブランシュが愛情を注いでいる児童病院の子供たちは、儚く愛らしかった。車椅子に乗った少女がブランシュの用意したぬいぐるみを『青がいい』と言ったとき、アルマンの顔は自然と綻んだ。

職員たちが、必死で病児たちを治療している理由も、ブランシュが祖父からの仕送りのほとんどを児童病院に渡している理由も、説明されなくても分かった。

守らねばならないものだからだ。

弱い身体に閉じ込められて生まれた、それは子供たちの罪ではない。

この子供たちの病気を治してやりたいと願う人々は清らかだった。

仕事の枠を超えて子供たちの治療に尽くす医師に、アルマンは敬意を覚えた。

だが医師は言った。

『私の大変さなど取るに足りません。本当に大変なのは、この子たちを預けて遠い自宅で働き続けている親御さんです』

医師が語ってくれたのは、アルマンの知る『親』ではなかった。

『そんな親もいるのですね、知らないことを教えてくれてありがとう』

そう言いかけて、言葉を呑み込んだ。

まともな親を知らない自分の異常性を、わざわざ喧伝する必要は無いと気付いたからだ。

だが、優しく哀しい親子の話を聞けて、本当に良かった。

病の子を持つのは決して天罰ではなく、確率……運が悪かっただけ。確率論で健全な身体を手に入れたものが、不自由な身体の人間を助ける。人間を社会的な生物と定義するならば、それは当然のことだ。その考え方には破綻も歪みもない。

――普通の親は毒虫ではない。国王陛下や俺の母親のような毒虫ではないんだ。

そう実感できるだけで、ほっとした。なぜほっとしたのかは分からないが、病の子たちは親に愛されているのだと思うと、その親を手伝おうと素直に思える。

理不尽な目に遭ってもまっすぐに生きる人間は清らかだ。アルマンは毒虫のくせに清らかなものが好きなのである。今日ここに来て良かったと思った。

動ける子供たちは庭の真ん中に座ったブランシュに寄り添って、お絵かきや人形遊びをねだっていた。

――お絵かき……？　人形……？　俺にはまったく分からないな……。

アルマンは医師の許可を得て、歩けない少年を肩車することにした。優しく繊細なブランシュと違って、腕力くらいしか役に立てるものがなかったからだ。

肩車した子は、顔に巨大な腫瘍があった。左目はもう塞がっている。大きくなりすぎる前に切除したくて、できものを縮小する薬を試しているところだと説明を聞いた。

『僕は家に帰れる？』

肩の上で聞かれ、アルマンは本気で、誠実な答えを探した。

『俺は医師ではないから約束できないが、帰れるように、できるだけ手伝う。大学の友達に君に効く薬を当たってみよう。それから……また肩車をしに来る』

少年はできものに埋もれていない右目で笑ってくれた。愛おしい笑みだった。

――約束は必ず守ろう。

肩車から下ろしたあと、アルマンは少年と握手してもう一度言った。

『また肩車をしに来るから』

ここの子供たちは、守らねばならない存在だ。

ブランシュの宝だから。そして、社会的な生物としての『人』であれば、率先して守るべきものだから。

アルマンの頭に、ブランシュと歴史学以外の尊いものが刻まれた。

新しい尊いものに出会えて、今日は幸せな日だった。

アルマンは少年との約束を手帳に書きつけた。少年はそれを確かめ、また笑ってくれた。

『来てくれない人もいるんだ』

自分は違うと思ったが、口には出さなかった。

少年を笑顔にできるのは、約束を守ることだけだ。

医師に『確約はできないが、医学部の知人に腫瘍縮小の薬について当たってみる』と提案したところ、とても喜ばれた。王立大学に伝手がなくて困っていたという。

帰りの馬車で『俺は今日、賢くなったようです』と告げると、ブランシュは笑った。

『アルマン、貴方は元々賢くてよ』

幸せそうな笑顔。母やレアの鬱憤（うっぷん）のはけ口になっていた頃には見せなかった、咲き誇る可憐な花のような笑顔だ。

――ブランシュ様……。

アルマンは、リリアの目も憚らずブランシュと手を重ねた。

ブランシュは頬を染め、振り払ったりはしなかった。リリアは何も気付かないふりをし、ずっと窓の外を眺めていた。

やはりブランシュを誰にも渡したくはない。

明るく笑うようになったブランシュを、毒虫のいる場所に行かせたくない。

必ずもっと幸せにする。アルマンは、腹の底からそう思った。

第五章　愛の時間

慈善活動の帰り道、ずっと手を重ね合っていたことを思い出して、ブランシュはただ幸せな気持ちで過ごしていた。

リリアは絶対に気付いていただろうに、何も言わなかった。ブランシュもあえてその理由は尋ねないままだ。

——見逃してくれたのかしら……リザルディ様よりずっと素敵な人だから。

もう夕食も終え、リリアは隣の侍女の間に引き取った。湯浴みは男性であるリリアには頼めない。お湯だけ張ってもらったので、もう少ししたら身を清めよう。

ブランシュは窓辺の白い花束に歩み寄った。

カーテンを背に、真っ白な薔薇も他の花も、まだ元気に咲いている。少しでも長く元気にこの部屋で咲いていてほしい。保たなくなってきたら逆さまに干して水気を抜き、乾燥花を作ってもいいだろう。とにかく愛するアルマンが選んでくれた花束だと思うだけで、どんな宝石よりも尊い宝物に思える。

今、ブランシュの心にあるのは、アルマンへの思いと素晴らしかった一日の記憶だけだ。

初めてアルマンと一緒に王宮の外に出た。

アルマンは病気の子供たちに優しくしてくれた。笑顔で肩車をしたり抱っこをしたり。車椅子でしか動けない子たちは背の高いアルマンに抱かれて歓声を上げ、別れ際にはアルマンの頬に感謝の接吻をしていた。

病と闘っている子供たちに優しくしてくれて、本当に嬉しい。

形だけ、ブランシュの歓心を買うためにしたことではないと伝わってきて嬉しかった。

知人を通じて王立大学の医学部とも連絡を取ってくれると約束もしてくれた。

リヒタールの病院を繋ぐ組織は弱い。王立大学の研究も、効率よく各医療機関で共有されているわけではないと聞いている。

ブランシュが支援している児童病院は、貴族や富裕層の善意と医師たちの努力だけで運営されている施設だ。

他の病院と連携して最新の治療法を分かち合う余裕などなかっただろう。

――本当に良かった。それにまたあの子たちのお見舞いに行ってくれるって……。

胸がいっぱいになる。感謝してもしきれない、とはこのことだ。

――ああ、そうだ、今日もお祈りをしていないわ……。

ぼんやりと幸せな思い出に浸っていたブランシュは、『祈り』の存在を思い出す。

アルマンと結ばれた日から一度も祈っていない。祈り紐もどこでなくしたのか、思い出せない。ろくに探してもいない。自分の祈りは保身と言い訳に過ぎないと気付いてから、祈る気がなくなってしまったのだ。

　——薄情な女。

レアが殺されたのも、サイーデが自殺したのも、本当に最近のことなのに。

ブランシュはもう二人の死を悼んでいない。自分を苛んだ人間の死を悲しむより、目の前の幸せのことしか考えていなかった。

愛しい人間ではないから哀しくないのだ。それに、サイーデが自分をどんなに恨んでいたとしても、自分にだって言いたいことはある。

アルマンときちんと会話ができるようになってから、サイーデに対しても色々な思いや、言い返したいことが出てきた。

まずは、ブランシュを狙っていたのは本当はサイーデなのではないか、ということ。

リリアを縛り上げたのは、おそらくサイーデの手の者だろう。

どうして寝台をレアに貸したのかと執拗なまでに怒り狂っていたことを思うと、他の可能性はやはりないのではないか、と思えた。

おそらくサイーデは、玄人の刺客を雇い、ブランシュを殺させようとしたのだろう。リリアを襲ったのもその人物に違いない。

サイーデには幼少時から、虐待を繰り返されてきた。その上命まで狙われていたなんて。

だからサイーデの死は悲しくないし、恨まれていたとしてもこちらとて許す気はない……

彼女のために祈る気はもうないのだ。

レアに関しては申し訳ないと思うこともある。

——でも、レアが言ったのよね、突然『寝台を貸して』って。あれもサイーデの指示だと思うの。外泊していいのかと聞いたら、母様の許可は得ていると言っていたし。

一つ分からないのは、なぜ犯人はレアとブランシュを間違えたのか、ということだ。本当に髪の毛一つとってもまったく似ていなかったのだ。玄人ならば、標的の確認くらい念入りに行うだろうに。

しかし、実際に殺されたのはレアだった。考えにくいことだが、サイーデの計画になんらかの手違いがあり、レアが犠牲になったのだろう。

——あの子が私と間違えられて殺されたのなら、申し訳ないことをしたわ……。

そう思うけれど、大袈裟な涙は溢れない。レアもまた、計画に加担していた一人だと思うからだ。

若くして亡くなったことは悲しいけれど、乳母同様、彼女のことも愛していなかった。だから、もう涙が出てこない。

——自分は、愛していない人間、私を苦しめた人間の死を悼めない程度の器なのよ。

そう思ったら、すとんと納得できた。

ブランシュは、無意識に胸に手を当てる。

ここに咲き誇る白い薔薇の樹が、ブランシュの全てだ。

小さな頃からゆっくりと育ち、今、花開いたばかりの恋の薔薇。心の中が甘い香りで満たされる。香りの名前は『アルマン』というのだろう。

――愛しているわ。引き離されたとしてもずっと愛しているわ。ううん、そんな日を迎えたくない、私は貴方と離れたくないの……。

昼間に会ったリザルディの顔など、もう輪郭もぼやけてよく思い出せないありさまだ。リザルディに対しては、侮蔑の感情を覚えるだけ。彼が夫になるのだと言われても、絶対に嫌だとしか思えない。

そのとき、扉が叩かれた。

――リリア？

また体調を崩したのかと思い、ブランシュは慌てて扉に向かった。

扉を開けた先に立っていたのは、アルマンだった。

「どうしたの」

「……お部屋に入ってもよろしいですか」

夜に溶けてしまうような静かな声だ。

ブランシュは声を出さずに、扉を開けたまま身を引いた。

アルマンが後ろ手で部屋に施錠する。そして挨拶もなく手を伸ばし、ブランシュの身体をぎゅっと抱きしめた。

夜露の匂いがするアルマンに抱かれ、ブランシュも広い背中に腕を回した。

――ああ、好き……。

頭も心もアルマンでいっぱいになる。大きな手で顔を上向かされ、口づけられて、目尻に涙が滲んだ。

「今日はありがとう」

唇をほんの少しだけ離して、ブランシュはアルマンに囁きかけた。

「礼には及びません。また、俺も連れて行ってください。子供たちと約束をしましたから」

ブランシュは腕の中で頷き、アルマンの胸に顔を埋めた。

「貴女を抱きたくて来ました」

甘い言葉に、ブランシュの身体が強ばる。

「もう駄目よ」

「いいえ、駄目と言われても愛おしいのです」

「アルマン……」

ここでまた許したら、本当の馬鹿だ。

婚約者のいる女が、どんなに愛しているとしても他の男に身体を開くなんて。

——だけど私は、貴方しか愛していない……。

「今夜は他の人間の名前なんて、全部忘れてください。ブランシュ様は俺の名前だけ覚えていてくださればいい」

言葉の甘さにブランシュはぎゅっと目を瞑る。

「どうか俺を嫌がらず、拒まずにいてください、ブランシュ様。俺以外の名前を貴女のお心から消してください」

アルマンが腕を緩め、佇んだままのブランシュの衣装の裾に口づける。貴婦人に忠誠を誓う貴公子の礼だった。

ブランシュの目からぼろぼろと涙がこぼれ落ちる。

――私は、貴方と離れたくない。それしか考えていないの。道徳なんて私の中から消え去ってしまったわ……。

ブランシュは無言で、跪くアルマンに手を差し伸べる。

全ての誠意を受け入れるので、立って良いと示す合図だ。

アルマンがブランシュの小さな手に頬を寄せる。

「リザルディ様のことは今夜は忘れるわ。できれば永遠に忘れてしまいたい」

自嘲混じりに言った瞬間、アルマンが弾かれたように顔を上げた。

彼の目には、形容しがたい光が浮かんでいる。じりじりと焼け付く炎のような目だ。

――どうしてそんな怖い目を……？

「誰にも渡しません、貴女にたかる毒虫は、全て俺が排除いたします」

そのぎらつく目は、恋に蕩けた男のものではなかった。

「アル……マン……？」

毒虫とは何、と聞く間もなかった。

性急に唇を奪われ、ドレスのホックが外される。

本能的に思ったのは『食べられてしまう』ということだった。

抗えない。『私を食べなければ、アルマンは何をするか分からない』と直感したからだ。あのぎらつく目が、ブランシュにそう思わせた。

「あ……待って……アルマ……」

言葉の抵抗は、無意味だった。瞬く間にドレスを脱がされ、抱き上げられて、下着姿で寝所に運ばれた。

ブランシュを寝台に横たえたアルマンが、纏っていた品のいい衣装を手早く脱ぎ捨てる。明かりを落とした寝所の中で、鍛えられた痩身がほのかに輝いて見えた。

アルマンの身体を初めて見た……と思ったとき、ブランシュが纏っていた薄い下着も身体から剝ぎ取られた。

人前で肌をさらす恥ずかしさに身が竦む。

ブランシュには、湯浴みを手伝う侍女さえいないのだから……。

「俺に抱かれてくださるのならば、どうかご自身で脚をお開きください。無理に犯したいわけではないのです……俺を受け入れると、そのお身体でお示しください」

――アルマン、どうして……そんな怖い目をしているの……。

けれどその目に浮かぶぎらついた欲望に、ブランシュはほのかな悦びも感じていた。

彼はブランシュに飢え、ブランシュを食べたいと言っているのだ。他の誰でもなく、ブランシュだけを貪りたいと。

——私だって……貴方だけに抱かれたいのよ……。

ブランシュは一糸纏わぬ姿で頷き、震える脚をゆっくりと開く。

アルマンの目からは、異様な光が消えないままだ。

——私にたかる毒虫って……何……?

父の顔、リザルディの顔、レアの顔、サイーデの顔が次々に浮かぶ。ブランシュをいたぶって笑うだけの侍女たちの顔も……。

——排除……遠ざけてくれる……という意味よね……?

アルマンが何を言っているのか、深く考えたくない。

彼は優しい人なのだ。手荒なことはきっとできないはず。そう自分に言い聞かせながら、ブランシュはか細い声で言った。

「ええ……私は自分の意思でアルマンを部屋に入れたの。今も自分の意思で脚を開いた。私は貴方を拒まない。貴方は何も悪くないわ……」

まだ動悸が収まらない。先ほどのアルマンの言葉が脳裏から消えない。

『貴女にたかる毒虫は全て俺が排除いたします』

あんなに獰猛な目をしたアルマンを見るのは初めてだった。

まるで、逆らうものを全部自分の牙で傷つけてやる、と言わんばかりの目だ。

ブランシュの脳裏に、百舌（もず）の早贄（はやにえ）にされた蛙（かえる）の姿が浮かんだ。

木の枝に串刺しにされ、曲げた手足をぶらぶらさせている乾いた蛙の姿が。

初めて見たときは驚いて逃げ、後日リリアと一緒に庭に確認しに行ったのだ。

そのときに教えてもらった。『これは百舌と呼ばれる猛禽が餌として取っておいた蛙なのです、早贄と呼ばれているものですわ』と。

今のブランシュは、あの蛙と同じ姿をしている。脚を大きく開き、アルマンを受け入れようと無防備な腹を晒して……。

なぜ、愛する人と結ばれようとしている今、早贄の姿などが思い浮かぶのだろう。

まるで自分が、アルマンの怒りを鎮めるための供物のようではないか。

——毒虫を潰す……アルマンが……ううん、きっと深い意味はないのよ……。

脳裏をよぎった考えを、ブランシュは慌てて打ち消した。

「なんと可愛らしい。春の薔薇の花のようです」

だが、考えに耽っていられるのもそこまでだった。

大きく脚を開いたブランシュの蜜口に、アルマンが口づけたからだ。

ブランシュは思わず彼の頭を押しのけようとして、思いとどまる。『拒まない』というアルマンとの約束を思い出したからだ。羞恥に震えながらブランシュは唇を噛みしめる。

「なんていい雌の匂いがするのでしょう」

アルマンが、わずかに開いた秘裂にそっと舌を這わせる。

「ン……！」

思わず声を漏らしかけ、ブランシュは力一杯枕を摑んだ。声を出したら隣の部屋のリリアに聞こえてしまう。丸出しの乳房が乱れた息で大きく上下する。

「美味しいですよ、ブランシュ様のここは、とても」

ブランシュの耐えがたい羞恥心に気付いているのだろう。アルマンは剝き出しの陰唇を、ことさらにゆっくりと舐め上げた。

「……っ……ふう……っ」

ブランシュの息がますます乱れた。

秘部を弄ばれる快感に、乳嘴が硬く立ち上がる。

アルマンのさらさらした髪が下腹部に触れている。自分のこんな場所に、裸になったアルマンが顔を伏せているなんて。

舌先は飽くことなく、執拗にブランシュの秘裂をなぞった。

「ん、んっ……」

言われたとおりに蛙の体位をとったまま、ブランシュは掻痒感に身をよじる。ぺちゃぺちゃと音が聞こえるたびに、舐められている場所から蜜がにじみ出る。

——もうやめて……お願い……もう……。

ブランシュは腰を揺らし、歯を食いしばった。

「ふ……ッ……」

舌先が蜜孔に侵入する。これまでにない強い刺激に、ブランシュの目尻から涙が伝い落ちる。同じように、下の淫らな口からも、とろとろと滴が垂れ落ちた。

「ん……！」

溢れた蜜を啜り取られて、ブランシュは声を殺して背を反らす。

「ご自分がどんなにいやらしい身体をなさっているか、お分かりですか？」

アルマンが唇を離し、はあはあと呼吸を乱すブランシュに尋ねた。

顔も秘所も焼けるように熱い。潤んだ視界がぼやけている。

「……私は……いやらしい身体なんかじゃないわ……貴方が上手なだけなんだと思うの。だからきっと、私、また抱いてほしく……なったの、きっと……」

ブランシュの言葉に、アルマンは微笑んだ。

「いいえ、ブランシュ様のお身体が俺を誘っているのです」

そう言ってアルマンは身体の位置をずらし、濡れて潤(ほと)びた陰唇に、雄茎の先端をあてがった。

「もし懐妊されても、俺に黙って始末などなさらないでくださいね」

「かい……にん……？」

アルマンは蜜口に杭の先を当てたまま、ブランシュの顔を覗き込む。

「ええ、俺の子を孕んでも、勝手に堕ろしたりなさらないでください」

「わ、私に、赤ちゃんができてしまうの……？」

ブランシュの火照った身体からさっと熱が引いていった。

知識が曖昧で、性交と結婚と妊娠の関係が正確に分かっていなかった。

たとえ性交しても、正式に結婚しなければ赤子はできないと思っていたのだ。

ブランシュの周りの大人の女性は、乳母と侍女たちしかいなかった。誰も何も教えてくれなかったから……。

「し、知らなかったの……駄目よ、赤ちゃんができたら……私……」

まさかアルマンが、子供ができると知っていて無頓着に自分を抱いていたなんて。

衝撃が強くて適切な言葉が出てこない。

もし自分が父親のいない子を孕んだら……想像すると同時に、慣れきった諦めの気持ちが込み上げてきた。

——きっと今までと同じ。周囲の人たちからひたすら責められるだけよ……赤ちゃんが生まれても引き離されてしまうでしょうね。でも……。

そこまで考えて、ブランシュはゆっくりと口を開いた。

「……私には、アルマンの赤ちゃんは殺せないわ。私、赤ちゃんのお父さんが貴方だって言わないいし、どんなに責められてもずっと黙っていることにする」

ブランシュの言葉に、アルマンが目を見開いた。

「そんな意味ではありません。必ず俺がなんとかしますので、何もせずに待っていてください。と申し上げているのです」

「でも、いけないことなのよ……私はリザルディ様の婚約者なの。だから、赤ちゃんができるようなことをしては……」

言いかけたブランシュは、言葉を途切れさせた。

すぐ側にあるアルマンの顔が、激しい怒りで凍り付いていったからだ。

「これから愛し合うというときに、汚い名前を口になさらないでください。貴女の可愛い口が穢れてしまいます」

別人のように冷たい口調だ。晴れていた空が、みるみる鉛色の雲に覆われていくような表情の変化だった。

先ほどの『早贄』にされた蛙の姿が再び脳裏をよぎる。

――私にたかる毒虫は……排除……。

アルマンがリザルディを嫌悪していることは分かる。怒りの激しさに戸惑いながら、ブランシュは小さな声で言った。

「ごめんなさい……アルマン……でも……」

「言い訳は要りません。愛しているのは俺だと言い直して」

ブランシュは怯え、震えながら頷く。

「あ、愛しているのは……あ……」

ほぐされた秘裂を陰茎で押し開かれ、ブランシュの喉から甘い嬌声が漏れる。

「あ……あ……っ……」

「俺を愛していると、他の男は消えてほしいと言ってください、さあ」

だらしなく口を開けたブランシュの蜜孔に、ずぶずぶと肉杭が沈み込んでいく。

「や、あ、深……っ……！」

「力を抜いてください。まだ途中までしか挿入していませんよ」

ブランシュの脳裏に、頭から尻まで串刺しにされた蛙の姿が再び浮かんだ。

ああ、何をどう抗ったところで、自分はアルマンの淫らな贄なのだ。

——私でなければアルマンは満足しない……。

これまで感じたこともない、歪な満足感を覚える。

「俺のお願いへのお返事は？」

詰問され、ブランシュは枕から手を離し、アルマンの背に手を回す。

「愛して……いるわ」

「あの肩よりも俺を愛していると仰ってください」

ブランシュの未熟な狭い道が、アルマンでいっぱいに満たされていく。

柔らかな襞が、これが欲しかった、これを咥えたかったと悶え狂うのが分かった。

ブランシュは快感の涙を流しながら、アルマンの肩に頬ずりをして言った。

「リ、リザルディ様より、アルマンを愛しているわ……私は、アルマンが好き……」

「俺だけを？」

「そ……そう……貴方だけ……あぁ……」

その瞬間、逞しい杭に奥まで穿たれて、ブランシュの目尻から涙が伝い落ちた。

「ここに咥え込むのは俺だけですね？」

「そうよ……そう……アルマンだけ……っ……」

大きく脚を開いたまま、ブランシュは寝台に組み伏せられた。乳房が押しつぶされるくらいに固く抱きしめられる。

「ひぃ……っ……」

剝き出しになった花芽が、アルマンの下生えで激しく擦られる。そのたびに、無理やり雄茎を呑み込まされた身体が戦慄く。

「あ……あ……いや……ここ当たるの……だめ……」

ブランシュは開かれた脚をばたつかせる。

擦られるのは刺激が強すぎて、はしたない声を抑えられなくなりそうだ。

「聞こえません、何を仰っているのか分からない」

「あ……あ……ぁ！」

執拗に花芽を擦られて、ブランシュは身悶えして広い背中に縋り付く。

「だって……こんな……こんなのされたら……っ……」

漏れる声が、じわじわとうわずっていくのが分かる。

「気持ちがいいから俺をこんなに絞り上げておられるのでしょう？」

「し……絞り……？」

息を乱しながら、ブランシュは問い返す。なんのことか分からない。

快感から逃れようと弱々しく空を蹴るブランシュをからかうように、アルマンが奥まで貫いた杭を、わざとらしくゆっくりと引き抜いた。

「い……ッ……」

下腹を炎の舌が舐めた。全身にどっと汗が噴き出し、アルマンを呑み込んでいた器官がぶるぶると震える。

——い、いや……気持ち……いい……。

これほどの悦楽を身体に刻まれるのは、初めてだった。

繋がり合った場所からたらたらとぬるいものが伝い落ちる。

「抜いたままではお嫌でしょう?」

意地悪すぎる質問に、濡れた頬に涙が幾筋も伝った。抜き放たれた肉槍は、ブランシュの秘裂の入り口辺りで止まっている。

「お嫌ならばねだっていただかねば」

疼く隘路を満たしてもらうには、口で頼まねばならないらしい。

「は……恥ずかしい……わ……」

「何をしてほしいのですか?」

「あ……あ……さっきみたいに……奥……まで……っ……」

アルマンの小さな笑い声が耳元で聞こえた。じゅぶじゅぶと音を立てて、悶える蜜窟をアルマンの雄がいっぱいに満たす。

「ん！　あ……っ……！」

再び接合部をねっとりと擦り合わされ、ブランシュは鋭い嬌声をぎりぎりのところで抑えた。触れあっている肌が熱い。汗ばんで密着し合って、自分と彼の境界がなくなってしまいそうだ。

だが、奥まで貫かれただけでは終わらなかった。

「あ……あぁ……動かしちゃ嫌……嫌……ぁ……」

いやらしい蜜音を立ててアルマンの杭が中を行き来する。突き立てられた杭が『お前は雌なのだ』と教え込むように繰り返し秘部を貫く。

「やぁ……動くの……やだ……ぁ……」

「なぜお嫌なのですか」

「だって……だって私……こ、こうやって……されるの……あ……！」

抑えきれない快感にブランシュはぎこちなく腰を揺らした。

これ以上されたら大きな声を出してしまいそうだ。彼に抱かれていることは、絶対に誰にも知られてはいけないのに。

「い……っ……」

もう抑えるのも難しい。どんどん自分から理性がはがれ落ちていくのが分かる。

「いや……もう許して……っ……」

アルマンに力一杯縋り付いたままブランシュは言った。繰り返される淫靡な水音が否応なしに絶頂感を高めていく。

「ブランシュ様のお身体が敏感すぎるのです」

「違う……違う……の……っ……！」

気付けばブランシュは逞しい腰に脚を絡め、腰を揺らしていた。

「いいですね、俺のほうが食われそうで……最高です……」

抽送が激しくなる。ブランシュは無我夢中でアルマンの雄杭にしゃぶりつきながら息を弾ませた。

「あっ、あ、いやぁ！」

うねり続けていた下腹で、ねじれるような快感が弾けた。

「い……いや……いやぁ……」

ブランシュの中がびくびくと蠕動した。涙で視界がふやける。アルマンが耳元で大きく息を吐き出し、小さな声で言った。

「貴女の中で果てたい」

ブランシュは身体を震わせながら、アルマンの頭を抱え寄せる。

指先で柔らかな髪を梳くと、アルマンの動きが激しくなる。

性交とは、お互いに空っぽになるまで貪り合うことなのだ。頭の片隅でそう考えたとき、お腹の奥におびただしい熱が迸った。

他の人間をこの場所に受け入れたくない。

――私……アルマン以外は嫌、アルマンを愛しているわ……。

遠い窓辺に飾られているはずの白薔薇の香りが、寝所までかすかに漂ってくる。

それから、アルマンと自分のむせ返るような汗の匂いも感じた。

裸で手足を絡ませ合い、身体を繋げ合ったまま、ブランシュはアルマンと幾度も口づけを交わす。

幸せで幸せで、幸せだった。他には何も感じない。このまま狂ってしまえればどんなにいいだろう。

「愛しております、ブランシュ様」

「私もよ……愛しているわ……」

それ以外の感情が身体中から消えてしまった。

ブランシュはうっとりと微笑み、繰り返されるアルマンの口づけを受け止めた。

ふと聖書の言葉が思い浮かぶ。

何度読んでも一度も納得できなかった言葉だ。

『あなたは、全てを欲する者に与えねばならない。あなたは生まれながらにして、神から全てを与えられている』

今なら思える。アルマンに求められたら、なんでも与えてしまうだろうと。

生まれながらにして与えられた『心と身体』を全てアルマンに捧げたい。誰に罰せられても、ブランシュは彼しか選べないのだから。

ブランシュの脳裏に薄暗い影がよぎる。

――どうして自分で、愛する男を選んではいけないのかしら……。

初めて考える疑問だった。父の金づるにも、祖父の手駒にもなりたくない。自分を与えたい相手は、愛おしい男だけだ。

どこから生まれたかも分からない小さな疑問はたちまち膨らみ、ブランシュの小さな身体を覆い尽くしていく。

汗ばんだ身体を抱きしめたまま、ブランシュは小さな声で言った。

「アルマン、私とずっと一緒にいてくれる……？」

「はい、離しません」

ブランシュの身体を抱きしめ返しながら、アルマンが言った。温かい身体に包まれ、ブランシュの瞼が静かに閉じた。

激しい交合に疲れ果てた身体が、眠りに引きずり込まれていく。

――私は、アルマン以外欲しくない……。

夢見心地で再びそう思ったとき、脳裏に真っ赤に染まったレアの姿が浮かんだ。

ブランシュの寝台で息絶えていたときの姿だ。ただし目が開いている。レアは大きな灰色の目でブランシュを見つめて、意地悪な口調で言った。

『お兄様が自由にしてくれてよかったわね、ブランシュ様』

ブランシュは動じずに、血まみれのレアに頷き返す。

『ええ……アルマンと愛し合えて嬉しいわ……』

レアがその答えを鼻で笑って、目を閉じる。横たわったレアはもう動かなかった。

――私はアルマンと触れあえる今が……幸せよ……。

そこで、ブランシュの意識は途切れた。

◆

狂おしいひとときを経て、アルマンは力の入らない足で侯爵邸に戻った。

王宮の門限が恨めしい。だが、刻限を超えて居続ければ『王宮から出てこない人間』の捜索が行われるだろう。ブランシュとの不貞行為が知れたら、逢瀬が困難になる。

激しい交合の余韻で足が重い。だが、まだ抱き足りないとも思う。性の欲望には果てがないのだと思い知った。

馬車を降り、車寄せから正面玄関へ向かう。

裏口へ向かう庭の小道は母が『亡くなった』場所だ。通る気になれなかった。

――ただいま。

心の中で呟き、アルマンは両開きの扉の鍵を開けた。

暗い廊下を歩きながら、夢のようだったひとときを思い出す。

アルマンは、ある程度王宮への出入りは自由だ。

今日も母の部屋を確認に来たと言ったら、そのまま門を通ることを許された。

ブランシュの乳母の息子で、レンハルニア侯爵家の跡継ぎという肩書きのお陰である。

今日のブランシュはアルマンのどんな無理強いも、無茶苦茶な願いも全部受け入れてくれた。

昔からそうだ。ブランシュはアルマンがいれば笑顔を見せてくれる。

何も言わない。何も要求しない。だからブランシュの口から語られた愛の言葉はアルマンの宝なのだ。

『だっこして』

『ねえ、ブランチュね、アルマンがだいしゅきになった』

我儘いっぱいのはずの幼い頃ですら、抱っこしてほしいと言うだけだった。

けなげで愛らしい『恋人』を思うと、消えることのない熾火(おきび)が心に燃え立つ。

自分以外の誰のものにもしたくないと叫ぶ火。

『ブランシュ様は誰にも渡さない、絶対に、あの方に近づく毒虫は全て排除する』

この消えない火は、なんという名前なのだろう。愛おしいという感情に呼び起こされた欲望の名前を、アルマンはまだ知らない。

感情は欲を呼び起こす。そして欲は更なる感情を呼び起こす。毒虫の心にも人と同じ感情の連鎖が生じるのだと思うと、おかしな気分だった。

――俺は今、ブランシュ様にもっと求められたい、様々な要求をされたいと思っているんだな。不思議な気持ちだ。

母と妹はブランシュからありとあらゆるものを奪わんと爪を研いでいたのに、彼女自身は花束一つで嬉しいと笑う。

なぜ我儘を言ってほしい人間は何も望まず、潰しても潰し足りないような毒虫は我欲の塊なのか。

アルマンの肉体も、あの雌の獣の欲求と自己主張の結実なのだ。だから物心ついてからずっと消え去りたくてたまらなかった。

けれどブランシュが受け入れてくれるならば、毒虫と毒虫から生まれたこの身体を消さなくてもいいと思える。

ブランシュに自覚はないのだろう。けれど彼女はアルマンの命を繋いでいる恩人なのだ。もっと我儘を言ってほしい。何でもするのに。

己の思いに没頭していたアルマンは、少し先の扉が開いていることに直前で気付いた。居間の扉だ。明かりが漏れている。

――閉め忘れたのか？

覗き込むと、居間では父が紫煙をくゆらせていた。窓も開けている。部屋に匂いが残らないようにしているのだろう。几帳面な父らしい。

「父上はまだお休みにならないのですか」

「昔のことを思い出していた」

父はそう言い、アルマンに向かいの席を示した。座れ、ということだろう。アルマンが腰を下ろすと、父は煙草の火を灰皿でもみ消し、のんびりした口調で言った。

「国王陛下はいまだに亡き王妃様に執着なさっているのだなと考えていた」

「なんの……お話ですか……？」

アルマンは首をかしげる。父は淡々とした表情のまま続けた。

「お前は今日、いや……もう昨日か。児童病院への慰問に同行したそうだな」

「誰に聞いたのです？」

「あの病院を支援している私の友人だ。夕方、サイーデの弔問に来てくれたついでに、そう話してくれた。王女殿下は亡き王妃殿下と同じで、慈善活動に熱心だと。お前が同行したのも人道的で良いことだと褒めていた。……ただ、婚約者でもないのに二人で出かけたことは感心できない。いかにリザルディ君の素行がよろしくなくともな」

「……申し訳ありません」

ハーロン侯爵家は、レンハルニア侯爵家と同格の家柄だ。

父とハーロン侯爵も知人同士である。

先方は次男のリザルディに手を焼いている。夫人に至っては『息子は長男だけで良かったのに』とこぼしているほどだ。

これまでリザルディが起こす男女関係の諸問題の火消しに追われ、笑い事では済まされないほどの金を払ったと聞く。

だがハーロン夫妻が諫めると、リザルディは暴力をふるうらしい。勘当にしたくとも『ブランシュ王女殿下』の婚約者に内定していてはそれも叶わないという。

「ハーロン侯爵夫妻は、リザルディ君と王女殿下の婚約取り消しを、陛下に何度も願い出たそうだ。息子では未来の王配は務まらない、もし将来ブランシュ殿下が王位を継がれることになれば、息子が迷惑を掛けるからと」

父が硝子の器に入った水を一口飲み、話を続けた。

「だが陛下は婚約解消をお認めにならない。どんなに苦しい思いをさせられても、慈善活動に身を捧げる純粋な女を見ているのが楽しいのだろう」

――なんの話だ？

アルマンが眉をひそめたとき、父が硝子の杯を卓上に置いた。

「王妃殿下は、嫁いでこられてすぐに、王家の人間として様々な慈善活動をしたいと陛下に願い出た。それが陛下の怒りを買った」

父の話からは国王が怒る理由がまったく分からなかった。

「意味不明ですね、怒る……とは……何をもって……？」

正直に尋ねると、父が少し笑って続けた。

「陛下は、慈善活動に興味を持たず、ほとんど参加なさらずに来たのだ。周囲がどんなにやんわり促しても、耳さえ貸さずに」

「それは知っております。女遊びが優先で、いまだ一度たりとも慈善活動の席にはお出ましにならないと」

一度やってみればいいのに、とアルマンは思った。

アルマンはこれまで、王立大学の苦学生援助や、予算不足領域への貢献活動しかしてこなかった。だが、ブランシュに誘われた児童病院慰問は、とても素晴らしい経験だった。少なくとも王のように不特定多数の女と性交するよりははるかに良い。

「陛下は慈善活動をしてこなかったことを責めるのかと、火が付いたようにお怒りだった。あの方は昔からそうだ。被害妄想がひどい。王妃殿下はただ許可を得ようとしただけなのに、陛下は王妃殿下に批判され、嘲られたと思い込んでしまわれたのだ」

見てきたような口調で父は言った。不思議そうなアルマンの視線に気付いたのか、父は淡く微笑んだ。

「……私はその場にいた。衛兵に槍で脅されて、王宮に引きずられていったんだ。陛下は、同じく脅して連れてこさせた古い友人たちにこう命じられた。皆で交代に王妃を犯せ、国母になりたがっている庶民の女を孕ませろと」

父は腹の上で指を組み合わせて、目を伏せる。

「陛下は、王妃殿下に『そんなに慈善活動が好きなら、輪姦されてから行け』と仰ったのだ。私たちは槍で脅され、媚薬を呑まされて……陛下の前で王妃殿下を代わる代わる犯した。王妃殿下はそのような目に遭われても、決して慈善活動をやめようとはなさらなかった。やがて王妃殿下は身籠もられたが、私たちは臨月まで王妃殿下を穢し続けるよう命じ

られた。陛下はたまらなく楽しい、穢された女が聖女ぶるのが楽しいと繰り返し仰ってい
た……」
耳が腐るような話を聞いてしまった。父は曲がりなりにも国王の幼なじみだったのに、
ずいぶんとひどい扱いを受けたものだ、と思う。
「あまり気分のいい話ではありませんね。父上もご苦労なことでした」
王を改めて嫌いになった。父も、脅されて性交するなんて惨めだっただろう。王妃も気
の毒に、結局どの男の種を孕んだのかも分からないまま、命がけでブランシュを産む羽目
になって……アルマンが思ったのはそれだけだった。
だが、続いた父の話に、アルマンは目を瞠った。
「陛下はブランシュ殿が同じように苦しむ姿を見たいのだと思う。望まぬ男に犯されて血
の涙を流しても、笑顔で慈善活動に向かわれるお姿を。そういう歪んだ性癖のお方なの
だ」
「それは許せません、絶対に」
他人事ならどうでもいいが、ブランシュが同じ目に遭わされるのは、断じて許せない。
「私もそう思う。無垢な王女殿下には何の罪もない。幸せになるべきだ」
父の呟きが、アルマンの心を震撼させる。ブランシュが王の歪んだ性癖の犠牲になるな
んて……そんなことはあってはならない。耐えられない。
「それから、もう一つ。サイーデは王妃殿下が惨めに助けを乞うて死んだ、などと言いふ

らしていたが、それは間違いだ。王妃殿下は出産後、リヒタールの医師たちの必死の手当ての甲斐もなく息を引き取られた。医師たちも木石ではない。非道な王の命令を無視して、お優しい王妃殿下を助けようと尽力したのだ。王妃殿下はブランシュ様のことを『愛しい我が子』と最後まで案じておられたそうだ。のちに医師からそう聞いた」

「……なぜ、そんな話を俺になさるのです？」

アルマンは掠れた声で父に尋ねた。

「別に……なんとなく、かな。お前の恋人は、王妃殿下に最後まで愛されていた。何が何でも腹の子は王から守りたいと仰っていた。そう教えたかっただけだ」

目を見開いたアルマンに気付かぬ素振りで、父は淡々と続ける。

「サイーデとレアが死んでから、お前はいそいそと夜に出歩くようになった。お前の恋人がようやく自由を得たからだろう。相手が誰なのかくらい、鈍い私でも分かる」

口を噤んだアルマンに、父は言った。

「無粋なことは嫌いだ、私は誰にも喋らない。ただ『恋人』は、陽の当たる場所で幸せにしてやりなさい。言いたかったのはそれだけだよ」

父は硝子の杯と灰皿を手にしてゆっくりと立ち上がった。

アルマンは感情のない瞳で父の背を見送る。

——誰にも……喋らない……本当に？

父の後頭部を見守りながら、アルマンは復唱した。一瞬だけ膨れ上がった殺意がそのまま消える。

『喋らない』というのは嘘ではないだろう、と思えたからだ。

もしブランシュとの逢瀬を誰かに密告するつもりなら、わざわざ夜中までここでアルマンの帰りを待ったりはしないはずだ。

それに過去の恥部をわざわざ語り聞かせることもしないだろう。

父は何らかの意図を持って、ブランシュとの関係を後押ししたのだ。

「ありがとうございます」

礼を口にすると、父は振り返らずに肩を竦めて居間を出て行った。

◆

アルマンに二度目に抱かれた日の夜、ブランシュは夢を見た。

横たわるレアに『誰か』が刃を振り下ろす夢だ。

夢の中では、その人物の顔もはっきり見えていた。

ブランシュはその光景をただ見つめていた。

止めもせず、悲鳴も上げずに、ああそうか、それなら全ての理屈が通る、と他人事のように思っていただけだった。

——許す……わ……貴方が、何をしても……。

譫言のように呟いた刹那、夢の場面が切り替わる。

アルマンが、一糸纏わぬブランシュにのし掛かりながら言った。

『貴女にたかる毒虫は全て俺が排除いたします』

ぎらつくアルマンの目を見ながら、ブランシュは思った。

今からアルマンに食べられる。アルマンは他の人間に自分を食べさせたくないから、一人でブランシュを喰らい尽くすのだ。

夢の中のブランシュはアルマンの餌なのに、悦びしか感じていなかった。

――いいのよ、全部……食べて……。

甘い牙がブランシュの身体を引き裂く。いくら食われても痛みはなく、性交の快楽をなぞっているようだった。アルマンの姿をした獣に貪られながら、ブランシュは夢の中で何度も繰り返していた。

『貴方一人で私を食べて』と。

ブランシュが持っているものはこの身体だけだ。

全てアルマンに捧げる。骨も残らなくなるまでアルマンのものにしてほしい。

そのとき不意に視界に影が落ちた。

『お兄様に自由にしてもらって、本当に幸せ？』

血まみれのレアが、ブランシュの顔を覗き込んでくる。

ブランシュはアルマンに身体を喰らわれながら、死せるレアに頷き返した。

——ええ、幸せ……。

そこで、まぶしい光にブランシュは目を開けた。

目覚めはひどく悪かった。

夢の残滓が身体中にこびりついているような気がする。

すでにアルマンの姿はなく『また来ます』との書き置きが、卓の上に置かれていただけだ。

ブランシュは彼の書き置きを抱きしめた。

この関係は間違っていない。愛し合っているのだから、二人にとっては何よりも正しい。

ブランシュは、ふらつく足で湯殿に向かう。冷めた水で身体を流し、髪を洗った。

湯殿の次の間で髪をある程度乾かし、下着と衣服を身につける。

冷え切った身体で、夢の中で刃を振り下ろしていた『犯人』のことを考えた。

靄が掛かったように思い出せない。夢で見たのは誰の顔だったか。

そもそも、どうしてあの日の惨劇は起きたのだろう……。

ブランシュはため息を吐いた。

あまり考えたくないことだが、向き合わねばならないと思ったからだ。

——レアを殺したのは誰？　夢の中で刃を振り下ろしていたのは誰だった？

あまり思い出したくない。ブランシュは鏡から目を逸らす。

サイーデの金切り声を思い出した。

『どうしてレアが死んで、お前が生きているの！』

おそらく、サイーデの計画と違うことが起きたのだ。

『アルマン！　どういうこと、なぜこの女を解放したの！』

そしてアルマンは、サイーデの計画を知る立場にありながら従わなかったのだ。

そこまで考えたとき、身体がぶるりと震えた。

――アルマン……は……私を守ってくれる人なのよ……。

ブランシュは湯殿を出て、食事をとるための小部屋へ向かう。

小部屋ではリリアがせっせと朝食の準備をしてくれていた。

リリアの額には、横にまっすぐな傷が残ったままだ。

レアが殺された日、リリアは棒で殴られて気を失ったと言っていた。縛られていたところを、アルマンに助けられたと……。

――いいえ、リリアはお祖父様の私設軍に所属していた軍人なのよ……素人に正面から殴られるなんてあり得ないわ。

鼻歌を歌いながら茶器を並べているリリアに、ブランシュは切り出した。

「ねえ、リリア、教えて。貴女はどうやって殴られたの」

リリアの手がぴたりと止まる。

驚いたようにブランシュのほうを向いて問い返してきた。

「なんの話でございますか？」

「レアが殺された日の話よ」

リリアが困ったように眉をひそめた。なぜ今更、惨劇の話を蒸し返すのかと思っているのだろうか。

いや、違う。どう誤魔化そうかと考えているのだろう。

ブランシュは構わずに口を開いた。

「あのね、貴女が来る前に私、一度だけサイーデに殴られて気を失ったことがあるの。でもそんな風に、横一線の傷は残らなかったわ。後ろから殴られて縦向きの傷ができたの。貴女を襲った相手は、貴方の頭を後ろから摑んで、窓枠に叩きつけたのかしら？」

リリアは何も答えない。

「武芸の達人の貴女が、どうやって襲われたの？」

「どう……なさったんですか、ブランシュ様。急に……」

「あの日に何があったのか知りたいのよ、私にとって大事なことだと思うから」

ブランシュはじっとリリアの目を見つめた。リリアがすっと目を逸らす。それでもブランシュは、微動だにせずにリリアの様子を見つめた。

「……殴られた前後のことは覚えていないんです」

「思い出したら教えて。アルマンと貴女が、どこまで協力していたのかも」

リリアの表情が翳る。迷っている顔だ。視線を逸らしたまま、リリアはうわずった声で答えた。

「私は……ブランシュ様をお幸せにしたいのです……本当です……」

「ありがとう。分かっているのよ。貴女にはとても感謝しているわ」

「今は……サイーデ様がおいでだった頃より、良い状況になったはずですわ」

か細い声でリリアが言う。

ブランシュはリリアの言葉に頷いた。

「ええ、レアとサイーデがいなくなってから、私の状況はとても良くなった。そうしてくれたのは誰？　私を自由にしようとしてくれたのは誰かしら？」

リリアがぎゅっと唇を噛む。

ブランシュはそっとリリアに歩み寄り、彼女の手を取った。

「誤解しないで、私は貴女もアルマンも、前と変わらずに大切に思っていてよ。責めるつもりなんてまったくない、真実を教えてほしいだけなの」

「……ブランシュ……様……」

リリアの顔が歪む。

ブランシュは微笑んで、手に取ったリリアの指をぎゅっと握った。

「誰が私を殺そうとしたのか教えて。サイーデが殺そうと言い出したの？　もしかしてアルマンは、サイーデの計画を利用して、私を助けてくれたの……？」

ブランシュの脳裏に、レアに向かって刃を振り下ろすアルマンの幻影が浮かぶ。

ぐさりという音と共に、真っ赤な血が噴き出す。心に咲く白薔薇に、鮮血の飛沫が飛び散った。

——私にたかる毒虫は全てアルマンが排除してくれる……。

白かった薔薇が赤くまだらに染まる。

けれども薔薇は枯れずに、ブランシュの心の奥で芳香を振りまき続けていた。

ブランシュは胸に手を当て、甘く歪んだ恋を嚙みしめる。

——ありがとう、アルマン。私を地獄から助け出してくれて。愛しているわ……。

第六章　王女の目覚め

ブランシュとの二度目の逢瀬の翌朝、アルマンは早起きして庭に出た。

『庭師』と薔薇作りの相談をするためだ。

「複色の薔薇も最近人気があるのですよ」

鉢で一年育てたという苗を持ち込んできた庭師が、笑顔で言う。

新種の薔薇は、春の一番花が優雅に咲き誇っていた。

白い薔薇に、無数の赤いインクを飛び散らせたような不思議な模様の花だ。

一枚の花弁に二色以上の色がある薔薇を『複色』というらしい。

「赤薔薇と掛け合わせるとこのようになるのですか」

アルマンの問いに庭師が首を横に振る。

「必ず、飛沫を浴びたような花弁になるわけではありません。花弁の縁だけが別の色になったり、もやもやと色が混じり合ったり。色々と掛け合わせて、珍しい薔薇が咲いたら、それを株分けして育てていくのでございます」

「突然変異を待って、更なる変わり種を育てていくのですね」

アルマンはしみじみと、血しぶきを浴びたような薔薇を見つめた。

「流行でございますよ、やはりまだら模様は人目を惹きますからねえ」

庭師は庭に穴を掘り、鉢から土ごと引き抜いた薔薇を植え付ける。

「丈夫な品種を掛け合わせましたが、無事にしっかりと根付くとよろしゅうございますね」

大きな手で根元に土をかけながら、庭師が声を落として言った。

「リザルディ殿が、娼婦を誤って死なせたようです」

この庭師はゴッダルフの私設軍の密偵だ。

リリアの同僚だが、庭師としての技能もちゃんとあって、懐に余裕のない貴族の庭も、見栄え良く体裁を整えてくれると人気があるらしい。

「……それは、いつ？」

「昨夜。ハーロン侯爵夫妻はもう次男に関わりたくない、息子と王女殿下の婚約も取り消してほしいと王家に願い出たとか」

ハーロン家は、昔から非常に体面を重んじる家柄だった。

夫妻は長男とリザルディをそれは厳しく躾けたと聞く。長男は上手いこと親の抑圧から逃れて官吏として働いているが、リザルディは押しつぶされたのだ。

「陛下は婚約を取り消さないのでしょう？」

アルマンの問いに、庭師は頷いた。

「ハーロン侯爵夫妻に、殺人をもみ消し、リザルディ殿をそのままブランシュ王女の婿にせよと命じられたそうです。奥方は、冗談ではない、ここで助けたら、完全にリザルディ殿が調子に乗り、手が付けられなくなると半狂乱で泣いていたと」

ハーロン侯爵夫人の言うとおりだ。リザルディはここで助けたら、ますます増長する。ブランシュの婿に収まったあとも高級娼館通いを続け、誰かが尻拭いしてくれるからと問題を起こし放題になるだろう。

「なぜ娼婦を誤って死なせたのだ？」

「あまりにツケを溜めすぎて、ご実家に請求すると脅されたようですね。それでカッとなって突き飛ばしたところ、打ち所が悪かったようで」

「それは、気の毒に……陛下は他に何か言っておられたのだろうか」

「ブランシュ王女とリザルディ殿の結婚を急ぐと正式に宣言されたようです」

不愉快な言葉にアルマンは目をすがめた。

「誰が反対しようとも、陛下は国王権限で結婚を命じるのだろうな。逆らい続ければハーロン家は取り潰されかねない」

アルマンの言葉に、庭師が呆れたように笑った。

「充分にあり得ますね。そうなったら、それこそ陛下の退位請求でも起きそうです。この国での『国王』への不信感は根強すぎます」

――退位請求を待つのでは遅い。

ブランシュと毒虫を結婚させてはならない。

結婚したら、あの毒虫がブランシュに触れる。愛する花が毒虫に齧（かじ）られるなんて耐えられない。

「ところで、最近陛下にお会いになられましたか？　急激に酒中毒が悪化しているようですね。頭がやられ始めたようで」

庭師は唇だけで笑っている。自分たちの仕事だと暗に示しているのだ。

王のような自分に甘い人間を酒中毒にするのは難しくない。毎日旨い酒を飲んでいる状況を作れば、酒好きの王はやめられなくなる。酒量が度を越してもさりげなく旨い酒を勧め続ければいい。

ゴッダルフは国王を排除し、ブランシュを女王として即位させたくて仕方ないのだろう。この国では、王家の後押しがなければ会社の設立も工場の建設もままならない。国王はあのざまだ。大人しいお人形のような孫を早く女王に……と願っているに違いない。

「陛下に酒をお届けする侍女も、薄めてお持ちすればよいのに」

「本当ですよね。でも、一度濃い酒を飲んでしまえばその味を覚えてしまいますから、濃い酒にしろと暴れるらしいですよ。侍医が酒毒を抜く薬を混ぜても気付いてしまって、どうしようもないと聞きました」

そこで、庭師の表情が変わる。

「はい、新苗はこの位置でいかがでしょうか？」

庭師が話を打ち切った。背後に侍女たちが現れたからだ。これから父が庭で朝食をとるらしい。その準備に来たのだろう。

「ありがとう、複色の薔薇は珍しい。大きく育ってくれればいいのですが」

アルマンは笑顔で立ち上がり、思った。

――ハーロン侯爵家を訪れて、ご夫妻の『お見舞い』をしよう。

リザルディは潰さねばならない。夫妻はきっとその手助けをしてくれるはずだ。

◆

昼過ぎ、父王の使いの者が、ブランシュを呼びに来た。

――お父様の呼び出し？　突然何かしら……。

嫌な予感がする。生まれたときから王宮にいるけれど、慈善活動以外で離れを出ることは、年に数回しかない。

――落ち着くのよ、ブランシュ。お父様の機嫌を損ねても、サイーデの『懲罰』を受けることはなくなったんだもの。言質（げんち）を取らせないよう振る舞えば大丈夫。

アルマンは、ブランシュを愛してくれた。身体にも心にも愛を刻み込んでくれた。

もうブランシュは王家の金づるでも祖父の手駒でもない。愛し合う男がいる一人の女になったのだ。そう思ったら勇気が出た。

アルマンを愛する想い一つで、ずいぶん強くふてぶてしくなれるものだ。知恵を絞れば、父に何を言われようとも切り抜けられるはず。伊達に厳しい個人教師に、無理やり勉強させられてきたわけではないのだ。

——大丈夫、私は馬鹿じゃない、金づるじゃない、手駒じゃないわ。

久々に訪れた王宮の空気は淀んでいた。

窓が開いていて、庭の花々の芳香が流れ込んでくるのにもかかわらず……。見れば、働く人々の表情も暗い。離れの侍女たちの投げやりさとはまた違う。ここでの勤めに倦んでいるように見える。

通された謁見室も申し分のない広さと格式を保っている。それでも漂う倦怠感は拭えない。近衛兵は微動だにせず虚空を見つめ、玉座の傍らに立つ宰相は、ぼんやりとブランシュに視線を投げかけてくる。

父王は青白くむくんだ顔をしていた。

半年ほど前、他国の大使を迎えたときの挨拶ではもう少し若さが残っていた気がするが、今の父は半年前より老け込み、髪も薄くなっている。

理由はなんとなく想像できる。身体の状態が悪化し、女性を抱くことがなくなった父は、一年ほど前から一層酒に浸るようになったと聞くからだ。

父は開口一番、ブランシュに言った。

「婚約者との結婚を命じる。一日も早くリザルディ・ハーロンとの結婚生活を始めるように。住むのはどこでもいい。挙式のことも宰相に任せた」

「……結婚……でございますか……」

嫌悪感が腹の底からこみ上げる。父は頷きもせずに繰り返した。

「そうだ。お前とリザルディ・ハーロンの結婚を命じる」

――絶対に嫌よ。私の心と身体はアルマンだけのものなのだから。

ブランシュは歯を食いしばり、顔を上げて父に尋ねた。

「結婚のお話ですのに、なぜリザルディ様は同席なさらないのですか？」

慎重に尋ねると、父はどうでも良さそうに答える。

「あの男は娼婦殺しで捕まっているのだ。まだ釈放されていない」

ブランシュは目を瞠った。聞き間違いではない。父は確かに『娼婦殺しで捕まっている』と言った。

そっと周囲を見回すと、誰もが視線を合わせようとしない。

近衛兵は相変わらず斜め上を仰いだままだ。関わりたくない、彼らの顔にははっきりとそう書かれていた。

「リザルディ様は、無実の罪でお捕まりになったということですか？」

「いいや、本当に娼婦を殺したらしい。娼婦の勤め先や歓楽街では大変な騒ぎになっているそうだ。ただでさえ遊び方の汚い男が、支払いを滞らせた挙げ句に娼婦を殺したと」

呆れ果てて、言葉も出なかった。

慰問の日に、リザルディが金の無心に来たときの慌てた様子を思い出す。リザルディは借金を重ねていたのだ。それで、あちこちの店から責められていたに違いない。父の話とリザルディの態度から、そのように想像できた。

「それでは、リザルディ様はしっかりと罰を受けねばなりませんわ」

ブランシュは頭をもたげて、昂然と言った。

周囲の目が自分に集まるのに気付いたが無視を決めこむ。視線はまっすぐに父王に向けたままだ。

父王は怠そうに肘掛けにもたれたまま、張りのない声で答えた。離れた場所でも酒の匂いがぷんぷんする。

「その必要はない。ハーロン侯爵夫妻には、リザルディ殿の保釈金を払い、一日も早くブランシュと夫婦生活を始めさせろと命令した」

『リザルディとの結婚』というおぞましい言葉に、ドレスの下で鳥肌が立った。

「国民は納得いたしません。税で暮らしている私たちが、そのような殿方を王家に迎え入れるなどと……」

「生意気な口を利くな、この国の王は私だ！」

ブランシュは嫌悪感を押し殺し、静かな声で言った。

「私はリザルディ様との結婚をお断りします」

「お前には私に逆らう権利はない。何を勘違いしている、痣なしの分際で」

父が苛立ったように声を荒らげる。けれど一年前のような力はない。恫喝の声は嗄れており、言い終えるやいなや咳き込むありさまだった。

ブランシュは父を見据えたまま、次の言葉を考える。

「何だその目は、殴られたいのか。生意気な顔をするなと言っている！　誰か、その女を牢に入れろ」

周囲がざわつく。同席した役人たちが明らかに戸惑っているのが分かる。

父王の決断が国益に影響するからだろう。

ブランシュ一人を継子同然にいじめ抜くのは、端的に言えば『どうでもいい』。

だが王家に『娼婦殺しの遊び人』を迎え入れれば、国民や諸外国から、リヒタール王家が軽んじられる。品格を下げるからだ。

――話の持って行き方次第では、リザルディ様との結婚を切り抜けられるわ……。

ブランシュは昂然と顔を上げ、はっきりと言い返した。

「もう一度申し上げますわ。私は王家の不名誉になる男性を、未来の王配として迎えることに反対いたします。王領や民から預かった税を、女遊びのために使われたくありませんし、他国の王族や大使の方からどんな目で見られるか」

「誰が親に逆らっていいと言った！」

「お父様こそ、まずはお酒を抜いて、まともな判断力をお持ちくださいませ。ここは謁見室ですのよ。お父様と私の発言を書記官が記録しております。そのような愚かなご発言が公文書に残ってもよろしくて?」

　ブランシュは出せる限りの大声で叫んだ。

　普段震えて涙ぐむだけだったブランシュの変貌に、謁見室がしんと静まりかえる。

「お父様、どうかお酒を召した状態で政治的判断をなさいませんよう」

「わ、私は酒に酔ってなどおらん……っ……!」

　父はふらつきながら立ち上がり、よろよろとブランシュに歩み寄ってきた。明らかに足取りが怪しい。

　ブランシュは歩み寄ってくる父を素早く避け、宰相のもとに歩み寄り、彼に命じた。

「他の者が見ております。早くお父様をお部屋に戻して」

「で……ですが……本日は正式な謁見の……」

　宰相が不測の事態に目を白黒させている。意思も感情もないはずの卑屈な王女が、突如喋り始めて、さぞ焦っているに違いない。

　――今よ……!

　大きく息を吸い、ブランシュは謁見の間の皆に聞こえるよう声を張った。

「私は、リザルディ様との結婚を命じられるのであれば、それを辞して王位継承権を放棄します。祖父から見放されても構いません。絶対に、王家にあの方を入れるわけには参りませんから」

　ブランシュの宣言に、宰相が絶句した。

——私に知恵があることがそんなに信じがたいの？

笑い出したくなってしまった。

無力な王女は、壁の中に閉じ込められてずっと『黙って考える』ことしかできなかったのだ。いくらでも一人で思考する時間はあった。

父が『金づる王女』を生かし続けたのは、祖父からのお金のためだけではない。

『唯一の後継者』を失いたくなかったからだ。理由は、他の有能な継承権者たちが、一斉に王位を奪いにやってくるからに決まっている。

ブランシュは父にとって、弱々しくも正当な『王位の防御壁』なのだ。

乳母と父からは虐待され、祖父からは女王にならない限りは見捨てられる存在として育ったが、女王の器を持っていることさえ示せば、その立場は逆転する。

——まずは、お祖父様の権勢を利用するわ。

他の継承権者がブランシュを排除しようとしないのは、祖父の介入を恐れてのことだ。まともな頭がある貴族ならば、ゴッダルフ・エールマンを敵に回すわけがない。

祖父が父に渡した莫大な財は、『エールマン家の血を引く子を、将来リヒタールの王にする』という条件で、無利子で貸し付けられた金だ。

ブランシュを廃嫡した場合、継承権者は、それらを祖父に返さねばならないのだ。

何があっても、必ず。もしも借金返済を無視すれば、リヒタール王国の領土を狙う隣国が介入してくる口実になる。隣国はきっとこう言ってくる。

『王家は国民の手本であるべきだ。エールマン家への債務不履行に抗議する』と。

――ねえ、お父様。私がずっと『お父様の娘』であるほうが、お父様にとっても都合が良いのではなくて？

父は広間の真ん中で転がり、近衛兵たちに助け起こされている。

立ち上がれないようだ。

父の情けない姿を確かめたあと、ブランシュは宰相の耳に囁きかけた。

「私が王位継承権を返上すれば、少なくとも五人が次の王に名乗りを上げるわ。いずれも人望、統治能力、全てが遙かにお父様より上。きっと誰かがお父様を排除し、借金問題もお祖父様と交渉して玉座に座る日が来る」

「ブ……ブランシュ様……誰からそのような戯れ言をお聞きに……」

「私の話が、誰かに吹き込まれた戯れ言だと思うの？　自分の頭で考えたのよ？」

宰相の薄い色の目を見据え、ブランシュは口を噤む。焦っている。ブランシュの言葉が効いているのだ。

「ブランシュ様のお立場は……王家の三つ叉の矛の痣もなく、弱いのです。どうか、今までどおりに、大人しく陛下の言うことにお従いください」

ブランシュは、宰相の言葉に微笑んだ。

確かにブランシュの身体には『王家の証』と言われる痣がない。

「痣がないから何？　やはり私は王女ではなかったと国際社会に主張して、お祖父様にお金を返し、私を廃嫡しますか？」

　宰相は難しい顔をして口を噤んだ。

『痣なし』という脅しは、ブランシュ個人への嫌がらせにしかならない。

　父はブランシュが生まれたとき『間違いなく自分の娘だ』と正式に認めたうえで、祖父から莫大な金を借り続けているのだ。どれだけ虐待しようとも『命だけは奪うな』と情けない但し書きまで付けて……。

　案の定、宰相はブランシュの言葉に無言になる。

　──そうだわ、宰相個人にも不利益があると教えてあげなくては。

　ブランシュは声を潜めたまま、宰相に耳打ちした。

「私を守りなさい。私以外の者が王位を継げば、貴方を失脚させ、自分のお気に入りを新たに宰相に据えるわ。お父様と一緒に追いやられたいの？　まだその席に座っていたいでしょう？」

　宰相がごくりと息を呑み、ブランシュを見つめ返す。

　しばらくにらみ合ったあと、宰相が先に目を逸らす。

　宰相は座り込んでいる酔っ払いの父に歩み寄ると、身を屈めて言った。

「陛下、ブランシュ様のご結婚の話は保留にいたしましょう。悪評の広がったリザルディ様を婿にお迎えになるのは、良き選択とは思えません」

　宰相の言葉に、周囲の雰囲気が安堵に緩んだ。

二代続いた愚王のあとに、娼婦殺しの屑が王配として乗り込んでくる。

王家の品格を保てなくなる寸前だったのだから、安堵して当然だ。

「何を言う！　あの女を毎晩ろくでなし男に犯させるのだ！　そして昼間は作り笑いで聖女ぶるさまを皆で笑おうではないか！　高慢な女は地獄に落とせ！」

信じがたい台詞に、ブランシュは大きく目を瞠った。

父親が娘に対して投げかける言葉とは到底思えない。周囲も同じことを思ったようだ。

——私をろくでなし男に犯させ……？　下品すぎるわ……。

父のあまりの口汚さに、宰相は黙り込んだ。役人たちも戸惑ったように、泥酔している父を見つめている。

ブランシュは昂然と顔を上げ、できるだけ声を張って告げた。

「誰かお父様をお部屋にお連れして。お酒が抜けたときに、改めて今回の発言を撤回していただきましょう」

役人たちが一斉に、ブランシュに向かって頭を下げる。

宰相がブランシュの指示に従って王を止めたから、己らも追従すると決めたのだろう。

父が青白く膨れた顔で喚き散らす。

「あばずれ娘め、私に逆らうのか、誰かブランシュを牢に入れよ」

宰相が記録を止めろと書記官に合図した。『ブランシュを牢に入れよ』という命令は、王の公式の発言ではないとされたのだ。

「陛下、王女殿下をご尊重くださいませ。さ、お部屋に戻って酒抜きの茶を……」

「私の命令を聞け！　あの女をリザルディ・ハーロンに犯させて、泣きっ面を皆で笑うのだ。楽しいぞ、高慢な女の顔が歪む様を見るのは！」

　ブランシュは堂々と顔を上げたまま、父のおぞましい言葉を聞かぬ振りをした。自分は正気で、父は頭がおかしい。周囲にそう印象づけるためだ。

「誰か、陛下をお部屋へ」

　宰相の命令に、近衛兵二名が王の両脇を抱えて歩き出す。

「ブランシュに、天与の王権はない！　ブランシュに王の祝福はない！」

『天与のなんとやら』があろうがなかろうが、ブランシュを第一位王位継承者として指名したのは父だ。

　父は、昔はもっと自制心を持って、ブランシュをいたぶっていた。

　今は駄目だ。子供じみた気持ちの悪い蔑視感情をまき散らすようでは、周囲も擁護のしようがないだろう。

　宰相が動いたのは、父の愚行が自分の地位を危うくすることを理解したからだ。

　――今のところは上手く対処できたみたいね。

　ブランシュは凛と顔を上げたまま、その場にいた人々に告げた。

「では、ごめんあそばせ」

　急場を切り抜ければ、心に浮かぶのはアルマンのことばかり。

『貴女にたかる毒虫は全て俺が排除いたします』

刃から滴る血のような、アルマンの独白を思い出す。

今までもらった中で、一番恐ろしくて一番尊い愛の言葉だと思った。

——ありがとう……アルマン……。

アルマンがどれほど自分を想ってくれているのかを考えるだけで、身体の奥がじんじんと熱を帯びる。

彼の深い想いに応えたい。アルマンと同じくらい強くなりたい。

衛兵たちを従えながら、ブランシュは足音もなく離れへ向かった。

——強くならなければ。アルマンもリリアも私が守るわ。お祖父様に利用され尽くして終わったりもしない。

突然ブランシュ一人が連れ出されて、リリアはさぞ心配しているだろう。早く戻って、『私は大丈夫だから』と伝えよう。

それから、この先何があっても、『私を助けるために、自分の頭を窓枠に叩きつけたりしてはいけない』と伝えなくては。

リリアに怪我をされたら、ブランシュも悲しいのだから。

◆

その日の昼前、アルマンはリザルディの実家、ハーロン侯爵邸を訪れていた。

植物学の博士号を持つ侯爵は、あえて広大な庭に自然を残しているらしい。他の貴族の屋敷とは風情が違うなと思いながら、アルマンは侍女に案内され、応接間に通された。

「まぁ……アルマン殿、よく来てくださいました」

やつれ果てたハーロン夫人が、そう言ってアルマンを出迎えてくれた。名門の当主夫人らしく身ぎれいにしているが、やつれ果てている。

息子が身代を傾けるほど女遊びに狂った挙げ句の、娼婦殺し。

牢に入れられた息子を莫大な保釈金と引き換えに迎えに行き、ブランシュ王女と結婚させよという国王の命令。

心労に苛まれ、今にも倒れそうなのが分かる。

「お見舞いに」

庭で咲いていた赤薔薇の花束を差し出すと、夫人は疲れきった顔で受け取ってくれた。だが、顔にはアルマンを歓迎しないと書いてある。

客を迎える余裕などないのだろう。当然だ。

「これからリザルディ殿の保釈金を払い、ブランシュ様のお婿様に送り出されるとか」

夫人はアルマンの問いに重苦しいため息をついた。

できるわけがないだろう、とその顔には書いてある。

このままずっと牢に繋いでおいてほしい馬鹿息子のリザルディが、王家の婿となれば、更に大暴れするのは目に見えている。一度人を殺してしまっても許されたのだから、ますますやりたい放題になるのは確実だ。

『いったい我が家はどうなるのか』と考えるだけで、卒倒しそうに違いない。

「ハーロンご夫妻のご心痛を父も案じておりました」

「ありがとうございます。レンハルニア候に、何卒お礼をお伝えくださいませ」

「リザルディ殿のために、保釈金の寄付を募りましょうか？」

試すつもりで問うと、奥方は悲鳴のような声でアルマンの提案を拒んだ。

「おやめくださいませ！　もうこれ以上あの子のせいで我が家の名に傷を付けたくありません！　……いえ、失礼いたしました。そのような募金は結構ですのよ、払うことはできますの。ただ……もう……なんと申し上げればいいのか」

あんな人間を引き取るなんて冗談ではない。もう息子とも思いたくない。

言葉を濁しながらも、夫人はそう言っているのだ。

「では、身柄を引き取られて、皆にご報告されてはどうですか。お陰さまで国王陛下の勅許が出て、息子が許されましたと……」

夫人の目が極限まで見開かれる。

『馬鹿を言わないで』

今にもそう叫び出しそうな顔だ。

「リザルディ殿は、数々の性犯罪や暴力事件で恨みを買っている。彼が保釈されたとなれば、彼の被害者たちは怒り狂うでしょうからね」

アルマンの静かな言葉に、夫人は血走った目で声を震わせた。

「ご……ご存じなのに……なぜ……あの子を引き取れ……などと……」

怒りに震える夫人に、アルマンは優しい声で言った。

「リザルディ殿を処分するのにちょうどいいのは、彼への恨みが高まっている今ではないかと思ったからです」

「な……っ……なにを……っ……アルマン殿、貴方は」

アルマンは構わずに話を続けた。

「リザルディ殿に貞操を奪われ、海に身を投げた令嬢のお父上、輪姦の責任を一人で負わされ、家を勘当されたご子息、殺された娼婦の身内、他にも被害者は山のようにおられますね。喧嘩で目を潰され不自由な身体になった男、強姦され婚約破棄された女性。誰がリザルディ殿に恨みの刃を突き立ててもおかしくはない」

言い終えて、アルマンは夫人の様子を一瞥(いちべつ)した。

夫人がアルマンの話に全身で聞き耳を立てていることは明らかだ。

『続きを、早く』と、くまの浮いた目で夫人はアルマンを凝視している。夫人の心の急所が見えた気がした。そこに嚙みつけば、彼女はアルマンの毒に屈するはずだ。

——リザルディのことは充分に庇ったわ。責めを負わされ続ける私たちを助けて！

毒虫の聴覚が聞こえない声を拾い上げる。

――私たちの平穏を返して。ハーロン侯爵家の名にこれ以上泥を塗らないで。夫人の精神は無限の悲鳴を上げ続けている。いらない、いらない、いらない、あれはもう息子ではないからいらない、と。

上手く行きそうだ。アルマンは心を決めて口を開いた。

「代行の者に任せることもできますよ」

夫人がこれ以上無いほど目を見開く。夫人の目に浮かぶのは、驚愕、疑念、そして可能性があるならば縋りたいという願いだ。

己の毒牙が夫人の心に突き刺さったのが分かった。

「清廉なハーロン侯爵ご夫妻には縁のなかった話かと思いますが、ある程度の家柄の者は皆、様々な問題処理を玄人に任せております」

夫人の精神に毒の滴る牙を突き立てながら、アルマンは穏やかに言った。

「玄……人……」

夫人がカサカサに乾いた声で、アルマンの言葉を復唱した。

「ええ」

己が注入した『毒』の効果を確かめながら、アルマンは微笑んだ。

大したことではない。家にたかる毒虫を一匹駆除する。それだけの話だ。夫人もじきにそう考えるようになるだろう。

「『御用』がありましたら、また俺をお呼びください、俺はしばらく家におりますので」

青ざめ震え続ける夫人にそう告げると、アルマンはハーロン侯爵家をあとにした。

辻馬車を拾い、レンハルニア侯爵邸に戻る。

自室の扉を開けると、中年の侍女が卓の上に手紙を置いているところだった。

「あらまあ、アルマン様！　お帰りなさいませ。ちょうど王宮からの使いの方がお見えでしたのよ、入れ違いでしたわね」

「何か伝言していったのか？」

尋ねると、侍女は笑顔で手紙を差し出した。

「これを、ブランシュ様の侍女、リリアさんという方からお預かりになったそうです。伝言は特に預かっておりませんわ」

王宮が、ブランシュやリリアに自由に手紙を出させることはない。

ゴッダルフの密偵がリリアと繋ぎを取り、王宮の使者の振りをしてここに来たのだ。

手紙にはわざと崩した表現で、こう書かれていた。

『俺たちの悪戯、全部あの子に知られちゃった。俺の怪我が変だから気付いたみたい。あの子は大旦那様に似て賢いね。ハルベルト』

――なん……だと……ブランシュ様が……俺たちのしたことを全部……？

アルマンの脳裏に、一枚の白い花弁が舞う。

これまで大事に守ってきたはずの花が、アルマンの毒に負けて、一枚、一枚、花弁を落としていく。

『ああ……怖い……苦しい……』

散り始めた花が、震える声でアルマンにそう告げる。

「お気付きになられたのですか」

アルマンは独り言つ。身体中に、無数の亀裂が走ったように思えた。

人としての外殻が剝落（はくらく）していく。このままでは身体まで毒虫になってしまう。

「俺は、貴女をお救いしたかっただけなのです」

アルマンの手から、ハルベルトの手紙がはらりと落ちた。

◆

父に逆らってから半日以上が過ぎたが、再度の呼び出しは掛からなかった。

なんとなく身構えて待っていたのに、拍子抜けだ。ブランシュは窓辺の歯抜けになった白い花々を眺めながら、父の様子を思い出す。

『あの女を毎晩ろくでなし男に犯させるのだ！　そして昼間は作り笑いで聖女ぶるさまを皆で笑おうではないか！　高慢な女は地獄に落とせ！』

おぞましい言葉を思い出し、ブランシュは己の身体を抱いた。

――お父様は重度の酒中毒だと思うわ。リリアにお父様の様子を説明したら、かなり悪い状態では、と言われたけれど……。

軍人の経験で色々な人間を見てきたリリアは、国王はもう酒で脳が傷んでいて、このまま大量の酒をやめられずじわじわ壊れていくだろうと教えてくれた。

——私、お父様を助けたいなんて、これっぽっちも思っていない。自分でも驚くほどに、愛せない相手に対しては情のない女なのね。これが私。いいのよ……本質って、きっと変えられないものなんだわ……祈り紐だって、新調していないし……。

他人事のように考えながら、ブランシュは窓の外の月を見上げる。

朝が早いリリアは隣の部屋に引き取った。夜のこの時間はいつも読書をしていたが、今日は気分が乗らない。

——今日はアルマンは来てくれるのかしら……会いたいわ……。

アルマンがくれた白薔薇の花束は、花弁が落ち始めた。またたくさん花が欲しい。溢れんばかりの花が欲しい。

そう思ったとき、扉が叩かれた。

ブランシュは足音を忍ばせ、ぎりぎり扉の外に届くほどの小声で尋ねた。

「誰」

「俺です」

胸の中の、赤い飛沫の散った白薔薇がぱあっと甘い香りを放つ。ブランシュは把手（とって）に手を掛け、貴婦人らしからぬ勢いで扉を開けた。

「アルマン！」

扉が閉まるなり抱きついたが、アルマンは抱きしめ返してくれない。

不思議に思って顔を上げると、美しい顔が翳っている。

「どうしたの？」

「ブランシュ様……リリア殿と何かお話をされたのですか？　彼女の怪我のことで」

——あ……。

アルマンと会えた喜びで何もかもが頭から吹っ飛んでしまっていた。ブランシュは身を起こし、アルマンに微笑みかけた。

「ええ、リリアと約束したのよ、もう自分で窓枠に頭を叩きつけたりしないでって。どうして知っているの？」

アルマンは答えない。ブランシュはしばらく考え、アルマンに尋ねた。

「今、リリアと話をしてきたの？」

「……そう……です」

アルマンの答えは歯切れが悪かった。

「リリアったら、まだ起きていたのね」

アルマンの表情が困惑に曇っていく。

「……ブランシュ様は、俺が何をしたのかをご存じなのですか？」

悲しげな声だ。

ブランシュは無言でアルマンの瞳を見つめる。

なんて綺麗な目だろう。

アルマンの目は宝石のように見えるときもあるし、硝子のように見えるときもある。

今は、揺れる水面のように見えた。

「知らないこともあるわ。でも、アルマンが私を助けてくれたことは知っている」

「助けた……とは……？」

常に冷静なアルマンの声は、かすかに震えていた。ブランシュはもう一度、勇気づけるようにアルマンに微笑みかける。

「貴方は、私をサイーデから助けてくれたの。そうでしょう」

アルマンが切れ長の目を瞠った。

執拗な暴言と暴力でブランシュの心を苛んだサイーデ。サイーデにどんな些細なことでも告げ口をし、暴行されるブランシュを笑って見ていたレア。

あの二人から注がれた毒は、ブランシュを変えた。

ブランシュは愛せない人間のために流す涙と、不実な男に貞節を捧げる心を失った。

「ねえアルマン、毒虫って……レアとサイーデのこと？」

アルマンの灰色の目がゆらゆらと揺れている。

ブランシュは手を伸ばし、アルマンの頬に添えた。冷たい。肌を合わせるとき、いつ触れても温かだった彼の身体は、今は冷え切っている。

「ブランシュ様……貴女は何をリリアに聞いたのですか？」

アルマンの問いに、ブランシュは微笑んだ。

「サイーデが私を殺そうとしていた、という話を聞いたわ……サイーデは貴方とレアにも、私を殺すのを手伝えと言ったのでしょう？」

再びアルマンが口を噤む。

ブランシュにはアルマンを裁く気持ちは毛頭ない。ただ彼が自分を助けるために何をしたのか、彼自身の口から聞かなくてはいけないと思うだけだ。

「でも、分からないことだらけなの。まず、どうして私は別の部屋で寝かされたの？　殺す現場なんて、私の部屋でも良くはない？」

アルマンの瞳のさざ波が激しくなった。澄んだ灰色が濁り、くるくると光と影が入れ替わる。じっと見守っていると、彼はゆっくりと口を開いた。

「……ブランシュ様が、隠れて男を引っ張り込み、性交中に相手に殺されたことにするためです。そうすれば疑われないと、母は申しておりました」

アルマンの頬に触れたまま、ブランシュは頷いた。

「母は、世の人間はみな男女間の痴情のもつれを起こすと思っております。ですから、陳腐な設定で、信憑性のある舞台が整えられると信じて疑わなかったのです」

「そうなの。私には意味が分からなかったけれど、サイーデにとっては、説得力を増すための大事な材料だったのね」

「はい、母は愚かですから」

かつてサイーデが離れの小部屋に男を連れ込み、喘ぎ声を上げていたことを思い出す。

『ああ、またやっている』

侍女たちはサイーデを嘲笑し、そのうち自分たちも同じことをするようになった。

「では、レアが私の寝台で刺されていたのはなぜ？　あの子はサイーデを手伝っただけなのでしょう？」

アルマンは色の褪せた薄い唇を開いた。

「嬉々として母の計画に参加したからです」

「それだけで……？」

眉をひそめたブランシュに、アルマンは首を強く横に振ってみせた。

「いつまた、貴女の殺害計画を持ちかけられ、加担するか分からない。今回は止められても、母や誰かにまた貴女を殺そうと言われたら、レアは平気で貴女を手に掛けるでしょう。レアは常に貴女のそばをうろついていた。リリア殿の目を盗んで何をしでかすか不安で……だからこの機に、俺が排除したのです。ご愛用の寝台を穢してしまい、申し訳ございませんでした」

改めてはっきりと彼の口から『レアを殺した』と聞いて、軽い目眩を覚えた。

「リリアの怪我は、レアを殺そうと考えた貴方を庇うために、自分で付けたそうね」

横一線の不思議な傷。あれはリリアが自分の頭を窓枠に叩きつけ、顔を殴って怪我を偽装したものだった。外部からの侵入者にやられたと言い張れるように、自分で付けた、と。

「そうです」

静かな答えに、あの夜起きた事件の輪郭が見えてきた気がした。

やはり、殺されるはずだったのはブランシュだったのだ。ただ『犯人』は、ブランシュを助けて、殺害計画の片棒を担いだ『毒虫』を『排除』してくれた。

――家族の手から……私を助けるために……。

愛しい男に罪を犯させてしまった悲しみと、アルマンが自分を助けてくれたという嬉しさが、ブランシュの心をめちゃくちゃにかき乱す。

殺人を許してはいけないのは当然のことだ。でも仮に、殺害の実行犯がアルマンではなくお金で雇われた玄人だったら、ブランシュは今頃生きてはいなかっただろう。

アルマンに抱かれ、愛し合う喜びを知ることもないまま人生を終えていたはずだ。

――私はアルマンを、許している……それ以外に……ない……。

あらゆる感情が飽和する。

『アルマンが殺してくれたから、自分は助かった』

改めて自分に言い聞かせたとき、ブランシュの心の中で『道徳』と呼ばれていたものが、醜い破裂音を立てて潰れた気がした。

ぐらぐらする頭をそっと指先で押さえ、ブランシュはアルマンに尋ねた。

「ねえアルマン、なぜサイーデは今になって私を殺そうとしたのかしら？　何度も殺す機会はあったのに、私が十七になるまで我慢してきたのはどうして？」

ブランシュの問いにアルマンは何かを考えるように目を伏せた。

きっと、頭の中で話を纏めているのだろう。

「……母は、国王陛下の寵愛が薄れたことを恨んでおります。陛下への報復のためにブランシュ様を殺そうと企んだようです。俺にはブランシュ様を殺す役目、レアにはブランシュ様を部屋から追い出す役目を与えて、これで計画は完璧だと言っていました」

驚いてブランシュは首を横に振った。

「おかしいわ。貴方が私を殺すのを手伝うはずないじゃない。サイーデは貴方が私を助けてくれるたびに怒り狂っていたわ。アルマンのことは私の味方だと認識していたはずよ。なのに、サイーデは何を考えていたの？」

「母には、俺が味方をするはずだという確信があったのでしょう。俺に言わせれば妄想ですが。俺が味方をするはずがない、というのは仰るとおりです。この件は……毒虫を始末する良い機会でした。母は自ら舞台を整えてくれたのですから」

――妄想……？　確かに、サイーデはおかしかったわ。葬儀のときなんて皆が眉をひそめるくらい自制が効いていなくて……話も通じない感じだった……。

レアが死んだあとのサイーデの振る舞いは普通ではなかった。

既に狂っていたから、アルマンのことを『自分の味方』だと思い込んでいたのだろうか。

だとすれば、妄想と言い切ったアルマンの言葉が正しいのかもしれない。

「俺も母の血を引いている。どこか狂っているのでしょう。これからもきっと貴女にたかる毒虫を殺してしまう。自分を抑えることができません」

　再び、アルマンのぎらついた目が蘇った。

『貴女にたかる毒虫は全て俺が排除いたします』

　ああ、あの狂おしいほどの怒りを受けたのは、レアと……おそらくはサイーデもなのだ。

　ブランシュはアルマンのための贄。

　アルマンから贄を奪うものは全部消されてしまう。

　そう思った刹那、ブランシュの腹の奥があやしく火照った。

　祈りを忘れた肉体が、こんなにも正直で開放的なものだとは。

「アルマンは、サイーデも殺してしまったの……？」

「はい。自殺に見せかけるために、別の場所で薬を使い昏睡状態にさせたあと、庭の長椅子に座らせ、灯油を掛けて火をつけました。焼身自殺を偽装したのです。地面に転がしてから燃やすと、接地面に焼け残りが出て疑われますから。眠らせておけば煙も吸いますし、解剖されても疑われません。それが自殺に見せかける一番簡単な方法でした」

　アルマンの顔が歪む。

「ブランシュ様には俺の姿が恐ろしく映るでしょう。これが毒虫なのです。毒虫には道徳が分かりません。誰かの命を奪うことにも躊躇(ちゅうちょ)はない。法など母の前ではなんの抑止効果も持ちません。国王陛下がやりたい放題を許してきたせいで、貴女を傷つけ、踏みにじり、苛んでも、母は咎められることがなかったのです、だから俺が殺した。報復したくて殺したのです。それのどこが間違っておりましたか」

アルマンが血を吐くような声でブランシュを詰問した。

なんと答えればいいのか分からない。

——私を傷つけ、踏みにじり、苛んで……そうね……貴方の言うとおりだわ……私、ずっと辛くて苦しくて怖かった……サイーデに滅茶苦茶な思いをさせられるたびに、貴方が駆けつけてくるまで、何もできずにうずくまっていたもの……。

ブランシュの目に涙が滲む。

この期に及んで、ブランシュの心にあるのはアルマンへの慕情だけだ。

サイーデとレアを殺した彼を、裁きに委ねる気など毛頭ない。

自分は狂っている。

アルマンが殺人者であったとしても、愛しい。彼以外に触れられたくない。

今だって『私を助けてくれてありがとう』と思っているのだ。

そう認めたとき、ブランシュの中の道徳の残滓が、最後の悲鳴を上げて消えていった。

「……なぜ……泣かれるのです……ブランシュ様……」

触れていたアルマンの頬に冷たい汗が滲んでいた。

「貴方が……愛おしいからよ……」

「それは遠回しに『服従するから私を殺さないでくれ』と言っておられるのでしょうか。

確かに俺は毒虫の心しか持っておりません、ですがブランシュ様に牙を剝くことだけは、断じてあり得ません……」

アルマンの声が掠れている。

瞳には、かつて見たぎらつく光が宿っていた。硝子で作った刃のようだ。

あの光を見たとき、自分はアルマンに捧げられた贄なのではないかと思った。餌として自分を食い尽くさねば、彼の怒りは収まらないのではないかと。

自分たちは求め合っているのだと理解した刹那、心の奥の白と赤の薔薇が幹を揺らして芳香を振りまくのが分かった。

——アルマンの心が、こんなにも私に向いているなんて。

ブランシュは、心の底から歓喜した。

「人を殺してはいけないのは分かっていてよ、貴方が罪を犯していることも。それでも私は貴方を愛するわ。貴方が何をしても、私は許してしまう」

アルマンが苛立ちを込めた低い声で言う。

「もう一度お伺いします、それは『俺に服従するから殺さないでくれ』という意味でしょうか？　ならば、お答えいたします。俺はブランシュ様だけは殺さない。そんなにご心配であれば、他の毒虫を排除したあとに己の始末も付けます」

そう言って、アルマンはブランシュを振り切るようにきびすを返す。

ブランシュは慌てて、その背中にしがみついた。

「話をちゃんと聞いて。私は貴方が人殺しであっても裁く気などないの」

アルマンが身体を強ばらせた。

「嬉しいのよ。だって……好きな人が、私を地獄から助けてくれたんだもの……」

「ブ、ブランシュ……様……」

「人殺しのことを、世間では毒虫というの？　それならば、レアとサイーデが天に召されて『助かった』と思っている私も、きっと毒虫と呼ばれるのね」

ブランシュの腕を解き、アルマンが振り返った。

「違います！　貴女は毒虫ではない！」

――アルマン……。

口元に笑みが浮かぶのが分かった。ああ、アルマンは自分を置いてどこかに行ったりしない。そう確信できたからだ。

「私は貴方を許したのよ、だから一緒に人殺しをしたのと同じでしょう」

「貴女は毒虫などではない、俺が守ろうとした清らかな花です」

力一杯に抱きしめられる。

アルマンの髪が汗で濡れていた。大きな身体は震えている。

「怯えないで……本当に愛しているのよ。命乞いもしていないわ。私はレアのこともサイーデのことも、もう忘れてしまった愚かな女。貴方が思うように清らかでもない。私は、貴方がいればいいの」

アルマンの震える腕にますます力がこもる。

——泣いているの……？

気付いた刹那胸が痛んだ。ブランシュは広い背中に腕を回し、優しく撫でる。

「大丈夫よ、ごめんなさい、貴方に余計な不安を抱かせて」

「本当……に……毒虫を愛すると……」

涙声のアルマンに抱きしめられたまま、ブランシュはきっぱりと頷いた。

「私はアルマンだけを愛しているわ」

アルマンの腕が緩む。

ブランシュはアルマンの胸から顔を上げ、背伸びをして彼に口づけをした。

涙に濡れた唇が美味しかった。自分のために涙しているアルマンが愛おしい。

情けないなんてこれっぽっちも思わない。アルマンが叩きつけてくる激情は、全部ブランシュの宝物だからだ。

「聞いている？　私はアルマンを愛しているわ」

「本当に？」

「ええ……本当よ。心を見せられる道具があればいいのにね」

冗談めかして言うと、アルマンがもう一度ブランシュを抱きしめる。もう腕の震えが止まり、抱き寄せる仕草は優しかった。

「方法はございます」

「なあに？　たとえばどのような？」

アルマンの腕が元通りに温かくなり、ブランシュは胸を撫で下ろす。

——貴方は殺した。私は許した。同じなのよ、私たちは同じ……。

罪を共有した自分は、アルマンと二人きりの世界に閉じ込められたのだ。なんと甘美な世界だろう。他の男なんて存在しない、アルマンだけ見つめていればいい世界……。

「鏡で……人殺しの毒虫に抱かれて、その可愛らしい顔が嫌悪に歪むか否かをお確かめになってくださいませんか」

アルマンの涼やかな声に絡みつくような熱が宿っている。淫靡な提案に、ブランシュの頬が緩んだ。

きっと鏡に映るのは、悦楽に歪みアルマンだけを求める自分の顔だけだろう。

「いいわ」

答えと共に、ブランシュの背中のフックが外された。

「本当に心底貴女に拒まれないならば、どんなに幸せでしょう」

「拒まないわ、一緒に鏡を見て」

言葉が終わるやいなや、ブランシュのドレスが滑るように床に落ちた。

「この姿勢でいい……？」

一糸纏わぬ姿にされて、ブランシュは震え声で尋ねた。

目の前に置かれた姿見は、アルマンが衣装室から引きずってきたものだ。ドレスの裾まで確認できるように、鏡面が床まである。

その鏡には、絨毯の上にうつ伏せになり、腰を高く持ち上げているブランシュの姿が映っていた。

全裸で乳房を垂らした姿は、まっすぐ立っているときよりも遙かに弱々しい。いくらでも、好きに貪ってくださいと請うているように見えた。一方のアルマンは、衣服をはだけさせたままである。

普段冷静なアルマンが、服を脱ぐ余裕もないほど欲情しているという事実が、ブランシュの初心な身体にあやしげな火を灯した。

「もっと腰を高く上げて」

恥ずかしい場所を全部見られてしまう。

そう思いながら、ブランシュはお尻を高く持ち上げた。絨毯はひんやりしているのに、身体が異様に熱かった。晒された臀部にアルマンの視線を感じる。

「アルマン……?」

小声で問うた瞬間、がしりと両腰を摑まれた。

衣装を緩め、屹立した性器を引きずり出したアルマンが、ブランシュの秘裂に肉杭をあてがう。

「鏡をご覧になってください」

恥ずかしくて何度も振り返ろうとするブランシュに、アルマンは命じた。

――やっぱり、鏡で顔を見ながらするのは恥ずかしい……どうしよう……。

否が応でもブランシュの頬が赤くなっていく。

杭の先が、焦らすように何度も秘裂を行き来した。はぁ、と吐いた息が、目と鼻の先にある硝子を曇らせる。

床にしがみつきながら、ブランシュはもう一度アルマンを振り返る。

「なぜこちらを見るのです。鏡を見てください、貴女の顔を」

恥ずかしさに打ち震えながら、ブランシュは鏡を見た。やはり息がかかるほどに近い。自分のまつげまではっきりと見える。

――こんな近くで、アルマンに抱かれているときの顔を見るなんて……。

猫のような姿勢で腰を持ち上げたまま、ブランシュは必死で顔をもたげた。

アルマンの逞しい腕は、ブランシュの腰を抱え上げたまま微動だにしない。

こんなにしっかりと摑まれていては、挿入されても逃れることはできないだろう。

深々と肉杭を突き立てられ、頽(くずお)れて啼(な)いても腰を打ち付けられ、中に熱い飛沫を注がれるまでは許されない。

そう思った刹那、物欲しげな滴が蜜口から垂れ落ちた。

――私、アルマンが欲しい……欲しいの……。

擦られる秘裂がだんだんと濡れて、とろみを帯びてくる。ぬるぬると滑る切っ先の感触に、ブランシュの呼吸も熱くなっていった。

曇りぎみの鏡に、口を半開きにし、目を潤ませた自分の顔がはっきりと映っている。

だが、杭の先端は膣内に入ってこない。

「しないの……?」

欲に掠れた声でブランシュは尋ねた。

早く、いつものように逞しいもので貫いてほしい。

そう思っているのに、アルマンはなかなか『奥』まで来てくれない。

「しますよ。俺が何をしても許すと貴女が仰ってくだされば」

「許すわ」

真っ白な頭でブランシュは答えた。それがどんなに罪深い言葉なのか、分からないわけではない。

でももう、ブランシュの中には「許す」という言葉しか残っていないのだ。

「何を許すと?」

「あ、貴方が……ひと、ごろしでも……許す……わ……」

恐ろしい言葉を口にして声が揺らいだ。だが、それでも切っ先は、欲しがってピクピクしている媚肉をこじ開けてくれない。

「ねえ、どうして……? この言葉じゃだめなの……?」

自分のものとも思えない、鼻にかかった甘えた声が出る。下腹にくすぶる欲の重さに、気がどうにかなりそうだ。

「まだ許していただきたいことがあるのです」

アルマンの言葉に、ブランシュは大きな鏡越しに微笑んだ。

「なあに？」

「俺以外は受け入れないという願いです。他の男の赤子など、俺のための身体で孕まないでほしい……このような我儘も、お許しいただけますか」

「……ええ。貴方の赤ちゃんができても許すわ」

「婚約さえもしていないのに、罪深いことを仰いますね」

アルマンの声がうわずる。

「私の赤ちゃんの父親を選ぶ権利は、私が持つべきだと思うの。だって苦しい思いをしてお腹に入れ続けて、命がけで産むんですもの」

言い終えると同時に、物欲しげに蕩けた淫溝を、アルマンの熱杭が深々と貫いた。

「あ……あ……」

予想していたよりも、それは熱くて硬く、逞しかった。

ブランシュは息を乱して絨毯を蹴る。ブランシュの腰を掴む手は力強く、秘部を貫く剛直を強引に奥まで突き立ててくる。

「ん……う……」

――きつい……大きくて……。

鏡に映るブランシュの顔はかすかに歪んでいる。

けれど緑色の目の奥に浮かぶのは愉悦の光だった。

痛くても苦しくても、アルマンに抱かれて精を注がれ、取り返しの付かない愛の泥濘に沈んでいくことは、ブランシュの喜びなのだ。

「お苦しいですか」

「大丈夫よ……」

答えると、アルマンがブランシュの腰を抱えたまま、大きな肉杭を引き抜いた。内襞が物欲しげに乱れ、行かないでとばかりに絡みつこうとする。

「ん……んっ……」

ブランシュは約束どおりに必死に鏡を見ながら唇を噛む。

いつもと擦られる場所が違う。

戸惑いと同時に、杭が再びゆっくりと突き立てられる。

「あう……っ……」

ブランシュは床についた手をぎゅっと握る。ただ二回、雄杭が前後しただけなのに、早くも息が上がり、目の前がクラクラした。

「とても感じておられますね。あまりに良くて、俺まで狂いそうです」

アルマンの引き締まった胸も喘ぐように波打っていた。

「ブランシュ様が、嫌がっておられないかを確認しなければ」

再び杭がゆっくりと抜かれる。

襞に快楽の証を刻みつけるように、再び奥深くまで暴かれる。

焦らすような前後動を繰り返されて、ブランシュは無意識に床を蹴った。

肉竿を際まで引き抜いたアルマンが、欲の滲んだ声で問う。

「鏡をご覧ください、どんな顔をなさっていますか？」

「い……いや……やめないで……」

ブランシュの目に涙が滲む。

繰り返し焦らされて、花唇から物欲しげな滴がしたたった。

床に直接ポトリと落ちるのが分かる。

己の身体の浅ましさと焼かれるような肉欲にかき乱され、ブランシュは掠れた声で言った。

「どんなお顔をなさっているのか教えてください」

意地悪な言葉に、ブランシュは震え声で答えた。

「あ、貴方を欲しがっている顔よ……」

恥ずかしさに乳房の先がぎゅっと凝る。

焦らされるのが耐えがたくて、ブランシュはぎこちなく身体を揺すった。

絨毯に乳嘴が擦られるたび、身体中が火で炙(あぶ)られるように熱くなる。

だがアルマンの腕はしっかりとブランシュの腰を押さえつけていて、望む快楽は得られなかった。早く早くとばかりに、ますますはしたない蜜がしたたり落ちる。

ブランシュの息がますます乱れた。

「どのようにしてほしいのですか？　具体的に仰ってください」

「意地悪……っ……」

散々に焦らされ、アルマンを咥え込んだ浅い部分がひくひくと疼いた。耐えられなくなり、ブランシュは床に顔を伏せる。

「こ、このままいくの、嫌……おねがい……アルマン……」

「俺は何をすればよろしいのですか？」

ブランシュは必死で顔を上げる。熱い頬が、お預けの涙で濡れていた。

「あ……お、奥に……欲しいの……」

硬くなった乳嘴が床に押しつけられ、『許して』と甘い悲鳴を上げる。咥え込んだアルマンのもので早くお腹の中をいっぱいにしてほしい。ブランシュにはもう、それしか考えられなかった。

「可愛らしいことを……」

アルマンの声には、愉悦が滲んでいた。ほんの少しだけ嗜虐的な響きが艶やかな声に隠れている。

「だって……だって……アルマンが欲しいの……私……」

子供のように駄々をこねると、アルマンが、腰を摑む手にますます力を込めた。

「かしこまりました」

じゅぶじゅぶと音を立てて肉杭が奥へと進んでいく。

アルマンしか知らない身体が歓喜に戦慄く。

「これ、あぁ……っ……」

あまりの快楽にブランシュは背を反らし、付け根まで呑み込んだ雄茎を強く締め付けた。

もう鏡が曇って自分の顔が見えない。

蜜音を立てて、身体の奥が繰り返し穿たれる。

「あ、あぅ」

ブランシュは絨毯に爪を立て、無我夢中で腰を揺らした。

アルマンの息も弾んでいる。

「それでは、お顔が見えませんね」

「鏡……拭けない……わ……いや……あぁ……」

がつがつと突き上げられながら、ブランシュは伏して喘いだ。

「もう、そんなに……激し……あぁぁあっ」

たぷたぷと乳房を揺らしながら、ブランシュは嬌声を押し殺して、叩きつけられるような雄の欲を受け止める。

「ん……ッ……駄目……っ、奥、奥当たる……ひぃ」

口の端からかすかに涎（よだれ）が滲む。

今の自分はどんなにだらしない顔をしているだろう。

「お顔を上げて、今の蕩けた顔をご覧ください」

ブランシュはぎこちなく腰を振りながら言われたとおりに鏡を見た。ほんの少し曇りが取れている。白く霞んだ鏡には、喜びでぐしゃぐしゃに濡れた自分の顔が映っていた。

――私、こんな顔でアルマンと繋がっているのね。

やはり感じるのは愛おしさだけだ。

人殺しの彼に感じるのは、欲望と愛情と独占欲だけ。

理性の失せ始めた己の瞳を覗き込み、ブランシュは弱々しく答えた。

「私……貴方のことが好きで好きでたまらない顔を……しているわ……」

「俺が毒虫でも？」

じゅぷりとひときわ淫らな音が聞こえ、一番奥で杭が止まる。

先ほどから彼が言う『毒虫』とは殺人者のたとえなのだろうか。

もう分からない。絶頂が近づいてくる。焦らされるのも、顔を上げているのも苦しい。

「分からないわ。でも命がけで産むなら、貴方の子でないと……嫌……」

熱くぼんやりとした頭で、母が命と引き換えにブランシュを産んでくれた話を思い出す。

リザルディの子のためにそんなことはしたくない。他の男の子でも嫌だ。誰に後ろ指を指されようと、ブランシュはアルマンしか望んでいない。

「ブランシュ様……」

不意に肉杭の動きが速くなった。

「ひ、っ……」

床にぐにゃりと伏せたブランシュの尻に、繰り返し引き締まった腰が叩きつけられる。

ブランシュの膣がうねり、この雄の精を搾り取りたいと獰猛に収縮した。

「アルマン、愛してるわ……愛してるの……っ……」

「俺も愛しております、この世界で愛おしいものはブランシュ様だけです」

アルマンが息を乱し、ぐりぐりと接合部を押しつけてくる。

「ふぁ、あ、やだぁ……っ……あっ……あぅ……っ……」

とうに身体は支えられなくなっていた。

髪を振り乱し、上半身を床に投げ出した姿勢で、ブランシュは淫らに啼いた。

「あぁぁぁぁ……ッ」

「……ッ……俺だけ、俺だけ喰らってください、ブランシュ様」

「っ……ええ……アルマンだけを、愛している……から……」

絨毯に額を押しつけたままブランシュは言う。

アルマンが腰をぐりぐりと押しつけてくるごとに、持ち上げられたブランシュの下半身が力なく揺れた。

——あ……だめ……いく……っ……！

耐えがたい快感をなんとか逃がそうと、ブランシュは絨毯を何度も指先でひっかく。

「ひっ、ひぅ……っ……」

「ブランシュ様の中でまた達したい。よろしいですね」

「ん……う……」

下腹部から広がった焼け付くような悦楽に、ブランシュは言葉を失う。ビクビクと蠢動(しゅんどう)する雌窟が肉棒にむしゃぶりつく。

「ああ、愛しております、ブランシュ様……」

アルマンの掠れた声と同時に、ブランシュの最奥で熱い液が迸った。

激しく乱れたアルマンの吐息が部屋に響く。ブランシュは、繋がり合い半ば気を失ったまま、己を喰らい尽くした愛しい男に告げた。

「私も愛しているわ……本当よ……」

言い終えるやいなや、瞼がゆっくりと下りてくる。

この愛が正しいのか間違っているのかは分からない。過ちだとしても、アルマンを心から愛している事実は消せない。

これから先アルマンが何をしても、ブランシュは許し続けるだろう。

——どこまでも一緒よ……愛しているわ……。

薄れゆく意識の中、胸の奥に咲く恋の薔薇が真っ赤に色づくのを見た気がした。

この色は恋の熱の色なのか、血の色なのか……。

同じ茨の蔓(つる)に縛られて、永遠に二人きりでいたい。

そう思いながら、ブランシュの意識はすうっと失せていった。

ふと気付くと、ブランシュは一糸纏わぬ姿勢のまま、自室の寝台に横たえられていた。アルマンが傍らに膝をついている。いつもどおりにきっちりと服を着て、慣れない手つきで濡れた布を絞っていた。

その側にはたらいが置かれていた。

「何をしているの？」

「そのままお休みになっていてください」

アルマンはそう言うと、濡れた布でブランシュの顔を拭いてくれた。次に絨毯に触れていた上半身や腕、膝や脛を拭いてくれる。

「水を取り替えて参ります。湯が用意できず申し訳ありません」

ブランシュの身体に毛布を掛けると、アルマンはたらいを手に湯殿へ向かう。

――朝、湯浴みをするからいいのに。

ブランシュはほんのり頬を染め、アルマンが戻るのを待った。

彼はすぐに戻ってくると、再びたらいに浸けた布を絞り、丁寧にブランシュの脚の間を拭き始めた。

蜜で濡れた腿も、獰猛に立ち上がる雄を咥え込んだ場所も、冷たい水で清められていく。

恥じらいに身じろぎすると、額に優しい口づけが降ってきた。

「大変なことに気付きました」

「な、なあに……？」

硬く立ち上がった乳嘴を手で隠して尋ねると、アルマンが真面目な顔で答える。

「俺はまだブランシュ様を抱けます」

ブランシュは思わず、アルマンと目を合わせて噴き出す。

笑いながら、唇を重ね合った。

――私もこんなに貴方に飢えているわ……。

アルマンが服を脱ぎ捨て、清めたばかりのブランシュの身体にのし掛かる。

「あとでまたお清めいたしますので」

「アルマン……」

再び唇を交わしながら、ブランシュは自ら脚を開き、アルマンを受け入れる。

『堕ちていく』

頭の片隅をよぎった言葉が、すぐに消えた。

「ブランシュ様……愛しております……」

「私もよ……貴方以外の男は全部嫌……」

素肌を押しつけ合いながら、ブランシュはアルマンと何度も口づけを交わし合う。

性交の名残でぬるつくブランシュの隘路は、容易にアルマンを受け入れ、奥深くまで呑み込んだ。

「絨毯のせいで肌が赤くなっておられましたね……申し訳ありません、ブランシュ様。今度からはできるだけ優しく抱きます」

「あ……いいの……いいのよ……」

蜜窟を擦る動きは激しく、速かった。欲しくて欲しくて我慢できないと言わんばかりの動きが愛おしい。たちまちブランシュの呼吸が熱くなる。

「ああ……」

祈りの気持ちも、婚約者のために貞操を守ろうという気持ちも、父を敬おうという気持ちも消えた。

今あるのはアルマンを愛しているという想いだけ。

『何を言う！　あの女を毎晩ろくでなし男に犯させるのだ！　そして昼間は作り笑いで聖女ぶるさまを皆で笑おうではないか！　高慢な女は地獄に落とせ！』

剛直を受け入れた刹那、おぞましい父の言葉が蘇る。

――嫌、絶対に嫌、私を抱いていいのはこの人だけよ……。

痩せた腰をかき抱かれ、突き上げられて仰け反りながら、ブランシュは思った。

――私の中で達していいのは、アルマンだけ……。

ブランシュは無我夢中で美しい灰色の髪に指を絡ませる。

「んっ……アルマン……あぁ……っ……」

なんとしても父の悪辣な計画から逃れなければ。名も知らぬ下衆な男に犯されて孕む前にアルマンの子を宿してしまいたい。

——お父様がもっともっとお酒を召して壊れてしまえばいいのに。

おぞましい想像をした刹那、目の端から涙が流れた。

「アルマン……奥、もっと奥まで……来て……」

息を弾ませ淫らにねだりながら、ブランシュは思った。

いつの間に自分は、人の死を悼まないどころか、それ以上のことを願う化け物になっていたのだろう、と。

◆

アルマンは、眠ってしまったブランシュの部屋をそっと出た。

ちょうど人々が夜会で酒を傾け終えるくらいの時間だ。あと一時間も経たずに日付が変わる。

王宮の門は、日付が変わる時間に閉まる。

怪しまれないよう、宴の招待客や、夜更けまで仕事をしていた役人たちと同様に、アルマンも門限を過ぎないように王宮を出なければならない。

玄関を目指して歩いていたとき、不意に隣のリリアの部屋の扉が開いた。

早起きだという『彼女』は、ブランシュの隣にいるときのような『優しい姉』のものではない。

リリア……否、ハルベルトは、男の地声でアルマンに告げた。

「ブランシュ様を抱く前に、この薬を服用していただいてくれ」

「何の話だ？」

今夜の性交にも気付かれていたのかと思いつつ、アルマンは尋ねた。

「避妊薬だよ。男のほうが気を遣え」

アルマンは首を横に振る。

ブランシュは、他の男の種を孕まされる前にアルマンの子が欲しいと望んでくれた。

ならば、赤子を迎えられるよう全てを整えるのがアルマンの仕事だ。

婚前交渉を不道徳となじる者もいるだろうが、きっと今のブランシュは、赤の他人の言葉などで傷つかない。アルマンは言うまでもなく、はなから気にしない。

「要らない」

「ふざけんな、こんな場所で産ませるのかよ。俺はブランシュ様を危険な目に遭わせたくないんだ。いくら大旦那様が医師団を派遣してくださっても、王は絶対にこの王宮に入れない。王妃様のときと同様、ブランシュ様が難産に陥ったらどうする気だ」

ハルベルトの必死の言葉を、アルマンは冷静に切り捨てた。

「そうならないようにしよう」

何かを言い返そうとしたハルベルトが口を噤んだ。

いつからハルベルトとの関係が変わったのだろう。

初めはハルベルトがアルマンに指示を下す側だった。

ゴッダルフの言う『力の使い方を学べ』とは、手を汚してもバレないようにする手段を学べ、ということだった。

ハルベルトはゴッダルフの命令を受け、アルマンに殺しや汚れ仕事を手伝わせてきた。

アルマンはそれに淡々と従った。これでブランシュを守る力が手に入るなら、毒虫を潰す力を得られるなら……と。

だがある日ハルベルトが言ったのだ。『お前は躊躇しなさすぎる』と。

その日あたりから、立場が逆転していったように思う。

母がブランシュ殺しを企んだときも、ハルベルトは『ブランシュ様の部屋で殺しなんてさせるな、サイーデ殿を縛ってでも止めろ』と言っていた。

だがアルマンが『これを機に母と妹を消す』と言ったら、もう反論しなかった。

『お前は正しいのかもしれないが、俺にはついていけない』

ハルベルトが頻繁に口にする言葉だ。

――ついていくも何も……お前が俺の『上官』だろうに。

そう思いながらアルマンは答えた。

「ブランシュ様の安全を確保するには、陛下がいなくなればいいんだ。俺に考えがある」

「お前……なにを……言って……」

ハルベルトが首を横に振った。

「そんな命令、俺たちは大旦那様からは受けていない。他の部隊に任せておけ」

「ゴッダルフ卿は早いほうが喜ぶのではないか？　リヒタールでの商圏開発もますます有利になるだろう」

「馬鹿野郎。お前は、気軽に殺しすぎなんだよ……」

震えるハルベルトの肩に手を置き、アルマンは言った。

「いいや、王を始末することは理にかなっている。俺の母と妹、陛下を消す。それがブランシュ様のお幸せを心から願う者の行動のはずだ」

ハルベルトは青ざめたまま唇を噛み、小さな声で言った。

「そうだな……まあ、そうだけど……」

どうやらハルベルトはアルマンの言うことも一理あると呑み込んだようだ。

『根が優しい』人間は殺しを嫌うらしい。ハルベルトは腕がいい。人殺しなど、決意すればすぐにできるのに、いつもぎりぎりまで迷っている。

「酒毒で死ぬのを待ってはいられないんだ。王殺しは俺がやる」

アルマンを凝視したまま、喘ぐような口調でハルベルトが言う。

「……俺は、最初の一人を殺したときのこと、いまだに忘れてないけどな。どんな風にもがいて事切れたか、一生忘れない。だけどお前は、何も感じてないように見えるよ」

ハルベルトは水揚げされた魚のようにおかしな呼吸をしている。

「大丈夫か？」

「……ああ、ちょっと思い出して、気分が悪くなっただけだ」

ハルベルトは疲れたように、アルマンから目を背けた。

——俺はお前と出会ったときから何も変わっていないがな。

最初にハルベルトに『殺せ』と命じられたのは女だった。

ゴッダルフの縄張りを荒らし、少女たちに違法な売春を強制している毒婦と聞いた。

『避妊具だの薬だのって高いだろ？　だから質の悪い娼館では使いたがらないんだよ。若さだけが売り物の女なんていくらでもいるしな。ここは特に悪質だ。女を潰して金に換えているも同然で、大旦那様の美学に反している』

ハルベルトはそう説明してくれた。

アルマンには事実のほどは分からなかったが、性病でげっそり痩せこけた娼婦たちを見て、娼館の主の女は毒虫だと思えた。

だから事前に習ったとおりの手段で、主の女を殺した。薬物を浸した布で口を塞ぎ、大声を出せなくして急所を一刺しし、刃を抜かずに放置した。それほど難儀しなかった。

あのときもハルベルトに聞かれた気がする。

『なぜ平気で女を殺せた？』と。

確か、ハルベルトには『毒虫は人ではないから殺せた』と答えた気がする。

アルマンのほうも、なるべくハルベルトの考えに合わせようと努力しているのだが、ハルベルトのほうがアルマンから顔を背けるのだ。

毒虫だから人間とは相容れないのだろうか。そうであれば、仕方がない。

「殺しが嫌いなら、ゴッダルフ卿の私設軍を辞めればどうだ？　お前ほどの腕があるなら、護衛専門の仕事がいくらでも見つかるだろうに」

アルマンの言葉にハルベルトの顔が歪む。

「ブランシュ様のおそばを離れたくない」

血の滲むような声でハルベルトが言った。

「俺にとっては、血の繋がってる人間はブランシュ様だけなんだ。今は、そばで守ってやれて幸せだ。何もできない妹が子供の頃から虐待されていたと知って、本当に耐えがたい気持ちだったんだよ……」

青ざめたハルベルトの顔には、強い悲しみが浮かんでいた。

――あの自分勝手な国王とはまるで似ていない性格だな。矛の痣はあると聞いたから、確実に血は繋がっているのだろうが……毒虫の子なのに、ハルベルトは毒虫ではない。母親に似たのだろうか？

アルマンが知っているのは、ハルベルトが国王と下女の間の子であるということ。下女はハルベルトを産み捨て、行方をくらましたこと。捨て子のハルベルトは、ゴッダルフの孤児院に送られ、そこで育ったということだけだ。

これらの話は、ハルベルトがリリアと名乗ってブランシュの護衛に付いたときに聞いた。

若い男女同士でも、ハルベルトなら性的な間違いを犯さない。

そうゴッダルフが太鼓判を押したのも、血の繋がりが理由だ。

——だが、卿もお前も知らないだろうが、ブランシュ様は……。

父レンハルニア侯爵の言葉を思い出す。

王は、父を含む複数の友人たちを脅し、王妃を犯させてブランシュを孕ませたと。

もし血の繋がりがないと知ったら、ハルベルトはどうするのだろう。

わずかな好奇心を覚え、アルマンは尋ねた。

「もしブランシュ様とお前の血が繋がっていなかったら、お前は軍に戻り、元どおりの暮らしを送るのか」

「あの方は俺の妹だ」

頑迷に首を振ったハルベルトは、しばらく迷って答えた。

「……たとえ妹でなくとも、ずっと守りたい。当たり前だろう」

「なぜ？」

「あの方は、十二の歳から児童病院の支援を続けておられる……辛い思いをしている子供たちを、一生懸命救おうとなさっている優しいお方だからだ。俺は孤児院で育ったから、優しい大人がどれだけ希少か分かるんだよ」

アルマンは、小さくて細い指の感触を思い出した。

病で顔が腫れてしまった少年の指だ。また来てねと言われ、行くと約束した。

彼らの儚い希望は決して踏みにじってはならない。

ハルベルトの言うとおり、ブランシュの優しさは尊いのだ。そして彼女の尊さを解するハルベルトは、ある種自分の同類なのだと思える。

「妙なことを聞いて悪かった」

謝罪すると、ハルベルトはわずかに肩を揺らした。

「お前が謝るなんて気持ち悪いな」

笑っている。アルマンの謝罪がよほどおかしかったらしい。

「そうか、では次からは謝らないようにする」

むっとして言い返した刹那、腹を立てた自分に驚いた。

「俺は今怒ったな？」

小さなことで腹を立てるなど滅多になかったのに。

より深くブランシュを求めるようになるにつれ、自分の精神も変わった気がする。

欲望が深まるほどに、感情も豊かになった。

「そうみたいだな、珍しく。とにかくブランシュ様を危険に晒すな。その薬は持っておけ、いいな？」

「……分かった」

アルマンは頷く。ハルベルトは振り返りもせずに自室へと戻っていった。

──ゴッダルフ卿は、もしブランシュ様に何かあれば、次はハルベルトを手駒にする気だ。彼に王の落胤（らくいん）を名乗らせて、継承権争いに叩き込むつもりだったのだろう。本気でリヒタールの商圏を欲しておられるからな。

あの怪物的な大商人は、敵でもなく味方でもない、押し寄せる巨大な波のような存在だ。上手く乗れれば吉、下手に逆らえばブランシュもろとも粉砕される。

──『お祖父様』には『新女王』の優しい外祖父君でいていただこう。

そう思いながら、アルマンは『リリア』の部屋の前を去った。

その半月と少し後、アルマンはブランシュやリリアと共に、児童病院を訪れていた。

「また来てくれてありがとう」

腫れた顔の少年が痩せた手でアルマンの手を握る。

「約束をしたからな」

アルマンの言葉に少年が笑った。

「約束守ってもらえるの、嬉しいんだ。大人はみんな『ここは可哀相な場所だ』って言って、来てくれなくなっちゃうから。僕らは病気で怠いだけで、別に可哀相でもなんでもないのに。ヒマなんだから来てほしいよ」

少年の言葉は意外にも力強かった。アルマンはやや驚いて問い返す。

「ヒマなのか」

「当たり前でしょ。僕なんて顔が重たくて走れないし、強い薬を呑まされる日は一日寝てろって言われるし。考えれば分かることじゃない？」

論破された気がして、アルマンは微笑んだ。

「君の言うとおりだな」

「そうだよ。まだ片目は塞がってないから見えるのにさ。勝手に本は読めないだろうと決めつけたりとか、あの子は助からないとか、余計なお世話だよ」

少年の正直な言葉に、アルマンは微笑んだ。

「他にも文句があったら俺に言うといい」

「今ので全部。ねえお兄さん、今度何か本を貸して。目が見えるうちに読んでおきたい」

「屋敷に帰ったら、俺が子どもの頃に読んでいた小説を送ろう」

「ほんと？　ありがとう。絵本しかなくってつまんないんだよね……」

八歳の男児が読めそうな本は……と考えかけてやめた。

――多少難しそうでも貸してみよう。彼なら読めるかもしれない。俺も早熟で年齢に合わない本を読み耽っていたからな。

母も妹も大嫌いで、ずっと本を読んでいた少年の頃を思い出す。

――本はほとんど捨てずにとってある。多少傷んでいるかもしれないが、彼に譲ろう。どれもいい本だ。きっと退屈している暇などなくなる。

不思議だ。ひと月前までは存在すら知らなかった病人たちに対し、今は誠実でありたいと思っているなんて。

ブランシュ以外の人間のために動きたいと思ったのは初めてかもしれない。

児童病院の窮状を救うために王立大学の医学部を訪れ、この児童病院への協力ができないかを打診し、レンハルニア家からの支援も申し出た。

今は父と、どこまで金を出せるか話し合っている最中だ。父は母と違って毒虫ではない。家令や親族と相談して、真剣に王立大学医学部への支援体制を考えてくれている。

『お前にそんなことを頼まれるとは思っていなかった。私も長い時間自分の世界にこもりすぎてしまったな。学問の殿堂も幼い子供も、我々が支えるべき宝だ』

父は『これからも、ブランシュ王女の慈善活動をお支えする』と言った。

母の死が鬱屈を吹き飛ばしたのか、父はもう、別邸にこもることはない。

数年前から『病気療養』と称してアルマンに任せきりだった侯爵家としての責務も、積極的に果たそうとしている。

――何かが変わったな。清らかなほうに。

今までのアルマンなら、子供たちとはなんの約束もしなかっただろう。

ただ淡々と遊び相手をして、慰問を終わらせていただろうに。

最近、他の人間の存在が、やけに心に残るようになった。

毒虫に向かって、心から語りかけてくれる人間がいることに気付いたからだ。

だからブランシュ以外と喋る気のなかった毒虫も、ぎこちなく人間と語り合うようになったのだ。

「アルマン、なんのお話をしているの」

リリアを連れたブランシュが笑顔で歩み寄ってきた。少年の車椅子の傍らに立ち、笑顔で彼の顔を覗き込む。

「アルマンは貴方に本を貸してくれそう？」

「多分ね、家に帰ったら昔読んでた本を送ってくれるって」

少年の言葉に、ブランシュが微笑んだ。

「ごめんなさいね、絵本ばかり持って来て。今度からは貴方用の本も探してくるわ」

「いいよ、チビたち用の絵本を持って来てあげて。あいつら小さいもん、玩具とか絵本とか滅茶苦茶喜んで、はしゃぎすぎて看護師さんに怒られてるくらいだし」

ブランシュが顔を上げ、輝くような笑顔のままアルマンに言った。

「貴方は読書好きでしょう、色々貸してあげてくれる？」

アルマンへの全幅の信頼を湛えた曇りのない笑顔だ。ブランシュの笑顔が、アルマンに人間の気持ちを少し想像させてくれる。

「かしこまりました。ちょうど良さそうな本を頭の中で選定していたところです」

ブランシュがほんのり頬を染め、少年に語りかけた。

「楽しみね」

きらきらと輝く金の髪を見つめながら、アルマンは『ここはブランシュの善意で作られた世界なのだ』と改めて思う。

悪意ばかりをぶつけられながら、ブランシュは潰されることがなかった。そればかりか、人々を善意で包み込もうと必死に活動していたのだ。

なんという強く美しい花だろうか。

やはり彼女を誰にも穢させたくない。もっともっと幸せに咲き誇ってほしい。ゴッダルフの思惑、国王の泥水のような憎悪からブランシュを守りたい。

◆

慰問活動から帰ってきた幸せな日、ブランシュはまた愛しいアルマンに抱かれた。

何度こうして人目を忍んで愛し合っただろう。

けれど彼は、王宮の門が閉まる前には帰っていく。

朝も夜もずっと抱き合っていたいのに、名残惜しくてたまらなかった。

特に明け方が寂しい。彼が『夫』だったら、この時間もブランシュの寝台にいて抱き合っていただろうに。そう思って幾度涙をこぼしたことか。

アルマンには、性交する際に避妊薬を呑むかと聞かれたが、断った。アルマンも強く勧めはしなかった。

それ以降、一度も避妊薬は呑んでいない。

愛している、アルマンの子供しかいらないと譫言のようにねだり続けるブランシュに、今日もアルマンは身体中に口づけをしてくれた。

背にも尻にも膝にも、足の裏にまで。

そして髪を振り乱して啼くブランシュの腰を摑み、気を失うほどの狂おしい熱を注いでくれた。

『このままでは本当に、俺の子を身籠もってしまわれますね』

囁かれた言葉のなんと甘美だったことだろう……。

溢れんばかりの愛の行為の名残で、目覚めた今も手足に力が入らない。

「帰ります」

小声でアルマンが言い、一糸纏わぬ姿で起き上がる。同じく素肌のまま彼に抱かれて眠っていたブランシュはその声で目を開けた。

部屋の中は薄暗い。黄色っぽい蝋燭の光の中で、アルマンの背が大理石の像のように艶やかに光る。

——綺麗な身体……。

半ば眠っていたブランシュは、彼の背中を見て瞬きをした。

アルマンの右の肩甲骨の下に、小さな三つ叉の矛の痣がある。

幼い頃から『貴女にはこれがない、庶民の血のせいで受け継がれなかったのだ』とサイーデに見せられた図形と同じだ。

「アルマン……その痣、なあに」

ブランシュの問いに、アルマンは穏やかな表情で答えた。

「王家の痣と同じものですね」

「そうなの……今気付いたわ。私、貴方の背中を見たことがなかったのね」

思えば彼はブランシュを抱くとき、背中を見せたことはなかった。

性交を終えてつかの間同衾してくれるときも、彼だけは服を羽織っていた。今日はたまたま、裸でブランシュに添い寝したい気分だったのかもしれない。

「そうでしたね。ですがこの痣は偶然の産物です。レンハルニア家は過去に何度も王女殿下や、国王陛下の従姉妹にあたる高貴な姫君をお迎えしております。先祖返りで痣が出現することもあるのでしょう」

自信に満ちた口調に、ブランシュは素直に頷いた。

アルマンの痣は先祖返りで偶然できたものなのだ。

「羨ましいわ……私にはないの。下賤の者と交わると王家の痣は途絶えてしまう、だから私は女王にふさわしくないのではないかって、意地悪を言う貴族がいるのよ」

悲しげなブランシュの言葉をアルマンは一笑に付した。

「馬鹿馬鹿しい、頭の固い老人の繰り言です」

アルマンの自信に満ちた口調に、ブランシュは頷いた。

サイーデに繰り返し『痣のない貴女はきっと女王にはなれない』と言い聞かされたせいで不安だったのだが、憂鬱な思いも晴れていくような気がする。

「直系の王族はあえてその痣を絶やさぬために、いとこ同士や近い親族との結婚を繰り返してきましたからね。ですが歴史を辿れば、国王の嫡子であっても、痣を持たずに生まれた王子や王女は何人もいます」

「でも、この痣は、未来の王様にだけ現れると聞いたわ。それが不思議なのだって」

ブランシュは言いつのる。

三つ叉の矛の痣が重んじられるのは、医学で証明できる範囲を超えて『王太子』もしくはそれに準ずる人間にしか現れないからだ。

王位から遠ざかれば生まれなくなるため、超常的なものだと様々な本で読んだ。

「偶然が重なっているだけでしょう。それを、王家が箔付けのためにことさらに喧伝しているのです。事実、俺の背中にも出てしまったではありませんか」

アルマンが幼子をあやすように笑った。

「遠縁の貴方の背中にも出てくるなら……普通の痣と同じなのかしら……？」

「もちろんです」

力強く言い切られて、ブランシュは頬を染めた。

「でも貴方が赤ちゃんを授けてくれたら、その子には痣があるかもしれないわね」

「ブランシュ様はそんなに王家の痣が欲しいのですか？」

アルマンが笑って、ブランシュの額に口づけを落とす。ああ、やはり離れがたいと思いながら、ブランシュは正直に答えた。

「痣がないことを揶揄されると、どうしても自分が王家の人間として不完全なように思えてしまうの。自分に子供ができたら同じ思いをさせたくないし、『王家に平民の血が混じったせいで痣が途絶えたんだ』って、国の皆を心配させるのも嫌なのよ」

「……ブランシュ様は、人の心配ばかりなさっておいでですね」

裸の広い胸に抱きしめられ、ブランシュは陶然となりながら頷いた。

「だって、いつか女王になるのだもの……自分のことばかり考えていられないわ……」

アルマンがブランシュの耳に口づける。

「あまりに可愛いことを仰ると帰るのが辛くなる。ですがここに居続けては怪しまれ、ブランシュ様にご迷惑をお掛けしかねない。王宮の門限のうちに帰ります」

ブランシュの目に涙が滲む。早くも、次に会いに来てくれる日のことで頭がいっぱいだ。いつ会えるのか、いつ愛し合えるのか。

「早くまた会いに来て」

涙ぐんで懇願すると、アルマンがそっと口づけで答えてくれた。

いつしか自分はただの雌の獣になっていた。

父の回復を祈らず、リザルディの罪を許してほしいと神に乞うこともない。

――お父様は、穢らわしい男に犯されてもがき苦しむ私をご覧になりたいのだもの。そんな扱いには耐えられないわ……。

リザルディ、もしくは父の見つけた別の誰かが、『第一王女の配偶者』の権利を振りかざす前に、アルマンとの愛の証で胎を満たしてしまいたい。

望まぬ未来から逃げる方法が、それしか見つからないのだ。

子を為したあとは、アルマンが責められぬよう、赤子の父親の名を口に出さないだけ。

それから、酒毒にやられて崩壊し始めた父が、早く天に召されてくれることを祈るだけだ。

これほどまでに恐ろしい祈りがあるだろうか。

祈り紐を持たず、神の名も呼ばず、己が欲望に任せて生き延びるためだけの獣の祈り。

——私はただの獣だったんだわ。気付かせてくれてありがとう、アルマン。

道徳も祈りも失ったブランシュは、アルマンに愛された己の身体を抱きしめた。

第七章　全てを赦した日

リザルディの実家、ハーロン侯爵家から使いの者が訪れたのは、二度目の児童病院訪問から二日後のことだった。

『息子の保釈金を払いました。東側の裏口でお待ちしております』

ハーロン侯爵夫人からの伝言はひどく簡素だった。

――行くか……。

アルマンは自邸を出て、馬車ではなく徒歩でハーロン侯爵邸へ向かう。

貴族の家は大概『西地区』と呼ばれる高級住宅街に密集している。ハーロン侯爵邸は、レンハルニア侯爵邸からは歩いて一時間も掛からない距離だ。

正門の門番には訪問を告げず、黙って指定された東側の裏口に回った。壁の向こう側に鬱蒼(うっそう)と茂る森が見える。

裏口では夫人が待っていた。

「息子を引き取って参りました。使用人たちには、今日休みを取らせましたわ……怪我人を出すわけにも参りませんから」

広いはずの家の中から怒鳴り声が聞こえてくる。夫人は罵声が響いてくる窓の辺りを振り返って、力のない声で言った。

「リザルディが荒れているのです。迎えに来るのが遅かったと。手が付けられません」

「もうすぐ終わりますから」

そう告げると、夫人はやつれた顔を手で覆った。

「何度も考え直したのですが、私たちはもうあの子を愛せません」

「間違ってはいないと思います。今も、何かが割れた音がしましたね？」

尋ねると、夫人は声を震わせて答えた。

「夫が大事に育てていた植木鉢を壊しているのでしょう。息子は、こんなものより俺のほうが大事なはずだと……先ほどから、喚いて……」

もううんざりだ。この悪夢を止めてくれ。震える語尾がそう語っていた。

「分かりました。リザルディ殿に、俺が会いに来たとお伝え願えますか」

夫人は頷き、手に握り締めていたものをアルマンに手渡した。

「嫁いでくるとき、実家の母からもらった祈り紐でございます。私はアルマン殿に『相談』したことを誰にも話しません……その証拠にお持ちくださいませ」

使い込まれた祈り紐だった。珠は石榴石(ざくろいし)だ。夫人の生家は地方の大地主だったと聞く。その家の紋章を象(かたど)った金細工がぶら下がっている。百年以上修繕を重ね、大切に使い続けた祈り紐に違いない。

金属部分の摩耗ぶりを見るに、経年劣化の箇所まで複製するのは困難だろう。文字通り『誰の所有物か分かる』逸品だった。

「骨董品のようですが、このような大切なお品をお預かりして良いのでしょうか」

尋ねると、夫人は首を縦に振った。

「もう私に、祈る資格はございませんから」

そういえばブランシュも閨で『祈り紐を壊してしまってから、作り直していない』と言っていた。人は神への祈りを捨てるとき、同時にこの道具も手放すのだろう。

祈りの無意味さに気付くからなのか、それとも別の意味があるのか、アルマンには分からなかった。

「ここでは目に付きますから、こちらに……主人しか立ち入らない場所ですの」

案内されたのは庭の奥の、半ば森のようになっている場所だった。

この屋敷は広い敷地を有しており、自然が手つかずのままにされている箇所も多い。辺りにはススキのような草が長く伸び、木の枝には珍しい大型の鳥が留まっていた。

「侯爵閣下は、王立大学で植物学を学ばれておいでだったと伺いましたが」

アルマンの言葉に、夫人が頷く。

「ええ、色々な鳥が来る庭がいいと主人は申しておりますの。鳥の糞（ふん）から、珍しい草の種が蒔（ま）かれるからと……この辺りのぼうぼうの草地も、主人曰く、珍しい草がたくさん生えているのだそうですわ。本当にあの人ったら……」

微笑んだ夫人の目には、間違いなく夫への愛情が浮かんでいた。

だが、それが瞬時に失せる。

「では、リザルディを呼んで参ります」

夫人は屋敷の中に戻っていった。

アルマンはハルベルトに用意させた、刃のない短剣の柄のような物を取り出す。これが今日の道具だ。作動するかを確認し、もう一度懐にしまった。

――王はまだブランシュ様とリザルディ殿の結婚命令を取り下げていない。

国王は今、一時的に酒をやめているようだ。

ブランシュを呼び出したときの態度がひどすぎて、宰相を初めとした有力者たちが強く諌めたらしい。そのせいか、しぶしぶまともに政務に就いている。

しかしブランシュとリザルディの結婚命令だけは断固として取り消そうとしない。

国王はやはり国王なのだ。

いかにブランシュが抗おうと、国王の発言が撤回されない限り、二人の結婚は現実のものとなる。

アルマンの宝はリザルディに奪われてしまう。そうなる前に彼を潰さなければ。

木陰でしばらく待つと、比較的整った装いのリザルディが屋敷から出てきた。

『ブランシュ様に恥をかかせないためにも、娼館に多めの金を渡して訴えを取り下げさせたほうがいい。貴方は身ぎれいになるべきだから、相談に乗る』

ハーロン侯爵夫人の口から、リザルディにそう伝言してもらった。彼は藁にも縋る思いでアルマンに会いに来たはずだ。

「金を貸してくれるのか」

開口一番、リザルディは言った。

「ええ、まあ……そのつもりでお会いしに参りました」

アルマンでさえ失笑してしまうほどの短絡的な問いだった。

金で解決さえできれば、あとは国王の命令どおりにブランシュと結婚できる。そのあとはゴッダルフ卿の金を使い放題だ。好きに遊べる、勝ち馬に乗れる……外見上だけは整った彼の顔には、そう書いてあった。

「このたびは大変なことになりましたね、リザルディ」

アルマンは大袈裟な同情を込めて、リザルディに告げた。

リザルディの身になってみれば、『娼婦ごときを突き飛ばしただけで、俺の人生は滅茶苦茶にされた。勝手に死にやがって』ということなのだろう。

しかも、家族は『運が悪かっただけ』のリザルディに手を差し伸べてくれない。

だからリザルディは、いったいどういうことなのかと怒り狂っていたに違いない。毒虫には毒虫の考え方が良く分かると、自嘲混じりにアルマンは思う。

「しかし驚きました。遊び慣れていらっしゃるリザルディ殿が……」

リザルディは地面に唾を吐き、やけになった口調で言う。

「少し支払いが遅れただけだ。うちの家族も融通が利かない。俺がブランシュ王女の夫になったら返すと言っているのだから、立て替えくらいしてくれてもいいのに」

アルマンは無言で腕組みをする。

――もう既に、ハーロン侯爵家の一年分の収入を肩代わりしたと聞いているが……高級娼館狂いが一人いれば、数年で名家を潰すというのは本当のことなのだな。

やはり毒虫は、人間の側にいないほうがいいのかもしれない。

自分も毒虫だからやるせない気分になるが、それが事実だと思う。

「あの娼婦だって俺に惚れていたくせに、お前はもう客じゃない、金を持ってこい、今日は帰れの一点張りだ、腹立たしい。ちょっと突き飛ばしたら死にやがって」

いくらツケを溜めたのだろう。それに娼婦が惚れていたのはリザルディではなく、彼から支払われる金なのに。本当に愚かだ。それ以外の言葉がない。

「先日ブランシュ様のところにいらしたのは、お金を借りようと思ってのことですか？」

アルマンの質問に、リザルディが露骨に嫌な顔をした。

「まあな。でも期待はしていなかった。ブランシュ王女に送られた金の大半は、国王陛下がくすねている。残ったわずかばかりの金も、あの王女が慈善活動とやらで使っちまって、くそ、どいつもこいつも！　俺の役に立つ人間はいないのか」

――ブランシュ様のお金の使い方には、お前と違ってちゃんと意義がある。俺はブランシュ様には金銭の使用方法など教えていない。なのにブランシュ様は、ゴッダルフ卿の手紙やリリアの話、書庫の古い本から、多くのことを学ばれるんだ。

アルマンは穢らわしさを肺から押し出すように、大きく息を吐いた。ずいぶんリザルディと会話をして、彼の吐き出した汚い空気を吸ってしまったからだ。

「それで、どうなさるのですか」

「親は『心を入れ替えなければ勘当する』と喚き散らすだけだ。金づるにもならん。だが陛下は、もめ事を起こした俺とあの女の婚約を取り消さないでくださった。急いでブランシュ王女と結婚して、未来の王配としてもらえるものはもらってしまおう。子供を作ればそいつが未来の王か。悪くないな、ははっ」

アルマンは心の中で冷ややかに断じる。

——させるわけがないだろう？

ブランシュの清らかな身体にこの男が触れるのは許せない。名前を口に出されるだけで、嫌悪で身悶えするほどなのだ。

アルマンは、リザルディを一瞥する。

——汚い男だ。

アルマンの目にリザルディの姿は、毒虫に……膨れ上がるまで血を吸っても離れない蛭型の虫に映っていた。

母と妹はブランシュを刺し続ける凶暴な雀蜂で、国王はブランシュを絡め取って放さない蜘蛛だ。

ではアルマンは何なのだろう。あの美しい身体に絡みつく蛞蝓だろうか。

想像したがピンとこない。自分のことは、意外と分からないものだ。

――リザルディ殿、残念ながら、ゴッダルフ卿は、お前の金の無心に応えてくれるほど甘くはないんだ……。

大学のカフェで出会った、飄々とした笑顔のゴッダルフの姿が浮かぶ。

『要らないものを全部片付けて、ブランシュをリヒタールの女王にしてくれるかね。そうしたら私はアルマン君を良き青年だと認めてあげよう』

紅茶にたっぷりと檸檬を搾りながら、ゴッダルフは言っていた。

『私の子供たちは皆、優しくて可愛い子供たちなのだよ。何人いても、どの子も私の宝だった。ブランシュは末娘の血を引く宝だ。だから私はリヒタール王を許す気はない』

ブランシュを決して引き取らず、王になれ、王になれと呪いを掛け続けるのと同じ口で、ゴッダルフはブランシュへの愛を口にした。

おそらく、どちらも本音なのだ。

ブランシュを家族として愛している。だが、手駒として壊れるまで使い続ける。

この怪物に人の話など通じない。前人未踏の巨大な経済圏を作り上げるまで、彼は満たされないのだろう。

『許さない相手に対して、ゴッダルフ卿はどう対処されるのですか』

アルマンの問いに答えず、ゴッダルフは檸檬を大量に搾った紅茶をゆっくりと飲み干し、満足げに息を吐いてから、ようやく口を開いた。

『自分で〝する〟か、信用できる人間に〝させる〟ところを、この目で確認する』なにを『する』のか、『させる』のかは、語られずとも分かった。

自らの手で殺さなければ、この毒虫が生き延びてしまう可能性がある。

人任せでは駄目だ。ゴッダルフの言葉は正しい。確実に消えてほしいならば、自分で消さねば。

アルマンは懐から、先ほどの柄だけの短刀を取り出した。柄には突起が三つある。

一つ目の突起を押すと、音もなく柄から長い針が飛び出すのだ。ゴッダルフお気に入りの『自分でするため』の道具だとハルベルトに聞いた。

「申し訳ないが、やはりアルマン殿に金を借りても焼け石に水だ。『身を引け』とうるさい親を黙らせて、一日も早く陛下のもとに馳せ参じる。俺の味方は陛下だけだ。ブランシュ王女の夫にさえなれれば、俺は救われたも同然だ」

リザルディが言いながらきびすを返す。アルマンは、その隙を見逃さなかった。

「ブランシュ様の名を呼ぶな」

アルマンはそう言うと、長針を腰だめに構え、リザルディの背中に深々と突き立てた。

「痛えっ！　何するんだよ……！」

アルマンは振り返ろうとするリザルディに構わず、素早く二つ目の突起を押す。中からたっぷりと『薬液』が放出されたはずだ。

「なんだ、なんか冷たいぞ」

そしてアルマンは、表情を変えずに三つ目の突起を押した。針が回転し、再び柄の中にしまい込まれる。

目を見開いたまま、リザルディはどさりと倒れた。

アルマンは殺しの道具を懐にしまい、地面にかがみ込んだ。

口の端に泡を吹いて、呼吸が止まっている。五分待つ。呼吸は復活せず、顔には死相が現れ始めた。

アルマンは、リザルディの骸を引きずり、こんもりした茂みの奥へと押し込む。執拗に押し込んだら、靴の先も見えなくなった。死んだあとは臭いがひどそうだが、ここには侯爵以外誰も来ないと夫人は言っていた。

——あれだけの恨みを買っていれば、誰が殺したかも分からぬまま終わるだろう。

アルマンは夕暮れの空を見上げた。

侯爵家では月に一度、庭の手入れをするそうだ。

そのときに、この雑木林から、暴れて家を出て行ったリザルディの死体が見つかるかもしれない。あるいはもっと先かもしれないが。

検死ができたとしても、死因は結果的に『麻薬中毒』とされるはずだ。

アルマンが注入したのは、死後数日経つと、体内で麻薬に代わる毒だからだ。

——いくらでも証拠を消して逃げ切れるな。

その間に、この国に君臨する最後の毒虫を潰すのだ。流れ作業のように考えたとき、脳裏にハルベルトの言葉が蘇る。

『お前は、気軽に殺しすぎなんだよ』

なぜハルベルトの嫌悪に歪んだ顔を思い出したのか。

あれが毒虫の姿を見た人間の正しい反応なのだ。

自分が異形であることは昔から自覚できている。

アルマンが犯している罪は不可逆的なものばかりだからだ。

殺すことに躊躇はない。それは今も変わらないはず。

それなのになぜ、妙に落ち着かない気持ちになるのだろう。

しばらく考え、アルマンは気付いた。

——ああ、嫉妬で殺したから不安なんだ。俺はブランシュ様の夫になる男が憎かった。

自分のために殺したから、こんなにも不安になっているんだ。

ブランシュがこのことを知ったらどう思うだろう。

母と妹を殺したあと、彼女は助けてくれてありがとう、と言ってくれた。

だが、リザルディまで殺す必要があったか、と問われれば悩ましい。

リザルディはまだ、ブランシュに直接的な害を為していないのに。

——だが、王の結婚命令が通ったら……俺はそれが嫌だった、ほんの少しでもブランシュ様に触る可能性があるあいつが嫌だった……！

急いで殺す必要の無いリザルディまで手に掛けるなんて、ハルベルトの言うとおり、確かに『気軽に殺しすぎ』だ。

ブランシュに今度こそ『怖い』と言われるかもしれない。嫌悪感を抱かれるかもしれない。掛けてくれた愛の言葉も、取り消されるかもしれない。

『さようなら、アルマン』

最愛の花が、もしも残酷な言葉を喋ったら……。

アルマンは目を閉じた。

――毒虫が毒虫らしく振る舞えば、人から愛されなくなるのは当然のことだ。ブランシュ様に望まれないのであれば、俺は消えるべきだろう。

――だけど、消える前にあの子に約束の本を貸して、大学でやり残した仕事を片付けて、医学部と児童病院の連携も図らなければ。児童病院への出資についても父上と相談しなければ。急ぎたい、あの子たちには早急に新しい治療を施してやりたい。それから、ブランシュ様とも話したいことがまだある、大学の仲間にも……。

アルマンは視線を泳がせた。

いつの間に、こんなにも『アルマン・レンハルニア』の人生に未練が増えたのだろう。

今までは全部手放して消えても平気だった。

ブランシュの平穏を確かめたあとは己も始末すればよいと、心の底から思っていたのに。

アルマンは己が消えた世界を思い浮かべた。

『昔好きだった人がいたけれど、もう死んでしまったのよ』

ブランシュがそう言って、見知らぬ男に手を取られて微笑む姿が見える。彼女は優しく美しい女性だ。必ず新たな男が現れ、清らかな愛を彼女に捧げるだろう。

……想像するだけで吐き気がする。

自分が消えても他の男の手を取らないでほしい。

冷や汗に塗れ、アルマンは夕刻の庭に立ち尽くす。

激しい欲望は、同じだけの感情を引きずり出す。

ブランシュに狂おしい恋情を抱き、果てのない欲望を知ったアルマンの心に、人として扱われたい、人を想い続けたいという感情が生まれ始めているのだ。

身体が震えていた。消えるのが怖い。ブランシュを残して、他の人間との約束を果たさずに消えるのが怖い……。

——毒虫の分際で、俺はなにを……。

◆

このところアルマンが訪れてこない。もう六日も会っていない……。

毎日とは言わないまでも、訪問が三日と空くことはなかったのに。

リリアが『レンハルニア邸と大学を往復して忙しいようだ』と教えてくれたが、それでも、結ばれてからこんなに会えないのは久しぶりで、胸が塞いでいた。

——何の連絡もないし、どうしたのかしら。本当にただ忙しいだけ？

心配していた夕刻、扉が叩かれる音がした。

児童病院の経理書類を見ていたブランシュは、弾かれたように顔を上げる。

リリアが扉に歩み寄り、「どちら様ですか」と誰何した。

「俺です」

アルマンの声だ。ブランシュは顔を輝かせて立ち上がる。

リリアは無言で扉を開けると、アルマンを室内に招き入れ、一礼して部屋を出て行った。

「アルマン！　会えなくて寂しかったわ」

ブランシュはアルマンの胸に抱きつく。けれど彼の腕は抱きしめ返してはくれなかった。

——アルマン……？

不審に思い、ブランシュは顔を上げた。

「……申し訳ありませんでした。片付けてしまいたいことがあったので」

答える彼の声は暗い。ブランシュも表情を翳らせて、彼の言葉に頷いた。

「そうなの……忙しかったのね……でも元気がないわ、何かあったの？」

「申し上げて良いものか」

答えたアルマンが薄く笑う。精巧にできた仮面のような笑みだった。様子がおかしい。

ブランシュは手を上げて、アルマンの頬にそっと触れた。

「言ってちょうだい、何を言われても多分驚かないわ」

「リザルディ殿を殺しました」

アルマンの言葉にブランシュは凍り付く。

何を言われたのかゆっくりと頭の中で咀嚼（そしゃく）し終えたとき、背筋に一筋の汗が流れた。

「……どうして？」

ブランシュの問いに、アルマンの表情がますます翳る。

「リザルディ殿はまだ貴女になんの害も為してはおりません。ですが、自分の感情を宥めるために殺しました」

アルマンの瞳に浮かぶ異様な光に、既視感を抱く。

『貴女にたかる毒虫は全て俺が排除いたします』

ブランシュを食い尽くさんばかりの、怒りの光そのものだった。

「どうして」

重ねて尋ねる声が震えてしまう。アルマンは眉間に皺を刻み、ブランシュから顔を背けた。

「貴女に触るかもしれない」

「え……？」

「王が許せば、リザルディ殿は絶対にここに乗り込んでくる。何が何でもゴッダルフ卿の金が欲しい、貴女の夫の地位が欲しい男なのです。あいつは周囲からどんなに疎まれ見下されようとも、王の許可を大義名分として貴女の『夫』の権利を行使したでしょう」

握り締めたアルマンの拳が震えている。

こんなに取り乱した彼を見たのは初めてだ。

「どうしても嫌だ、あんな男に触れさせてなるものか」

「アルマン、落ち着いて」

「嫌なのです、あいつが貴女に近づくことすらも許せない」

アルマンの目には炎のような光がちらついていた。

その炎が、ブランシュの心をあやしく炙る。

吐き出す息が、わずかに熱くなったのが分かった。

なぜ己が昂るのか、今なら分かる。アルマンの狂気に独占されることが嬉しいからだ。

嬉しくて嬉しくてたまらない。

脳裏に串刺しになった蛙が浮かんだ。

あの日のアルマンとの交合が身体に蘇る。身体中むしゃむしゃと食べ尽くされるように激しく抱かれて、とても苦しくて、気持ちよくて、嬉しかった。

サイーデやレアに嬲られて、心がじわじわ腐っていくよりも、愛する男に貪り尽くされて、取り返しの付かない未来へ転げ落ちるほうがずっといいと思った。

ブランシュは、アルマンが愛してくれるならどうなってもいいのだ。

狂うほどに愛されているなら、どんな結末を迎えても嬉しい。

「アルマン……そんなに手を握り締めたら怪我するわ、指を解いて……」

拳を包み込んだまま優しく言うと、アルマンはようやく震える拳をゆっくりと開いた。

掌に傷ができ、赤い血がかすかに滲んでいる。

「貴方はたくさん字を書くのでしょう？　手を怪我したらいけないわ」

そう言って、ブランシュは大きな掌に頬を寄せた。

「ブランシュ……様……汚れます……」

「汚くないわ……全然……」

そう言って、血で汚れた掌にそっと頬ずりする。

これほどの激情をもって愛されたことが幸せだ。

もう自分は完全に壊れている。リザルディの死を悼む心も、まるで生まれない。

ただひたすらにブランシュを欲し、熾火のような嫉妬を滾らせるアルマンが愛おしいだけだ。

「殺したくて殺したのです。貴女のためですらなかった」

アルマンの声は掠れていた。

ブランシュは頷いて、血でわずかに汚れた頬で微笑みかけた。

「嬉しい……もっと独占して……」

アルマンが形の良い目を瞠る。

「ブランシュ様、今……なんと……」

「だってお父様は、私が汚い男に毎晩犯されて、泣き叫ぶことをお望みなのよ」

父の醜悪な姿を思い出したら笑いが込み上げてきた。

『あの女が、毎晩ろくでなしに組み敷かれ、穢され犯されて、昼間は作り笑いで聖女ぶるのを皆で笑おうではないか！　高慢な女は地獄に落とせ！』

父がリザルディとの結婚を強要したのは、嫌がらせではない。娘の不幸を願っていたからでもない。

あれは女色に狂った父の、歪みきった性癖なのだ。

おぞましくて深く考えたくなかったけれど、父は、娘が汚穢（おわい）のような男に毎夜強姦されて、死を希いながら生きる姿が見たくてたまらないのだ。

――嫌、嫌、嫌……お父様もお父様が選ぶ男も嫌……。

アルマンは何も悪くない。

自分にまとわりつく不気味な虫を一匹、遠い遠い場所に追い払ってくれただけだ。

「気持ちが悪いわ、お父様は」

父の青白く膨れた顔を思い出したら、笑いが止まらなくなった。

突如笑い出したブランシュの肩を、アルマンがそっと引き寄せる。

「いかがされました、ブランシュ様」

愚かすぎる父がおかしい。どんなにおかしいかアルマンにも教えてあげなくては。

「お父様は、毎夜犯され貶められた私が、無理やり平気な顔を作って慈善活動に励む姿が見たいと仰ったの……ああ、おかしくて気持ち悪いお父様……」

あまりのおぞましさに身体を脱ぎ捨ててしまいたくなる。

きっと母も同じ目に遭ったのだ。

母に生き写しのブランシュも同じ目に遭わせて、陵辱と望まぬ妊娠にのたうちながらも人々のために尽くす姿を『堪能』したいのだろう。

アルマンが、ブランシュの言葉に目を瞠る。

「ブランシュ様、それは……」

「ね、おかしいでしょう？　思い出すたびに笑ってしまうの」

笑いがいつしか嗚咽に変わる。息が上手く吸えない。

「い……や……本当に……おかし……」

涙がぽつぽつと胸に落ちる。ブランシュは愛しい男の顔を見上げながら、引きつった声を振り絞る。

「リザルディ様がいなくなっても、お父様は新しいろくでなしを探して私の夫に据えようとなさるでしょうね。リザルディ様は高級娼館に夢中で私を顧みもしなかったけれど、新しい男は、きっと婚約者の名の下に、堂々と私を犯しに来るわ」

ブランシュは泣きじゃくりながらアルマンに縋り付いた。

「……嫌なの、他の男に犯される前に、アルマンの赤ちゃんをお腹に授けてちょうだい。貴方がいいの、貴方が好き。お願い、貴方以外の男に私を触らせないで」

「俺は嫉妬でリザルディ殿を殺した、大義名分を失ったただの毒虫です。人に似た特別な毒虫にはなれなかった」

ブランシュを抱きしめ返さず、アルマンが言う。

「私は、アルマンだけに独占されたいのよ」

広い胸に縋ったままブランシュは言った。

「俺は、ただの人殺しで……ございますが……」

冷え切った胸から、重たい心臓の音が伝わってくる。ブランシュはぼろぼろと涙をこぼしながら言った。

「許すわ。だってアルマンは、私にたかる毒虫とやらを全部排除してくれるのでしょう？　私を苛む人から、私を助けてくれるのでしょう？」

ブランシュの腕の中で、アルマンがずるずると頽れた。床に膝をつき、顔を覆っている。アルマンの頭を胸に抱きしめ、ブランシュは優しい声で言った。

「助けてもらった私も同罪なのよ。大丈夫、貴方だけが悪いのではないわ」

「いいえ、罪は俺だけのものです」

ブランシュは頭を抱く腕を緩め、力なく首を振ったアルマンの前に膝をついた。

「私は自分を守ることすらできない弱い人間なの。サイーデに殴られ、暴言を吐かれ続けていたときだってそう。助かりたければ、本当は自分の手で、貴方がしてくれたのと同じことをすべきだったのよ」

アルマンが顔を上げ、愕然とした表情になる。

「貴方は無力すぎる私の代わりに戦ってくれたの。愛しい人が助けてくれるなんて、こんなに感謝すべきことがあって？」

アルマンの手を取り、彼の目を正面から見据えながらブランシュは言った。

「私に力が足りなくてごめんなさい、助けてくれてありがとう、アルマン」

「いいえ、違います。俺は……もっと昔から、ただブランシュ様を俺のものにしたかっただけなのかもしれない……」

喘ぐようにアルマンが言う。

ブランシュは微笑んで頷いた。

「嬉しい。私もアルマンに私を全部捧げたいわ。他の男の人は嫌」

アルマンの震える腕が伸び、ブランシュの身体を優しく抱きしめる。ブランシュは大きな背中に腕を回して、もう一度繰り返した。

「どうか忘れないで。貴方のしてくれたことは全部、本来私がすべきことだったのよ」

ブランシュの温もりを確かめるようにそっと抱擁したまま、アルマンが言った。

「いいえ、俺は俺の意思で、貴女を他の男には触れさせないと決めました」

背に回された腕に力がこもる。

「ブランシュ様、最後の毒虫もいつか俺が潰します」

それが何を意味するのか、無知なブランシュにもよく分かった。

青くむくんだ顔で娘にわいせつな言葉を吐き散らしたあの男。彼がいる限りブランシュに真の自由はないのだ。

　ブランシュは父の改心を永遠に祈らない。

　祈りながら踏み潰されるのはもう嫌だからだ。

「……ええ、でもそれは、私と貴方で一緒にするのよ。貴方一人じゃないわ」

　アルマンはそっと身体を離し、ブランシュを見つめて微笑む。その笑顔はいつになく晴れやかだった。

「俺を受け入れてくださるのですね、これからも」

「当然よ、私は貴方を愛し……」

　言い終わる前に唇が塞がれた。

　――ああ、よかった……どうか傷つかないで。貴方は本当に何も悪くないのよ。

　ブランシュの身体が軽々と抱き上げられ、寝台にそっと座らされた。

　アルマンの手がドレスに掛かり、慣れた手つきでブランシュの素肌を露わにしていく。

「愛しております、ブランシュ様。貴女に触れる男、貴女を踏みにじる存在を、やはり俺は許さない……貴女は、俺だけの美しい花だ」

　飢えたようなアルマンの声に、目もくらむような悦びを覚える。これから愛し合える。精を注がれ骨の髄まで貪られるのだ。そう思うと、嬉しくてたまらなかった。

「そうよ……そう……私はアルマンだけのものよ……」

　ブランシュもアルマンも、たちまち一糸纏わぬ姿になった。

アルマンは枕元の水で脱いだシャツの袖口を濡らし、ブランシュの頬に残った血を拭ってくれた。

「さ、俺の膝の上においでください」

ブランシュは頬を染めて乳房を隠したまま、悪戯な仕草でアルマンの背中を覗き込む。

「何をなさっているのですか」

「本当にくっきりと痣があるわ」

背に見える三つ叉の矛の痣を見て言うと、アルマンが笑って、ブランシュの身体をひょいと膝の上に乗せてしまった。

「まだ痣のことを気にされているのですか」

「そうね……私たちの赤ちゃんにはあってほしいわ。余計なことで悩まずに済むから」

胸を両腕で覆ったまま言うと、アルマンは優しく微笑んだ。

「俺に痣がありますから、俺たちの子にもきっと痣があります。ブランシュ様の美しい肌に余計なものが残らなくて良かった」

「アルマンたら、そんなお世辞はいいのよ」

ブランシュは、全裸のアルマンにそっと寄りかかる。

肌と肌が触れあって、とても温かかった。

アルマンの側がいい。アルマンの側が一番自分らしく振る舞える。

うっとりとアルマンの温もりを味わっていると、額に口づけが降ってきた。

「お世辞ではありません、ブランシュ様はもぎたての果実のようにみずみずしいではありませんか」

アルマンの掌がブランシュの裸の背中を撫でる。

淫靡な熱が、身体の奥でじりじりと燃え立つのが分かった。

「美しい果実に余計な模様など要りません。ああ、また欲しくなってきた。貴女がどれだけ美味しい果実なのか、俺が一番よく知っていますから」

アルマンの手が伸び、ブランシュの身体を引き寄せる。

「俺の脚にまたがってください」

頬を染めたままブランシュは素直にアルマンの両脚をまたぎ、膝立ちになった。

乳房をアルマンの目の前に晒してしまったが、隠さなかった。ブランシュの身体は余すところなくアルマンに愛されている。

もう、アルマンが味わっていない場所などないからだ。

「腰を落として、貴女のここで俺を咥えてください」

ブランシュはちらりと視線を落とした。秘めやかな夜に、ブランシュを啼かせる愛しい分身は、アルマンの引き締まった腹に付きそうなほどに反り返っている。

「俺を抱いてください、美味(おい)しい果実のお姫様」

ブランシュは素直に頷き、ゆっくりと腰を落とす。優しく雁首を摑んで、秘裂に触れさせた。

「痛かったら言ってね」

そう言うと、顎に口づけされた。大きな手がブランシュの腰を掴んでくれる。きっと体勢を崩しても大丈夫なようにとの、彼の気遣いなのだ。

ブランシュも額に口づけのお返しをしながら、ゆっくりと腰を落とした。

ああ、もうすぐ繋がれる。もうすぐ愛しい人と一つになれる。

花唇から透明な蜜が糸を引いて垂れた。

蜜口が、その先の襞の道がアルマンを呑み込もうとわずかに開く。欲張りな身体が『早くちょうだい』と身悶えんばかりに震えた。

先端が襞に触れた刹那、乳嘴が目を覚ましたように硬く凝る。

「……っ……は……」

甘い吐息がブランシュの喉から漏れた。

蜜がたらたらと流れ落ち、ずるりとアルマンの先端を呑み込む。

雁首の部分を自分の膣内に挿れただけで、悦びに内股が震え出す。

――私は、アルマンなしでは生きられない身体なんだわ……。

アルマンの妄執に焼き尽くされたブランシュに残ったのは、ただ愛だけだった。

貞操も心も全て彼に捧げた。赤子も、たとえ命と引き換えにでも産む。

それがブランシュがアルマンに捧げる愛だ。他にもまだまだ捧げられる愛はあるかもしれない。見つけるたびに、全部アルマンにあげよう。

そう思いながら、ブランシュはアルマンに口づけた。

——ああ……好き……。

「さあ、焦らさずに早く」

アルマンの低く艶のある声には、拭いがたい獣欲が滲んでいた。

「ん……んっ……」

早く奥まで繋がりたいのに、硬く締まった道はなかなかアルマンを咥え込めない。

「大きい……わ……」

息を弾ませながら言うと、アルマンの手が尻の左右の膨らみに掛かり、ブランシュの陰唇を大きく開かせた。

「あ……！」

強引に割り広げられた蜜窟に、熱い肉杭がずぶずぶと押し入ってきた。

身体を開かれる違和感と、アルマンの肉に触れた喜びで、ブランシュの身体があやしく疼く。

「い、いや……深い……あぁ……！」

どこまでもずぶずぶと沈んでいく杭に、頭まで貫かれそうな気がした。体位が変わるだけで、こんなにも身体の受け取る快感が違うのか。ブランシュは乳房をアルマンの胸に押しつけ、情けない声を出して啼いた。

「ひぃ……アルマン……だ……だめ……！」

「怖くはありません、ブランシュ様、いつもどおりです」

尻がアルマンの腿に触れる。

全部入ったようだ。呑み込んだ雄杭がお腹の奥を押し上げて息が苦しい。

「串刺しに……されたみたい……」

「大袈裟な、俺のはそんなに立派ではありません」

アルマンが楽しげに笑い、怯えて震えるブランシュに口づけた。

「なにを処女のようなことを仰るのです？　俺の身体に慣れてくださったのでは？」

淫溝を穿たれた姿勢で、下から揺すり上げられ、ブランシュの胸が厚い胸板との間で潰され、くねるように形を変える。

「は……だめ……揺するの……あぁ……」

乳房を上下させながら、ブランシュは揺すらないでくれと懇願した。

敏感になった乳嘴がアルマンの肌に擦られ、むずがゆくて熱くて涙が滲んでくる。繋がり合った場所からぐちゅぐちゅと音がした。嬉しい嬉しいと涎を垂らし、ブランシュの身体が貪欲な音を立ててアルマンを食んでいるのだ。

浅ましくも淫らな音調に、ブランシュの呼吸が乱れ始める。

「揺するの……だめ……」

「ではブランシュ様が俺を可愛がってください」

ブランシュは太い杭を呑み込んだまま、何度も頷いた。

「ええ、アルマン、分かった……こう……?」

膝をつき、震える脚で身体を支えて、ブランシュは身体を上下させる。

「あ……ん……っ……」

抑えようとしたのに、媚びた声が漏れる。不器用にのろのろと身体を弾ませるブランシュに、アルマンが囁きかけた。

「母と妹を始末したことを受け入れてくださるのですね」

罪深い問いに、一瞬だけ動きが止まりそうになる。アルマンの手が、もっとしてくれとねだるようにブランシュの腰を摑んで揺さぶった。

「ふ……あ……っ……も、もちろん……もちろんよ……」

数回身体を弾ませただけなのに、蜜窟が切なくうねった。

自らの呼吸音がやけに大きく聞こえる。乱れた呼吸に乳房も揺れた。ぬるぬるになった杭にむしゃぶりついたまま、ブランシュは再び身体を揺する。

「ん、アルマン……これで……気持ちいい……?」

自分のほうは言うまでもない。お腹の奥からとめどなく蜜が溢れて、身体中が熱い。息を弾ませながら、ブランシュは必死で愛しい男の身体に奉仕した。

「ねえ、気持ちいい?」

ブランシュの尻に指を這わせながら、アルマンが尋ねた。

「はい、気持ちいいです。貴女がいやらしい声を我慢しながら、自ら股を開いて性交して

くださるのは最高ですね」

「い、いや、はずかしいこと……あ……っ……」

いつの間にやらしっかりと尻肉を摑まれていた。ブランシュの秘芽と、アルマンの下生えが強引に擦り合わされる。

「あぁぁぁっ」

突然の強い刺激に、ブランシュの目の前に白点が散った。いかないように、まだ動けるようにと堪えていた悦楽が、一気にはじけ飛ぶ。

「あ……あぁ……」

ビクビクと引き絞られる蜜窟から、尻を伝って熱い滴が流れ落ちる。ブランシュはぐにゃりとアルマンの身体に寄りかかり、息も絶え絶えに言った。

「あ、私、私……っ……」

身体中から汗が噴き出す。蜜窟はブランシュの意思とは裏腹にぎゅうぎゅうと狭窄(きょうさく)したままだ。

「達してしまわれたのですか？　分かりますよ」

優しい声で囁かれて、ブランシュの顔が焼けるほど熱くなった。

「ごめん……なさい……だって……」

大きく開いた脚の、腿の内側がぶるぶると震える。

「もう少しお付き合いください、可愛いお方」

果てたブランシュの身体を揺すりながらアルマンが問う。

「リザルディ殿を殺した俺のことも許してくださるのですね」

「ひぁ、ああ……っ」

いまだにびくびくと痙攣（けいれん）している陰路を強引に擦られて、ブランシュは胸にもたれたまま悶えた。達している途中に強い刺激を加えられ、目と口から熱い水がしたたる。

「あ、あ、だめ、だめ……いってるのに……っ……」

「許してくださるのですよね？」

「許すも……なにも……私には、アルマンしか……ひぃっ」

がしりと腰を摑まれて身体を上下に揺すられる。

ブランシュは仰け反り、乳房をゆさゆさと揺らしながら嬌声を上げた。

「突くの……だめぇ……あぁ、もう、も……う……」

激しすぎる快楽から逃れたいのに、巧みに絡め取られた身体に自由はなかった。もがけばもがくほど、くちゅくちゅという恥ずかしい音が強くなる。

「お答えください、俺は許されたのですよね」

「わた……し……わた、し……アルマンしか、う……」

絶頂感が収まらない。下腹を波打たせるブランシュの身体が、寝台に押し倒された。貫かれたまま大きく股を開かされ、恥ずかしさにブランシュは顔を覆う。

「ブランシュ様は、なんと良い香りがするのでしょう」

アルマンが覆い被さってきて、二本の指でブランシュの乳嘴をつまんだ。

「やぁっ、あ……いや……いや……」

痺れるような快楽が乳房を駆け抜け、繋がり合った場所がますます収縮する。

「このようにゆっくり動くのもお好きでしたね」

蜜が滴る秘裂を、焦らすように肉杭が前後する。抜かれるたびにブランシュの腰が浮き、突き入れられるたびに喉からは甘い声が漏れた。

「は……ぁ……」

涙と涎でぐしょぐしょになった顔で、身体を弄ぶアルマンを見上げる。泣き乱れるブランシュと違い、アルマンは汗ばんでいるだけだ。

抽送のたびにぬちぬちといやらしい音が聞こえ、ブランシュの羞恥心を否が応でも煽る。

「俺の嫉妬を許すと仰ってください。リザルディ殿をこの手で葬るまで収まらなかった、このどうしようもない嫉妬深さを」

「あぁ……！」

再び乳嘴をつままれ、ブランシュは淫らに脚を開いたまま、アルマンの身体の下で仰け反った。

「最初から、許して……あ、ひ……っ」

呑み込んだ怒張はますます硬くなり、蜜音を立ててブランシュの身体を穿つ。

「あんっ、あっ、あ……」

目もくらむ快感にブランシュは自ら腰を振り立てた。己が上り詰めていくのが分かる。

「ご自分でこんなにいやらしく動かれるとは」

言葉と同時に、奥深くを力強く突き上げられる。アルマンをしゃぶる蜜襞がきゅっと収縮した。

「もういや……私また……いく……っ……」

結った髪が乱れるのも構わずブランシュはいやいやと首を左右に振った。

繋がり合った場所からはおびただしい蜜が溢れてくる。

「他の毒虫も潰してよろしいですね。殺し続ける俺を許してくださいますか」

ぐりぐりと接合部が押しつけられ、ブランシュは戦慄く脚で敷布を蹴った。

「ああっ、これ、だめぇ……っ」

「許してくださいますね」

「ゆる……す、から……あああ……」

下腹部全体が雄の精を搾り取らんと再び強くうねった。

「いっ……いく」

アルマンが身を乗り出し、背を反らせたままがくがくと膝を震わすブランシュに口づける。口づけは、汗の味がした。

唇と秘部の二箇所に侵入を許しながら、ブランシュは身体を焼くような絶頂感に身を任せた。

呑み込んでいた鋼杭がどくどくと脈打つ。ブランシュの腹の中におびただしい雄の欲が熱くまき散らされる。息を乱したアルマンが、唇を離して独り言つ。

「俺だけです……俺だけが貴女のここに……」

苦しげに言い終え、アルマンはブランシュを抱擁した。彼の分身はまだブランシュの中で精をまき散らしながらのたうっている。

力の入らない腕で抱きしめると、アルマンが体重を掛けないようにブランシュを抱きしめ返してくれた。

「貴女のことは誰にも穢させません」

ブランシュは安堵して素直に頷く。

「ですから俺を愛してください。これからどれだけ毒虫を潰しても、どうか愛してください」

ブランシュはまた頷いて、広い背中を優しく撫でた。

——私の全てを貴方に捧げるわ……。

腹の奥へと愛し合った証が広がっていく。ブランシュの肉体はそれを貪欲に啜り、やがて弛緩した。

アルマンがいかなる罪を犯してもブランシュは許し続ける。共に裁かれる日が来ても受け入れる。ブランシュの全てはアルマンに捧げたのだから。

——貴方も私に全てをくれた……同じなのね、聖書に書いてあったとおり。神様の教えにも真実はあるのね。

アルマンはブランシュのために、ブランシュのそばに居続けるために、毒虫と呼ぶ人間たちを消してくれたのだ。焦げ付くような愛おしさが胸に込み上げてくる。

心の奥に咲く真っ赤な薔薇が、甘い芳香を振りまいた。

「早く……赤ちゃんが欲しい……アルマンの赤ちゃん……」

ブランシュは、汗に濡れた身体をアルマンに擦りつけながらねだった。人がましい言葉など何も浮かばない。本能がそのまま唇から溢れ出す。

「ご奉仕させていただきます」

冗談めかしたアルマンの言葉に、ブランシュは口づけで応えた。

――嬉しい……。

たくさんの人たちがブランシュとアルマンの周りから『消されて』いく。けれど罪悪感も背徳感もない。痺れたようになにも感じない。

――私も同じ場所に堕ちるわ。大丈夫、ずっと一緒よ、アルマン……。

ブランシュの心も身体も、愛しい雄の全てで満たされていた。

◆

リザルディが国王の召喚に応じず行方をくらましてから、半月が過ぎた。

──まだ見つかっていないようだな。

アルマンは石榴石の祈り紐をぼんやり見つめながら思う。もう彼に対して思うことは何もない。ブランシュには、新しい金の祈り紐を贈った。女王にふさわしい豪奢な品だ。彼女は『人前でお祈りするときに使うわ』と、笑顔で受け取ってくれた。

今はもう、ブランシュに近寄るな、親切にするな、あれは畜生以下の存在だと喚き散らす毒虫たちもいない。

何を贈ってもブランシュは笑顔で受け取ってくれる。

そう思うと、柔らかな花の香りが胸に広がる気がした。

激怒した国王は、数日前にハーロン侯爵夫妻を王宮に呼び出した。

だが夫妻は『息子のことはお見捨てになってください』と言うばかりだったらしい。

謁見は、怒り狂った国王が『もういい、別の男を探させる』と侯爵夫妻を面罵し、散々な状況で終わったという。

──うちの使用人たちが面白おかしく国王の醜態を噂している時点で、惨憺たるありさまだったのだろうな。

王の評価は下がる一方だ。

伝わってくる噂のいずれもが芳しくない。『ひどい国王』を戴くリヒタールの民は、『お姫様が王位に就いてくれたほうがまし』と文句を言い始めている。

アルマンが手伝い始めた児童病院での慈善活動は順調だ。

今日も時間を見つけて顔を出している。

ブランシュは、月に一度程度の外出しか認められていないから、彼女の分を埋め合わせるために、アルマンは、時間があれば病院を訪れ、足りない様々な日用品やそれなりの献金、子供たちの遊び道具を届けている。

もちろん王立大学の医学部との折衝役も真面目に果たしている。

大学にはとにかく金がない。児童病院を助ける余裕がないのだ。そこをレンハルニア侯爵家が後援するという形で話は纏まりつつある。

顔に大きな腫瘍のある少年の病にも、少しだけ希望が見えてきた。

確実に治癒できるかは分からないが、腫瘍の進行を止めるかもしれない薬が見つかったらしい。

それが少年の人生にどのような幸をもたらすのかはまだ分からない。

だが、投げかけられるのが光であればいいとアルマンは思った。ブランシュ以外の人間に対して『幸あれ』と願うのは初めてだった。

「まだ本が読めるんだね」

少年のまだ開いている片目に少しだけ涙が滲む。

「また貸してあげるよ」

「今度は推理小説がいいな……面白いのある？」

少年が遠慮無く読みたい本を頼んでくれる。この関係性は悪くない。願わくば末永く続きますようにと思いながらアルマンは答えた。

「今日帰ったら、俺が面白いと思ったものを選んで、ここに届けさせる」

「薄っぺらい本はいやだ、分厚いのにして」

「……君は本を読むのが速いんだな」

アルマンはそう言って、少年の柔らかな髪をそっと撫でた。

毒虫の自分を戒めることなく、人に触れようなどと思うとは。やはり欲望は感情を引きずり出すのだ。

ただし引きずり出される感情を選ぶことはできない。

度を越したブランシュへの独占欲が、なぜか病の少年を労り、見守ろうという思いをアルマンの心に生じさせたのだから。

アルマンは新たに知った感情のままに、少年に小指を差し出した。

少年が細い指を差し出し返しながら、明るい声で笑った。

「本当は指切りは毎回しなくていいんだよ、最初の一回でいいの。アルマン様は、本当に面白い人だね」


児童病院での慈善活動を終えて自宅に戻ると、父がぼんやりと煙草をくゆらせていた。

卓の上には複数の新聞が放り出されている。

いずれもリザルディが行方不明であることや、役人の誰かが漏らしたとおぼしき、ブランシュ王女への国王の暴言についてが取り沙汰されている。

「父上が国王陛下のことを気にされるのは珍しいですね」

長い長い間、浮世を捨てて引きこもっていたのに、なぜ今更、熱心に国王のことを調べているのだろう。

「別に陛下のことを調べているわけではない。あの方は昔から酒にそれほど強くない体質であられた。このままでは早晩内臓をやられてしまうだろうに」

そう言って父は煙草の火を消す。

「では、誰のことを……」

アルマンは新聞に目を走らせる。

他にはリザルディの問題行動と、普段目立たず引っ込んだままのブランシュ王女が、国王に抗い、結婚を受け入れないと宣言した話が書かれている。

「王女殿下はご自分で伴侶を選ばれるのだろうか」

「ええ、おそらく……」

「殿下はお元気でいらっしゃるのか。多少は幸せに過ごしておられるのか」

独り言のように父が言う。アルマンのほうは見ていなかった。

なぜ父がブランシュのことを気に掛けるのだろう。不思議に思ったとき、父が言った。

「もしお前が王配候補に名乗り出たいなら、後押しくらいはしてやる。お前は私に恥をかかせて苦痛を与える息子ではなかった。この世に生まれ落ちたのはお前のせいではない。これからも私を父親として利用していい」

そう言って父は置かれた水を飲んだ。感傷的な表情だ。何を思い出しているのだろう。

――頃合いかな。

アルマンは、父の表情を見計らって切り出す。

「父上、そういえば、母上やレアの肖像画は廊下に飾らないのですか。この間訪れてきた衣装屋が、なぜ奥様方の遺影がないのかと不思議がっておりました」

暗に『他人に無用な詮索をさせるのはやめよう』と告げると、父がはっきりと不愉快そうな顔になる。

「いらない、あの二人の絵など飾っては気が滅入る」

そう言って大きくため息をつくと、珍しく厳しい声で父が言った。

「国王陛下とあの女に、私の人生は歪まされたのだ。普通の妻と子に囲まれ、平穏に暮らす生活が永遠に失われたのだからな。そればかりではない。あの男には、何度屈辱を味わわされたことか……」

その声には、鬱屈した怒りが宿っていた。やはり父の国王に対する憎悪は深いのだ。

母のような下劣な女と、腹に入っていたアルマンを押しつけられた挙げ句、槍で脅されて人前で王妃との性交を強いられ、誰が許すことができるだろうか。

できるはずがない。今でも憎いはずだ。父の心の亀裂がはっきりとその輪郭を現す。

アルマンの口元に静かな笑みが浮かんだ。

——一生燻り続けるのは不幸ですよ、父上。自分や、自分の愛する人の幸福を食む毒虫は、自分の手で潰すのが何より心地いいのです。教えて差し上げます。

アルマンは、不快さを耐えるように拳を握る父に言った。

「リザルディ殿は俺が殺しました」

眉間に皺を刻んでいた父が、弾かれたように顔を上げた。

「今……なんと……」

「リザルディ殿は俺が殺したのです。ハーロン侯爵ご夫妻にご協力いただきました」

「……なぜ、そんな話を私に聞かせる」

父の顔から色が失せていく。アルマンは微笑んだまま、ゆっくりと父の心に毒虫の牙を突き立てた。

「ブランシュ様は今も昔も、俺の宝です。それをリザルディは穢そうとしていた。ゴッダルフ卿の金目当てにです。国王陛下の許可があるのをいいことに、いつブランシュ様を強姦してもおかしくない状況でした。ですから俺は、息子を処分したいと仰る侯爵ご夫妻と共謀して、彼を葬りました」

父の喉仏が上下する。

ハーロン侯爵家は、レンハルニア侯爵家が曾祖父母の代から懇意にしてきた家だ。

そしてアルマンは、世間的には『レンハルニア侯爵の実の息子、跡継ぎ』なのである。

父の立場では、アルマンの犯罪を生半可な覚悟で告発することはできない。

それが分かっていて、あえて聞かせたのだ。

「そんな話を聞きたくはなかった。冗談だと言ってくれると嬉しいのだが」

掠れた声で父は言った。震える手で煙草に火をつけ直そうとする父に、アルマンは告げた。

「いえ、聞いていただいて、父上にもいい気分になってもらおうと思ったのです」

「何がいい気分だ、馬鹿者……お前はサイーデとレアだけでなく、リザルディ殿まで」

片手で力なく顔を覆った父に、アルマンは小さな瓶と、薬包を差し出した。ハルベルトの伝手で用意してもらった品だ。

「父上も、憎い人間は自分で潰されてはいかがでしょう」

煙草の先を灰皿にこすりつけながら、父が信じられないとばかりに首を横に振る。

「お前はさっきから何を言っている。頭痛がしてきたからやめてくれ」

「親孝行……のつもりなのですが、お聞きいただけますか？」

父は、勝手にしろとばかりに長椅子の背もたれに寄りかかった。疲れた顔をしている。

「この瓶の中身を果汁に混ぜて、陛下のお見舞いにお持ちください。もう酒はお控えくださいと言いながら、その果汁を二人で飲み交わすのです。私は昔からの友人、陛下のお味方ですとでも仰ればよろしい」

父は何も言わず、薬瓶と薬包に目をやる。

「ただし父上は、その果汁を飲む前に包みの中の薬を飲んでからお出かけください」

「……解毒剤なのか？」

話が早い。アルマンは頷き、父の目を見てはっきりと言った。

「はい、数日後に心臓が止まる毒と、その解毒剤です。この毒は、まず健康な父上や毒味の者には効かないでしょう。ですが、酒毒でぼろぼろになった身体には覿面だろうと、分けてくれた人間が言っておりました」

「なるほどな……」

父がため息をつき、アルマンに視線を向けた。

「どうか、父上の人生を踏みにじった者に復讐を」

父の薄茶の目に浮かぶ光が、だんだんと強くなる。いつしかその目は、アルマンを凝視していた。

ハーロン侯爵夫人と同じだ。もっとその話を聞かせてくれと、強く乞う瞳。

「俺はブランシュ様を傷つける者が憎くてたまらなかった。だから、か弱いブランシュ様の代わりに、己の手で片付けたのです。ですが父上は男でしょう。しかも名目上は『国王陛下の幼なじみ』ではありませんか。これほどに目的を達しやすい条件が揃っているのですから、容易ですよ」

父はアルマンの顔ではなく、卓上の毒を凝視していた。

もう少しだ。

アルマンは静かな声で父の心に最後の毒を注ぎ込んだ。

「陛下には愚かな王のまま終わってもらいましょう。万が一にも酒中毒から回復されて改心なさり、最後は良き王として国民に慕われて終わる……などという夢物語が実現した場合、父上は許せますか？」

父は顔を上げずに、薬瓶に視線を当てたまま答えた。

「……王妃殿下だけでなく、私の母にも似ている」

絞り出すような声で、父が脈絡のないことを口にする。

――なんの話だ？

「ブランシュ様は王妃様にはもちろんだが、私の実母とも良く似ている。あのふわふわと巻いた髪に、横顔の顎の線、私の愛する母にそっくりだ」

「……お祖母様の肖像画は、そういえばありませんね」

家族に興味が無かったので、祖母の肖像画がない理由も考えたことはなかった。

「母は下級貴族の娘で、父とは身分違いの恋だったのだ。歓迎される花嫁ではなく、苦労を重ねていたうえに、元々病弱だったこともあって、私が七つの頃に世を去った」

「そうですか、存じませんでした」

「だがお前の曾祖父が、再婚命令に従わぬ父への当てつけで、母の肖像画を焼いてしまったのだ。父は以降、母の絵を描かせなかった。もう愛する妻の絵を焼かせぬと言って、この一枚だけを隠し持っていたのだ」

父が懐から取り出したのは、古びたロケットだった。開けると小さな絵が入っている。描かれていたのは、確かにブランシュの面影がある華奢な女性の姿だった。

槍で脅され、王妃を犯した男たちは複数いたと聞く。

王妃は誰の種を孕んだのかも分からぬままブランシュを産み落として世を去った。

ただ、父は、ブランシュが自分の娘であることに気付いていたようだ。

――妻が産んだのは王の子、王の妻が産んだのは我が子……か。望まずとも卵が取り替えられた。皮肉な話だ。

世間から引きこもり続けた父の怒りと絶望の深さが少しだけ分かった気がした。

毒虫のような妻子ではなく、優しい娘を我が子として守り、愛したかったのだ。

おそらく父は、近いうちに王に珍しい果汁を差し入れるだろう。

「……分かった。たとえ私がしくじって捕らわれたとしても、私個人の怨恨から、陛下に毒を盛ったと断言する。取り調べでは王が憎い、人生を返せと大暴れして、狂人のふりをしよう。だからブランシュ様は、お前が守ってやってくれ」

立ち上がった父は、扉に向かって歩いて行く。

「せめて、私の趣味の農園で作った果実を手で搾って差し入れる。遙か昔、まだ幼い頃は、間違いなく陛下は『友達』だった。お見舞いと称してそれを持って行く」

アルマンは父の言葉に微笑む。息子として育ててくれたレンハルニア侯爵の人生を改善できるならば満足だ。

毒虫も人と話ができる。人の役に立つことができるのだ。

これで父もブランシュも、より幸せに近づくだろう。


かくして父の見舞いの五日後、酒中毒であるにもかかわらず、過度の飲酒をやめなかった王は、心臓の発作で夜中に急死した。

誰も不審には思わなかった。

遅かれ早かれ、卒中か、心不全か、王が斃(たお)れる日は来るだろうと思われていたからだ。

検死も『酒中毒による病死』を前提に行われたため、血液分析などは細かく実施しなかったようだ。

『微量の毒らしきもの』は探されることさえないまま、王の葬儀はつつがなく行われた。

◆

父の死後、ブランシュは一度も涙を流さなかった。

長年自分を苦しめ続けた軛(くびき)から自由になれた、という解放感しかない。

そして自由の先には『女王』としての、新たな課題が山積みになっていたのだ。

父の葬儀から三ヶ月経って、ブランシュの即位式が行われた。

特別短めに、馬車行列などもないように日程を組んでもらった即位式の式典を終え、ブランシュはようやく自室に戻って、安堵のため息をついた。

——ああ、よかった。赤ちゃんが持ちこたえてくれて。

お腹の子は、医師の見立てでは三ヶ月だという。まだ安定期ではない。ゆえに式典は周囲に不信を抱かせないように、ぎりぎりまで省略せざるを得なかったのだ。

今日も医師や看護師、選び抜いた侍女、そしてリリアとアルマンのお陰でなんとか乗り切ることができた。

「腹の子は大丈夫なのか」

祖父のゴッダルフに尋ねられ、ブランシュはドレスの下の平らな腹にそっと手を当てた。

「はい、お祖父様。張りもございませんし、おそらくは良い子にしておりますわ」

祖父との面会を阻んでいた父は、もういない。

これからは堂々と祖父に会える。

『可愛い孫娘』であると同時に『リヒタールにおける商業圏開発の手駒』に徹して、祖父から存分に『愛情とお金』を注いでもらわねばならないのだ。

世継ぎの出産と祖父の手綱を取ること。

それがブランシュの、女王としての最初の責務である。

「お前に即位祝いを持って来た。私からリヒタールの新女王に贈る」

目の前の卓には、天鵞絨（ビロード）が敷き詰められた台が置いてある。

その上には無数の金剛石をちりばめた白金のティアラに、ティアラと同じ意匠の、びっしりと金剛石がちりばめられた首飾り、耳飾り、指輪が揃えてあった。

目もくらむような宝飾品にブランシュは息を呑む。リヒタール王家の伝統の宝飾品よりも更に上級の品だと分かったからだ。

祖父の財力を見せつけられたようで、胸の谷間に汗が滲む。

「美しいと思うか」

祖父に問われて、ブランシュは素直に思いの丈を述べた。

「恐れに近い気持ちを抱きましたわ」

ブランシュの答えに祖父が深々と頷いた。

「それで正しい。これはただの飾りではなく、リヒタール女王の『権威』の象徴だ。次は東の国から産出された紅玉で、同じように『権威』の証を作ってあげよう。お前は女王なのだ。最高の宝飾品に負けぬ気概を持つように」

そのとき、傍らに座っていたアルマンが、ゴッダルフに言った。

「紅玉の一揃いをお作りくださるとのことですが、ブランシュ様のお目の色に合わせて、緑柱石で誂えていただくのはいかがでしょう」

「なるほど」

祖父は金剛石のティアラを一瞥し、破顔した。

「ブランシュには緑柱石も似合うであろうな」

　アルマンは頷き、更に説明を付け加えた。

「緑柱石は昔から『女性と家庭の守り石』とも言われております。また古代国家において、女王は『神から授かった王権』の象徴として、必ず巨大な緑柱石を身につけておりました。ブランシュ様にふさわしいお石だとは思われませんか」

「ほう、さすがは歴史学者だ。では急ぎ、最高の緑柱石を探させることにしよう。ブランシュの腹の子が生まれるまでに完成させられればいいのだが」

　祖父は機嫌良く言い、手元に置かれたお茶を飲んだ。

　物怖じせず祖父に意見を言い、それを認めさせてしまうアルマンはさすがだと思う。

「腕の良い産科の医師を探し、お前の出産に立ち会わせる。なんとしても母子共に無事に出産を終えなさい。健やかな身体で健やかな我が子を抱くのだ。そのために身体を労るように。いいね、ブランシュ」

　即位式の途中、何度も貧血を起こしかけ、吐き気に苦しんだブランシュの姿を見ていて、祖父は気が気ではなかったのだろう。

「はい、今日は気張りすぎました。これからは医師の助言のもと、皆に助けてもらって務めを果たしていこうと思います」

　ブランシュの答えに祖父は微笑む。

　優しい笑顔だ。なんとなくだが、祖父の中には二人の祖父がいるような気がする。

　容赦なく世界を拓き、己の商圏を広げようとする波濤のような人格と、家族を愛する一介の男の人格。それらを違和感なく併せ持つからこそ、ゴッダルフ・エールマンは『怪物』と言われるのかもしれない。

——お祖父様とやり合うのはとても大変そうだけれど、お母様は頑張るわ。

ブランシュは淡く微笑んだまま、一週間前より確実にきつくなったお腹周りを撫でる。

お腹に触れた刹那、アルマンの子を宿せた幸福で心の中がいっぱいになった。朝方のきつい悪阻もこの子のためと思えば耐えられる。

妊娠を知ったときもただ嬉しかった。未婚で孕むとは不道徳だと一部の官吏に責められても、自分で望んだことだから何も後ろめたくなかった。

——アルマンが責められたのが悲しかったけれど……。

ブランシュは官吏に罵られたアルマンの答えを思い出し、笑ってしまった。

——『欲しくて作ったので嬉しいです。不道徳であれば罰金を払います』って……面白い人。うるさいお役人のおじさまが、顎が外れるくらい口を開けていたわ……。

アルマンも、やはり誰に責められようと、何も気にしていないようだ。

安定期に入ったらアルマンとの結婚を発表し、小さな挙式をしようと思っている。今はまだ体調が安定しないので、他国の大使や国内の貴族たちの対応は無理だ。

「挙式のドレスは、妊婦の花嫁衣装を作ったことがある者に頼んだ。最後に腹を仕立てるのにコツがいるのだそうだ」

祖父は何だかんだで楽しそうだ。

どこまでが打算でどこまでが個人の幸福なのか、もう祖父自身にも分からないのだろう。

だからブランシュも、素直に礼を言うことにした。

「ありがとうございます、お祖父様」

最近は、ひたすら幸せで、早く赤ちゃんに会いたいと思うブランシュと、女王としてより強か（したた）に、祖父と渡り合える女傑になりたいと思うブランシュが心に生まれつつある。

ブランシュは、祖父に似ているのかもしれない。『女』のブランシュも『君主』のブランシュも、どちらも自分自身だと思うからだ。

だが、誠心誠意己の役割を果たし続ける限り、アルマンはブランシュを守り支えてくれるだろう。

「金剛石も緑柱石も、どちらもブランシュ様にお似合いになりますね」

祖父がいるというのに、アルマンが額に口づけてきた。恥ずかしくて祖父を一瞥したが、お茶を飲んでいて気付かないふりをしてくれている。

「お腹のお子様のためにも、今日は早くお休みください」

アルマンの言葉に、ブランシュは薔薇色の頬で頷いた。

エピローグ

先王の逝去後。

ブランシュ女王が玉座に就いたとき、まだ独身のはずの彼女は、既に子を宿していた。

宰相や政務官、女王付の侍女たちは何も明かさなかったが、日が経つにつれ、ブランシュ女王が世継ぎを孕んでいるのは間違いないだろうと噂されるようになった。

女王が妊娠を認め、腹の子の父親の名を明かしたのは、即位から三ヶ月ほど経った日のことだった。産み月が近づき、女王も心を決めたらしい。

『未婚の身で授かった子です。責めを負うのは承知のうえですが、リザルディ卿を含め、亡き父に勧められた殿方では王配は務まらぬと思い、我が子の父親は自分で選びました』

王配候補となったのは、レンハルニア侯爵家の嫡男アルマン卿だった。

『婚前交渉をした人間を女王と認めていいのか』という声も当然聞かれたが、大半の人々はそれを綺麗事だと流した。

『リザルディ様とは真逆の、真面目さが取り柄って感じの旦那だな。だから女王陛下はさっさとアルマン様とくっついたんだろうなぁ、賢いお姫さんだったんだな』

『家柄も悪くないから、いいんじゃないのか。アルマン様は妹さんも亡くしているから、レンハルニア侯に早く孫の顔を見せてやりたいだろうし』

アルマン卿は真面目で勉強熱心、一度も問題を起こしたことのない美しい青年だ。

誰に聞いてもアルマン卿の評判は良く、特に王立大学では『学術振興や、医療技術の発展に大きく力を貸してくれている』と全幅の信頼を寄せられている。アルマン卿本人も口数こそ少ないものの、まだ十代の女王を支えようという気概に溢れているらしい。

何より、先代国王に莫大な資金を融通したゴッダルフ・エールマンがアルマン卿を認めたことが大きかった。

ゴッダルフは、アルマン・レンハルニアがブランシュ女王の王配になるならば、リヒタール王家のこれまでの不誠実な対応は問題視しない、と宣言したのだ。

国民の大半は『まともに政治をし、外交の席で見劣りせず、おそらく余計な借金もしないであろう女王夫妻』の誕生を祝ってくれた。

この数十年がひどすぎたのだ。これで少しずつましになる。

他国に誇れる王家が久しぶりに戻ってくるのではないかと、皆顔を輝かせて噂し合った。

アルマンとの正式な結婚から数ヶ月後。

「ああ……うれしい……」

身体中の骨を軋ませ、文字通り命を振り絞って産み落とした我が子を抱き、ブランシュは歓喜の涙を流していた。

祖父の送ってくれた医師たちは、小柄でお産の重いブランシュを適切に手当てし、無事に赤ん坊を取り上げてくれた。

生まれた赤ん坊は大きな男の子だった。髪は金色で、時折見せる瞳は灰緑色だ。ただこの色は二歳くらいまでに変わるだろうと言われている。

取り上げた医師も『とても元気な王子殿下です』と笑顔で言ってくれた。

——二日間も生まれなくて大変だったけれど……初産なら普通の範囲なのね。

ブランシュはお産の苦痛をわずかに思い出しながら、赤子を縦に抱き直した。

力の入らない腕をアルマンに支えられ、元気に泣いている赤子の背中を確かめる。

出産直後に医師に聞いたとおり、間違いなく三つ叉の矛の痣がある。安堵のため息が漏れた。

——よかった……これなら国の皆も安心してくれる。元気に産まれてくれて良かったわ、ありがとう、ありがとう……。

ブランシュは元気に泣いている我が子を抱いて「ありがとう」と繰り返した。

寝台の枕元に座ったアルマンが、慎重に赤子のおくるみを直し、大きな手でそっと頭を撫でた。

平均より大きな赤子とはいえ、まだまだ小さい。

アルマンの掌にすっぽり入ってしまう頭だ。

「赤子とは、なんと儚く愛らしいのでしょう……俺たちの息子は、ブランシュ様によく似ていますね」

普段冷静なアルマンの目にも、かすかに涙が浮いていた。

「ねえ、赤ちゃん。お父様が、貴方は私に似ていると言っているわ」

ブランシュの言葉に、腕の中の赤子があくびをした。

思わずアルマンと顔を見合わせて笑い合う。

「なんて可愛いの……」

「一人前に大人と同じ仕草をするのですね」

アルマンがもう一度、優しく、優しく、赤子の頭を撫でる。

腕の中の子が愛しくてたまらず、ブランシュは壊れ物のような身体を抱きしめた。

早くこの子の顔を見たかった。ようやく無事に腕に抱けて嬉しい。

ブランシュはあっと言う間に眠ってしまった赤子に口づけし、じっと我が子を見つめているアルマンの頬にも口づけをした。

「ねえ、この子は貴方にも似ていると思うの」

「そうですね、俺と貴女の息子ですから」

アルマンの言葉に、えもいわれぬ満足感が身体中を満たす。

「そういえば、レンハルニア侯爵様はもうお祝いを贈ってくださったのね」

王子誕生の一報が流れるやいなや、待っていたとばかりに届いたのは、赤子用の玩具が詰まった箱だったらしい。

レンハルニア侯爵は、どれほどこの子の誕生を楽しみに待ってくれていたのだろう。

妊娠中のブランシュにも、香りの良い果実やら、妊婦の身体に良い薬草やらをアルマンに持たせて届けてくれた。

父方の祖父からあんなにも案じられ、愛されているならばこの子は幸せだ。

「まだ半年ほどは遊びもしないと思うのですが」

「赤ちゃんの半年なんて、あっと言う間なんですって……すぐにはいはいを始めるから、今のうちにふにゃふにゃの時期を楽しむようにと、侍女たちに言われたわ」

身体中が痛いが、ブランシュの心ははち切れんばかりの幸せでいっぱいだった。

「ねえ、この子は良い子に育てましょうね」

ブランシュの言葉に、アルマンはいかにも父親になりたての青年らしい、穏やかな笑みで頷いてくれた。

「もちろんです、良い人間になるよう、二人で大切に育てましょう」

あとがき

栢野（かやの）すばると申します。この度は拙著を手に取っていただき、ありがとうございました。

今回はダーク＆シリアス系で、との担当者様のご助言で書き始めた作品です。

お読みくださった方の中に、少しでも黒い印象が残ってくれればいいなと思います。

あと個人的に、初Ｈは悪いシチュエーションにしたいと思っていたので、夜の礼拝堂で喪服姿で……というのを思い通りに書かせていただけて嬉しかったです。

ヒーローはこんな自己認識をもったキャラクターでよいのかな？　ヒロインもちょっとこの子大丈夫か？　とただならぬ（自分の筆力への）不安を持って挑んだ本作ですが「全員壊れていて良いです」と太鼓判をいただけて安心いたしました……。

このたびはＣｉｅｌ先生にイラストをご担当いただきました。夢のようです。エロティックで素晴らしすぎるイラストを本当にありがとうございます。

また担当様、今回もまたご迷惑をおかけし、誠に申し訳ありませんでした。

最後に、この本を手に取ってくださった皆様、本当にありがとうございました！

またどこかでお会いできることを祈っております。